编委会

诗词里的中国

诗词里的
行旅河山

储兆文——

——著

陕西师范大学出版总社 西安

图书代号　　WX24N1088

图书在版编目（CIP）数据

诗词里的行旅河山 / 储兆文著. -- 西安 ：陕西师范大学出版总社有限公司, 2024. 8. -- ISBN 978-7-5695-4552-4

Ⅰ . I207.22

中国国家版本馆CIP数据核字第20248W41H3号

诗词里的行旅河山

SHICI LI DE XINGLÜ HESHAN

储兆文　著

出版统筹	刘东风
选题策划	郭永新　焦　凌
责任编辑	焦　凌
责任校对	谢勇蝶
封面设计	微言视觉|沈　慢
封面绘图	克　旭
出版发行	陕西师范大学出版总社
	（西安市长安南路199号　邮编 710062）
网　　址	http://www.snupg.com
印　　刷	中煤地西安地图制印有限公司
开　　本	710 mm × 1020 mm　1/16
印　　张	22.25
插　　页	2
字　　数	258千
版　　次	2024年8月第1版
印　　次	2024年8月第1次印刷
书　　号	ISBN 978-7-5695-4552-4
定　　价	88.00元

　　中国，是诗歌的国度。华夏，是勇于探索的民族。两者结合，自当是相得益彰的。中国的诗歌史跟人类的行旅活动始终关系密切，无数优美感人的诗篇都是诗人们在旅途中写就的。那么古代的诗人们又曾有过怎样的旅程呢？从《诗经》到《楚辞》，从汉乐府到魏晋六朝诗，从唐诗到宋词元曲明清小说，文人们把身体和心灵放到山水和人文的旅程中，足迹由中原渐次延展到海内八方。

　　本书是古代诗人行走中国的路线图，是诗人观察中国的导视图。我们会发现诗人的旅程竟然与中华文明开拓前行的进程同步。当然，这里的文明是诗意的行走。同时，我们也能发现审美的行旅是从劳苦的行役开始的。从诗与行旅第一次的契合，到李白、杜甫两位大诗人的壮游和唱和，我们发现行旅中的诗意从来没有远去。我们不必人人成为行旅诗人，但行旅中内心一定不能没有诗意。

　　在交通工具发达且多样化的今天，不同的出行方式给人们不一样的体验，古人又是用何种方式和交通工具旅行的呢？在古代，不论是舟船的漂泊自在还是徒步的劳累艰辛，每种方式都会夹杂诗人们复杂的情感。交通方式的改变不仅仅是载体和速度的变更，也映射出主体主观感受的不同和出行交通工具的缓慢变迁。

谈了交通工具，我们接下来讲讲中华大地的四大名楼和三山五岳。这些名楼名山每一座都在中国百姓的心中有着不可取代的地位。滕王阁、黄鹤楼、岳阳楼、幽州台，这些名楼和古诗结下过不解之缘，经过了时间的洗礼，散发出独特的魅力。

华山的险、泰山的雄、衡山的秀、嵩山的圣、恒山的峻，还有五岳之外的雁荡山、庐山、黄山，这些名山的风采经过了时间的洗礼，与一首首传颂千古的诗篇交相辉映，散发出独特的魅力。

我国的幅员辽阔，从岭南到塞北。诗人的足迹踏遍华夏的山山水水。古代的岭南并不像如今这般发达与美丽，而是官员们被贬谪的去处。这些被贬的人或苦闷或开朗，难免要在路程中一遣胸臆，使得当时蛮荒的土壤，竟然结出了别有风味的诗歌果实。而当诗人来到塞北，他们的情怀自然和秦时的明月、汉时的边关相连，游历边塞，不仅能亲睹关山万里、烽火狼烟，更会激起纵横驰骋的豪迈、建功立业的热望、对古战场的缅怀和对古今历史的沉思。文人们却通常是有心投笔，无力从戎，所以他们只能通过自己的诗笔，来给萧肃的边关添上一抹苍凉的古意，留待后人品味。

厌倦了外出漂泊的岁月，诗人们回归农村田园、古刹寺院。自陶渊明开始，广阔的田野和淳朴的人民永远是文人们在尘世官场挣扎累了之后的归宿和慰藉。寺院比之则更超然世外，出家人的清净和淡泊通常是诗人们艳羡却无法企及的，他们的诗情给寂寞的寺院平添了一些幽趣和烟火味。

诗人们还曾驻足长安、洛阳、金陵、杭州、襄阳……那些历史久远的古城里总藏着很多时代更迭的故事，留待游人们去发现、发掘。饱受路途风霜的诗人在这些历经沧桑变化的城市中更容易找到情感的共鸣。

我们还试图让读者领略古代诗人行旅途中的临流之思和离别之情。中华文明是河流哺育的文明，黄河雄浑的吼声和长江奔腾的旋律是最能打动诗人内心的声音，也是我们民族最深的记忆。面对华夏文明重要源头的长江和黄河，诗人又会发出什么样的感慨呢？而诗人们无论被动的宦游，还是主动的壮游，有行旅就有离别，有离别就有故事。我们的视线转向行旅里那些独特的情感，走进了诗人们丰富多彩的感情世界，探寻古人行旅中的离别心境，看他们如何度过那些风月相随的旅程。

行旅重要的不仅是沿途的风景，还有所经历的道路。本书的最后从道路本身出发，不管是雄关古道还是崎岖小径，诗人们的灵感和情绪一直都在这些道路上奔腾绵延。而在道路四通八达的今天回看过去，也许会有自己的感怀和思量。本书最后在绵绵远道的怀思中结束，但愿这是你带着诗书踏上的旅途的起点。

本卷是由多位作者倾力合作完成的，由本卷主编拟定整体框架和篇目标题，由田翠花、卢哲、古桦、刘治国、林青、储方舟、储兆文分别撰写内文（具体见每章标注），最后由储兆文进行了修改和统稿，并补写了各篇章开头部分的题记。文中难免有许多不当或者疏漏之处，恳请作者批评指正。

目
录

III

V

江山留胜迹 我辈复登临

田翠花
储兆文

人类跋山涉水，足迹所至，文明之花次第开放。在『行行重行行』的生命之旅中，功利的行役，变成了审美的行旅。路有多长，诗就有多远，《诗经》和《楚辞》的诞生地，构成了中国版图的雏形。此后的诗人们以双足为笔，山川当纸，雨雪作墨，一路走来一路歌。中国的山川风物，在诗人的行旅途中渐次展开。

赢弱的心灵，咫尺也是天涯；强大的心灵，天涯犹如比邻。行旅，不仅扩展了外部的生存空间，更扩展了内在的心灵空间。行旅，是把足迹留在远方的满足，是变陌生为熟悉的美感。

行行重行行

人的生命开始于一场波澜壮阔的旅程。从最初那痉挛般的一刻开始，我们便踏上了奋不顾身而又力争上游的长途跋涉，开启了一段蓄谋已久的与另一半的邂逅之旅。

人类注定是不安分的。剪断脐带是为了走出温暖舒适的母亲的宫殿；悠来荡去的摇篮，正预演着一场漂泊不定的人生；从四肢爬行到双足直立行走，我们自此用步履丈量世界。

三百五十万年前，一只叫露西的古猿——我们人类共同的夏娃，从非洲丛林里的一棵古树上跳了下来，这亘古未有的一跳，结束了蛮荒大地上没有人类足迹的历史，迈开了人类行走里程的第一步。从此，人类便一刻不停地跋山涉水，足迹所至，文明之花次第开放。

"昔我往矣，杨柳依依。今我来思，雨雪霏霏。"（《诗经·小雅·采薇》）中国，带着诗歌上路了。然而，最初的路上没有浪漫，尽是悲苦。中国诗歌的圣经——《诗经》中约有十分之一是咏唱行役的悲苦。行，是生活的驱动；役，则是身心的枷锁。

尽管不自由的行役"昼夜无已"[1]，但"不恨天涯行役苦，只恨西风，吹梦成今古。明日客程还几许，沾衣况是新寒雨"。来路，杨柳依依；回程，雨雪霏霏。"雁声远向萧关去"，"又到绿杨曾折处"。（纳兰性德《蝶恋花》）品苦回甘，浪漫的气息潜生暗长。

人生的酸甜苦辣，犹如天地的春夏秋冬循环前行。灵魂和肉体，必须有一个在路上，这就是人类的通病，诗人的宿命。

> 行行重行行，与君生别离。
>
> 相去万余里，各在天一涯。
>
> 道路阻且长，会面安可知。
>
> 胡马依北风，越鸟巢南枝。
>
> 相去日已远，衣带日已缓。
>
> 浮云蔽白日，游子不顾返。
>
> 思君令人老，岁月忽已晚。
>
> 弃捐勿复道，努力加餐饭。[2]

1 《诗经·魏风·陟岵》中有"予子行役，夙夜无已"之句。

2 本诗为《古诗十九首》中的第一首。《古诗十九首》为汉无名氏作（其中有八首《玉台新咏》题为汉枚乘作，后人多疑其不确）。当非一时一人所为，一般认为写于东汉末年。南朝梁萧统将其合为一组，题为《古诗十九首》，收入《文选》。

4

〔宋〕佚名 《诗经·小雅》

这是汉代乐府古诗，是汉代人集体的旅行队歌。合唱的歌声里，回旋着忧伤的旋律。天涯路遥，岁月不居，人生易老，渐行渐远的思念，有衣带渐宽的煎熬。然而，心中的煎熬，阻止不了胡马奋蹄北方的脚步和越鸟归巢的向往。只是倦飞时的心头一闪念，飞翔的翅膀注定要交给天空。这便是游子贫寒的任性。不要对我唠叨抛弃的絮语，抛弃你，不是我的初衷，离开了道路，就是判了你我思念的死刑。这便是行路人脱俗而又不能自拔的虐恋。不能脱俗的只能是一句"努力加餐饭"的劝慰。你自珍重，我且启程。

在"行行重行行"的生命之旅中，诗人们"天涯踏尽红尘"，心中不时涌出"人生如逆旅，我亦是行人"（苏轼《临江仙·送钱穆父》）的浩叹。

在浩荡前行的队伍中，谢灵运第一次感受到了前无古人的行旅之乐："清晖能娱人，游子憺忘归。"（《石壁精舍还湖中作》）他标志性地宣告了人与自然之间审美关系的确立。

谢灵运在自然中穿行，不仅没有感到旅途的劳顿和离家的悲苦，反而是自然给了他情感的慰藉。

功利的行役，渐渐变成了审美的行旅。中国人行走的感受，就这样不自觉地在匆匆前行的脚步声中完成了华丽的转身。

除了功利的行役之苦和审美的行旅之乐，在最初"行行重行行"的队伍中，还有一批人为推行理想而奔走在路上。

沂水清波濯吾缨，浩歌一曲伊人行。一个春光明媚的三月，陌上花开，孔子和他的弟子们疲马凋车，离开父母之邦，踏上了为期十四年周游列国、历经数千里的漫漫行程。孔子从曲阜出发，来到中原列国，在"天下熙熙，皆为利来，天下攘攘，皆为利往"（司马迁《史记·货殖列传》）、你争我夺、攻伐不断的情形下，心怀"天之木铎"的使命，不合时宜地推行仁义礼乐的和平理想。一路上颠沛流离，受到冷遇揶揄，他却依然讲学论道，弦歌之音不绝，把自己的政治理想和道德人格一路播撒。尽管在当时无果而终，原路返回，但他的理想推行之殇，却成为此后的历代王朝和国人们孜孜追求的圆梦之旅。他汲汲救世、百折不挠的实践理性和仁爱礼乐的文明之花，却从他走过的崎岖道路上滋生蔓长，开遍整个华夏大地。

"路漫漫其修远兮，吾将上下而求索。"（屈原《离骚》）屈原为推行自己举贤任能、联齐抗秦的政治理想，先后两次被楚王流放。"屈原既放，游于江潭，行吟泽畔，颜色憔悴，形容枯槁"（《楚辞·渔父》），"朝发枉渚兮，夕宿辰阳。苟余心其端直兮，虽僻远亦何伤"（《楚辞·涉江》）。屈原在行旅中一路咏唱以明志，睹楚国之危难，哀民生之多艰，带着满腔的愤懑，赴长流而葬鱼腹。"灵均何年歌已矣，哀谣振楫从此起"（刘禹锡《竞渡曲》），"屈原已死今千载，满船哀唱似当年"（苏轼《竹枝歌》）。

孔子逆黄河而上，他删订的《诗经》，从滔滔的黄河两岸传唱开来；屈原顺长江而下，他创作的《楚辞》，在奔腾的长江两岸哀转不绝。

《诗经》和《楚辞》的诞生地，构成了中国版图的雏形。

6

一泓海水杯中泻

人们的方位观念，往往以自己所居地为中心坐标，然后有了东西南北、前后左右的区分。"中原""中国"一类词语的形成应该与此有关。

在古人的观念中，我们是天下的中心，周边是四夷：东夷、西戎、南蛮、北狄。"中原干戈古亦闻，岂有逆胡传子孙"（陆游《关山月》），"楚虽三户能亡秦，岂有堂堂中国空无人"（陆游《金错刀行》）。在这些铿锵有力誓言般的诗句中，其实隐藏着中国中心主义的天下观。

后来，我们知道，西方人把我们定位在东亚。今天我们虽然沿袭"中国"

之称的古语，但我们已不再固执于其世界中心的内涵。这种转变说到底是源自我们的脚下，源自我们走出了自己所居地的中心坐标。行旅改变了人对天下的基本判断，即改变了我们的世界观。

庄子最先扩展了中国的眼界。那一年，秋雨滂沱，百川灌河，黄河之水横无际涯，河伯欣然自喜，以为天下之水尽归于己，没有哪里的水能比我黄河更大了。于是，扬扬自得，顺流东下，来到北海，东面而视，只见海天一色，不见水端。河伯大惊失色，望洋兴叹，对海若说："我实在是太孤陋寡闻了，与你北海之水相比，我黄河的水小得简直不值一提。要是不出来走一走，见到你的浩大，我对黄河的夸口，岂不贻笑大方？"

海若却说："我北海的水算得了什么，像我北海这样大的有四个，所以才有四海之说。可四海又算得了什么，四海在天地之间，就像是湖边的一个小蚂蚁洞。人生活的陆地叫海内，也就是在四海的包围之内的那一小块地方，而中国在海内，就像是堆积如山的粮仓里的一粒米。"

这是庄子在《秋水》中讲述的一则寓言。他越过陆地看中国，仿佛站在云端，俯瞰天下，烟水渺茫的四海中，漂浮着一块小小的陆地，而中国就在这一小块陆地之中。至此，中国之外不仅有四夷，四夷之外还有四海。我们没有理由苛求庄子像我们今天一样清楚地球是圆的，四海之外还有海洋和陆地，此外还有无数的星球。因为后来，我们走过了比他更远的路。

也许是深受庄子的启发，一千多年后的诗鬼李贺，梦入月宫，俯瞰中国，吟出了惊人的诗句：

> 黄尘清水三山下，更变千年如走马。
> 遥望齐州九点烟，一泓海水杯中泻。
>
> 《梦天》

无独有偶，稍后的李商隐踵武前贤，沿着此路继续发挥想象：

> 从来系日乏长绳，水去云回恨不胜。
> 欲就麻姑买沧海，一杯春露冷如冰。
>
> 《谒山》

中国最早的地理著作《禹贡》全书只有一千一百九十三个字，以山脉、河流为天然界线，分天下为九州：冀、兖、青、徐、扬、荆、豫、梁、雍，东渐于大海，西被于流沙。李贺梦入月宫，俯视人寰，桑田（黄尘）沧海（清水）的变幻之中，中国九州就如九个模糊不清的小点，而大海就像倾泻的一杯清水。

《禹贡》把中国东与西的界限划分得十分明确，"东渐于海，西被于流沙"，而南北的界限却相对模糊，这并非偶然的疏忽，而是中国疆域开拓和文明传播的必然路径与事实。

周穆王可以说是中国第一位大旅行家。他五十岁继承西周王位。继位之初，东征西讨，十分辛苦。待到海清河晏以后，他把国事交给大臣，自己则带着随从游山玩水。据说他驾着八骏，日行万里，"东游沧海，西驰昆仑"，与西王母会于瑶台之上：

> 瑶池阿母绮窗开，黄竹歌声动地哀。
> 八骏日行三万里，穆王何事不重来。

李商隐的这首《瑶池》，用意虽然在于指斥长生成仙的虚妄，但从诗人所用的周穆王与西王母相约三年后再会的典故却可以看出，早在西周时期，人们对西方昆仑就怀有美好想象。早期的神话中，先民们想象的空间范围，基本上不超出东边的大海和西边的昆仑。

想象的风筝纵然可以在天空四处飘扬，但无法脱离牵着它的细线。穆王的八骏纵然可以日行万里，按理可以四荒八极，无所不至，但也只是"朝辞扶桑底，暮宿昆仑下"（元稹《八骏图诗》），到达的只是当时国人足迹所到的东与西的极限。至于中国的南与北，五岭和燕山（或阴山）此时尚是横亘眼前而不曾翻越的天险蛮荒。拓荒之旅，只能交给汉唐之后的后来者。

行到水穷处

"我见青山多妩媚，料青山见我应如是。情与貌，略相似。……不恨古人吾不见，恨古人不见吾狂耳。"（辛弃疾《贺新郎》）文武全才的辛弃疾，的确有资本在古人面前狂一把。但面对从北方汹涌而来的铁蹄，妩媚的青山，尽管美如"玉簪螺髻"，其"献愁供恨"的幽怨，引得他看吴钩、拍栏杆，徒唤奈何，也只能"唤取红巾翠袖，揾英雄泪"（《水龙吟·登建康赏心亭》）了。

失去中原，对华夏的仁人志士来说是何等的痛苦与不可想象！这在辛弃疾们的心中是一辈子锥心刻骨的遗恨和无以自容于天地间的羞耻。然而，这只不过是漫长中国历史的一瞬。中原大地，青山依旧在，这段失去中原、被迫南迁的插曲，却成就了北方胡人沐浴中原教化和中原汉人继续开化南方的契机。

> 山外青山楼外楼，西湖歌舞几时休。
> 暖风熏得游人醉，直把杭州作汴州。

　　林升这首《题临安邸》灼伤了每一个醉生梦死、不思恢复中原的当事人的心中隐痛。然而，再造了一个汴州般的杭州，不能不说这是历史给予不幸者的有限补偿，自然也是杭州青山绿水的意外大幸。"烟柳画桥，风帘翠幕""三秋桂子，十里荷花""市列珠玑，户盈罗绮"（柳永《望海潮》），这厢风景如此繁华，怎一个"直把杭州作汴州"了得，简直就是"从此杭州胜汴州"了！难怪金主完颜亮看完柳永对杭州的描绘，便发誓投鞭渡江，欲一睹杭州美景了。

　　此前的唐朝，中原的山川已被人们踏遍，那又是一方被诗歌深耕而熟透了的热土。"登山则情满于山，观海则意溢于海"（刘勰《文心雕龙·神思》），中原的山川台阁，在唐人的往来登临中，被彻底地诗化了。

　　路有多长，诗就有多远。在那个漫游成风的黄金时代，没有一位诗人能够耐得住寒窗，安坐家中，闭门索句。他们都带着诗书上路，归来诗歌满筐。偶然坐到茶肆酒楼小憩，自己刚刚写就的歌谣，已从歌女们的朱唇慢启中悠然唱出。这从王昌龄、高适、王之涣三位诗人"旗亭画壁"可见一斑。这三位年轻诗人,当时功名未就而游处略同。一日,天寒微雪,三人到路边酒店小饮,边饮边听歌女唱曲。于是,三人相约:以歌女所唱各人诗之多寡,来定三人在诗坛的名次。歌女唱到谁的诗,谁就在墙壁上画一记号。当王昌龄已在墙上画下两笔,高适也画了一笔时,自以为得名已久的王之涣坐不住了,不服气地对两位诗友说:"你俩的诗只配由这些不入流的业余歌手来唱,只能算是下里巴人的低俗,我的阳春白雪诗一定要出那个最美的歌女来唱。如若不然,我将再不与你等争高下;如若果然,你俩得拜我为师。"一曲终了,一曲又起,那个最美的歌女上场了,三人屏住呼吸,听到"黄河远上白云间,一片孤城万仞山"(王之涣《凉州词》)婉转飘出。

在这个诗的唐朝,要想成为诗坛明星,枯坐家中,不出来漫游是不可能的,而到长安又是必须的。长安不仅是都城,也是诗城。"日近长安远"[3],不管家住何处,一流的诗人没有不到长安的。

炒作,不是今天的专利。唐朝的诗人们就深谙其道,长安就是炒作明星的策源地。陈子昂是唐朝的大诗人之一,他开启了漫游长安自我炒作的先河。陈子昂出生在偏远而不为人知的四川射洪,与长安隔着"难于上青天"的蜀道。他虽胸藏锦绣,才华横溢,却无人赏识。他离开巴蜀,出峡入楚,北上长安,一路风尘一路诗。无名小辈,偌大长安,纵有诗书满箱,但成名何其难也!他苦思冥想,最终以"毁琴散诗"的自我炒作向诗坛发

3 南朝宋刘义庆《世说新语·夙惠》载:晋明帝数岁,坐元帝膝上。有人从长安来,元帝问洛下消息,潸然流涕。明帝问何以至泣,具以东渡意告之。因问明帝:"汝意谓长安何如日远?"答曰:"日远。不闻人从日边来,居然可知。"元帝异之。明日,集群臣宴会,告以此意,更重问之。乃答曰:"日近。"元帝失色,曰:"尔何故异昨日之言邪?"答曰:"举目见日,不见长安。"

起了冲击。长安街头，一老者以天价售卖古琴，引来围观者无数，名人雅士见名琴而向往，闻天价而兴叹。陈子昂倾其所有买下古琴，宣称翌日将在寓所前一展琴技。此举成为长安城街谈巷议的热点新闻。次日人山人海，陈子昂登台亮相，不展琴技，却将天价古琴当众摔毁，在一派唏嘘声中高声朗诵自己的诗文，又打开书箱，散发诗稿，并发表了一通自报家门、自我推销的演讲和致歉。这场自编自导的自我路演,使陈子昂的诗歌流布人口，一举成名天下知。

众所周知，李白的成名在路上。不到长安哪有谪仙雅号？没有"五岳寻仙不辞远，一生好入名山游"（《庐山谣寄卢侍御虚舟》）和"且放白鹿青崖间，须行即骑访名山"（《梦游天姥吟留别》），哪来一群追星粉丝，又哪来"仰天大笑出门去"（《南陵别儿童入京》），赢得御辇相迎、贵妃捧觞、力士脱靴？

草根杜甫，尽管贫寒厚道，也曾"放荡齐赵间，裘马颇轻狂"（《壮游》）。他南游吴越，北上齐鲁，后来旅食京华，困守长安十年，又翻越秦岭，寓居成都，穿峡出蜀，漂泊湖湘。他的游历虽不像李白那样轻松浪漫，但一路上的诗歌创作却丝毫不逊于李白，甚至与诗坛老大暗暗较劲。虽然我们没有直接的文献证据，但从他们先后漫游长江的诗中，我们似乎看到两位诗坛巨星在浩荡长江上，曾经用诗歌上演过一场隔空叫板的写诗大赛。

李白二十五岁时仗剑出游，离开巴山蜀水，出三峡，第一次看到出峡后长江的浩荡缥缈，写下：

山随平野尽，江入大荒流。

《渡荆门送别》

多年后，已到老年的杜甫，离开成都草堂，沿当年李白出蜀的水路乘舟而下，看到了李白当年看到的同样的场景，不服气地写下：

星垂平野阔，月涌大江流。

《旅夜书怀》

李白晚年流放夜郎，从三峡逆流而上，途中遇赦放还，异常兴奋，掉头飞舟东下，在白帝城写出一首归心似箭的快诗：

朝辞白帝彩云间，千里江陵一日还。

《早发白帝城》

三年后，流落剑外的杜甫，听到官军收复河南河北，安史之乱结束，饱受战乱流离之苦的他，欣喜若狂，也写下了"平生第一首快诗"（清浦起龙）：

即从巴峡穿巫峡，便下襄阳向洛阳。

《闻官军收河南河北》

还有，李白早前在长江边的庐山写下著名的诗句：

飞流直下三千尺，疑是银河落九天。

《望庐山瀑布》

杜甫晚年在长江边的夔州，毫不相让地写下：

高江急峡雷霆斗，古木苍藤日月昏。

《白帝》

两位巨星长江上的斗诗，不一而足。就是写月亮，李白被公认为写月圣手，杜甫也不甘示弱。李白曾写："欲折月中桂，持为寒者薪。"（《赠崔司户文昆季》）一向浪漫的李白要折下月中的桂枝，拿给贫寒人家生火做饭，何等现实；杜甫则写道："斫却月中桂，清光应更多。"（《一百五日夜对月》）一向现实的杜甫却想到把月宫的桂树砍掉，使得照临人间的月光更亮更美，何等浪漫。你浪漫而学我现实，我现实却学你浪漫，你中有我，我中有你，千秋万代，谁能判定两位大师的高下？再如，你写"长安一片月，万户捣衣声"（李白《子夜吴歌》），我便写"今夜鄜州月，闺中只独看"（杜甫《月夜》），自是异曲同工，各臻其妙。

李白、杜甫不仅在长江和月亮上以诗打擂，而且在各自和孟浩然的关系上也偶尔使一使小性子。李白目中无人，杜甫说他"天子呼来不上船"

16

（《饮中八仙歌》），但李白对老前辈孟浩然却俯首帖耳，大呼"吾爱孟夫子，风流天下闻""高山安可仰，徒此揖清芬"（《赠孟浩然》），自称对他高山仰止，作揖膜拜，又拿孟夫子是自己的老朋友而炫耀地写道：

> **故人西辞黄鹤楼，烟花三月下扬州。**
> **孤帆远影碧空尽，唯见长江天际流。**

这首《黄鹤楼送孟浩然之广陵》自豪之情溢于言表，有些人说这首诗里有依依惜别之情，我没看到，我看到的只是李白为有这样潇洒的朋友，去扬州那样美好的地方春游而产生的羡慕和炫耀。

杜甫跟孟浩然的关系如何？笔者没有细查，难说究竟，但可以肯定杜

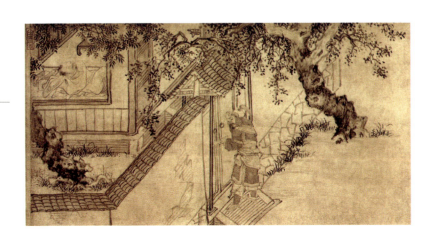

甫绝没有像李白那样赤裸裸地吹捧孟夫子，他却用另一种方式表达自己对诗坛泰斗的崇敬。孟浩然曾写过一首描写洞庭湖的诗，其中有两句：

　　　　气蒸云梦泽，波撼岳阳城。
　　　　《望洞庭湖赠张丞相》

这被称为描绘洞庭湖的绝唱。杜甫对这两句当然烂熟于心，所以他说"昔闻洞庭水，今上岳阳楼"，接着便直奔孟夫子而去，叫板似的写道：

　　　　吴楚东南坼，乾坤日夜浮。
　　　　《登岳阳楼》

　　孟浩然的绝唱，终于有了后响。杜甫就是用这样的诗句，向两位前辈致敬，可谓一炮双响。

　　漫游，不仅使诗人获得了名气，结识了友人，也起到了温卷[4]一样的效果，而且诗化了中国大地的三山五岳、万里河山。从大漠雄关到烟花江南，从繁华都市到安逸田园，诗人们陆步舟行，车马络绎，"行到水穷处，坐看云起时"（王维《终南别业》），没有哪一处名景没有名诗。现场的唐诗，唐诗的现场，诗人们以双足为笔，山川当纸，雨雪作墨，一路走来一路歌，行旅在中华大地上。

4　温卷：唐宋举子于应试前，将名片投呈当时名人显要，再将其作品送上，以求推荐。南宋赵彦卫《云麓漫钞》载："唐之举人，先藉当世显人，以姓名达之主司，然后以所业投献，逾数日又投，谓之温卷。"

天涯若比邻

行旅，是人类迁徙活动的一部分。它不仅让人类活动的足迹印在广袤的大地上，而且扩展了人们生存的外部空间，使原生的自然打上了人类的烙印。行旅活动更能扩展个人的内在心灵空间，促进心灵的强大，丰富心灵的层次，以无限的心灵空间超越自然空间的有限和现实的种种阻隔与遮蔽。

局促一隅的生存空间，很容易使人产生井底之蛙的心灵世界。魏晋南北朝时期，诗歌自觉了，诗人自觉了。这个时期的诗人，才华和书本知识是没得说的，但诗歌里的心灵世界每况愈下，一代比一代内敛狭小，甚至发展到最后的猥琐，从建安风骨，一路跌落到广受诟病的宫体。在众多因素之中，诗人们生存空间的限制和缩小是最为重要的一端。拿庾信来说，出身显贵，书读得多，才华有的是，写诗的技法一流，但诗赋的心灵总在春闺秋闱的宫体里打转转。《周书·庾信传》说："父子在东宫，出入禁闼，恩礼莫与比隆。既有盛才，文并绮艳，故世号为徐庾体焉。"四十二岁时，庾信走出宫闱，走出偏居一隅的梁国地界，出使北方的西魏，并被强留于长安。脚下的路不一样了，眼中的景物和人事不一样了，心中的诗一下子变了，所谓"情纷纠而繁会，意杂集以无端"（陈祚明《采菽堂古诗选》），致使"凌云健笔意纵横"（杜甫《戏为六绝句》）了。心灵世界丰满了、健壮了，萎靡腻熟的宫体技巧，在乡关之思的人性内涵中重生了。局促一隅、委身宫闱与出走他方、体验漂泊，心灵世界的单薄与丰富，就这样奇妙地验证着行旅的奇特功效。

"世上本没有路，走的人多了，也便成了路。"（鲁迅《故乡》）路，是人走出来的。不仅如此，而且，路走多了，心灵也会变得强大。

不常出门的人，偶尔要出一次门，出门前的担忧是很多的。在古代，出远门前要占卜，选择吉日出行，恐怕就是这种担忧的体现。可杜甫说"远行不劳吉日出"，这自然是称颂"开元全盛日"的"九州道路无豺虎"（《忆昔》），天下太平，治安良好，出门远行前不需要像以前那样要挑黄道吉日，因为每天每时都安全。

但是很多时候，即便天下不太平，或要去并不太平的地方，又或远行的时间不由你选择，只要你心灵强大，也是"不劳吉日出"的。被贬而远去岭南的苏轼，恐怕就不容他选择吉日出行了。以戴罪之身去岭南的蛮荒之地，恐怕每天都不是吉日。但苏轼宣称"日啖荔枝三百颗，不辞长作岭南人"（《惠州一绝》），"九死南荒吾不悔，兹游奇绝冠平生"（《六月二十日夜渡海》）。享受这种恐怖之旅，恐怕就不是因为外在的安全，而是源自内心的强大了。

四海为家，"此心安处即吾乡"（苏轼《定风波》），只要心灵足够强大，连哪里是故乡都是无所谓的。诗人对故乡的感受大致有这样四种心理：一种是"小人乐蛙井"（黄庭坚《和答莘老见赠》）；一种是"欲归家无人，欲渡河无船"致使"悲歌可以当泣，远望可以当归"（汉杂曲歌辞《悲歌》）；一种是"平生乐行役，不耐常闭户"致使"归来意颇豪，古锦有新句"（陆游《春游》）；一种是"此心安处即吾乡"。第一种是只愿待在家中，家中万般皆好，不愿出门；第二种是出了门，但又无时不悲悲戚戚地想着家；第三种是乐于出门，出门后又能带着欣喜和新诗回到家中；第四种是四海为家，天地为逆旅，不再固执于何处是故乡。此四种心理都是人性之当然，无可厚非，然人生境界还是有高下之别的，就最后一种而言，没有望尽天涯路的胸怀与踏遍人间红尘的经历，是很难达到的。

行旅的路上，既有豪情万丈，也有柔肠百结。"醉卧沙场君莫笑，古来征战几人回"（王翰《凉州词》）、"莫愁前路无知己，天下谁人不识君"（高适《别董大》），出塞时何等豪迈；"山一程，水一程，身向榆关那畔行，夜深千帐灯"（纳兰性德《长相思》），也是出塞，何等柔软；"谁家今夜扁舟子，何处相思明月楼"（张若虚《春江花月夜》），一种相思，两处闲愁，何等无奈；"未老莫还乡，还乡须断肠"（韦庄《菩萨蛮》），不还你断肠，还了我断肠，何等纠结；"君问归期未有期，巴山夜雨涨秋池。何当共剪西窗烛，却话巴山夜雨时"（李商隐《夜雨寄北》），有期无定是无期，无期中的安慰，何等温婉。这些"何等"的背后都隐藏着空间距离的阻隔，充盈着情感，丰满着生命，让行旅之路增值，让人生之路丰富。

"眼中峰峦过，天外鸥鸟起"（赵蕃《严州道间得顺风俗云七里泷篙师云风便才七里无风乃七十里尔》），还有一种强大的心灵，可以超越山长水阔的阻隔，视天涯海角为咫尺近邻。公元 7 世纪中后期的长安，迎来了两位血气方刚的少年，他们为蓬勃的时代大潮所激荡，不甘心于枯坐寒窗，揣着勃勃雄心离开乡关，来到都城宦游。没过多久，两个一样外出闯荡的少年，却有了不一样的结果：一个在长安如鱼得水，成为冉冉升起的明星；一个则淹没在长安的人海中，仍旧默默无闻。一天早晨，这位失意少年要离开繁华的长安，去偏远的四川的一个小城做县尉，那位与他一起来长安，此时已小有名气的同伴前来送别。得意人送失意人，一种离别，两种心绪，两个友谊笃深的少年都沉默着，但心中都翻滚着千言万语。看着情绪低落即将远去的同伴，得意少年掏出纸笔，匆匆写下一首离别赠诗，失意少年接过诗稿，默默地读起来：

城阙辅三秦，风烟望五津。

与君离别意，同是宦游人。

海内存知己，天涯若比邻。

无为在歧路，儿女共沾巾。

〔明〕沈周 《京口送别图》

　　读着读着，失意少年的脸上渐渐泛起了坚毅的神色，向得意少年会心地点了点头，背起行囊，转身离去，渐行渐远，行进的步履却越来越轻快。这两位少年，一个是"初唐四杰"之首的王勃，一个是没有留下名字的蜀川少府杜某。这首诗就是初唐诗坛上有名的《送杜少府之任蜀州》。

　　两位一起出来闯荡的朋友，几年后的落差彼此是心知肚明的：一个留在繁华的都城长安，一个远去"难于上青天"的蜀道之外的四川小城，友谊面临着距离的挑战。消除两人的差异，让友谊长存，让失意的朋友带着信心和关心上路，是得意的王勃离别题诗的苦心和匠心。这首诗从地理、事理、道理、情理四方面消除了得意与失意的差异、长安与蜀川的距离：蜀川与长安本来山水相隔，远在千里之外，但在王勃看来却是"城阙"与"五津"相连，举目可见；你我虽有得意失意之别，但我俩都有"宦游人"之同；你我即便一在长安，一在蜀川，但在知己心中，天涯之隔就如同比邻而居；临别洒泪沾巾，那是多情男女之间的事，我们两个胸怀大志的男人之离别是绝对不会如此的。

强大而健康的心灵，征服了距离，拯救了友谊，在一派黯然销魂的古代离别诗的儿女之态中，王勃超越了对地理空间距离的恐惧，唱响了一曲乐观昂扬的男儿雄音的壮行歌。

赢弱的心灵，咫尺也是天涯；强大的心灵，天涯犹如比邻。

行旅，是把足迹留在远方的满足，是变陌生为熟悉的美感。中国的山川风物，在诗人的行旅途中渐次向前延伸。带着诗书，上路吧！

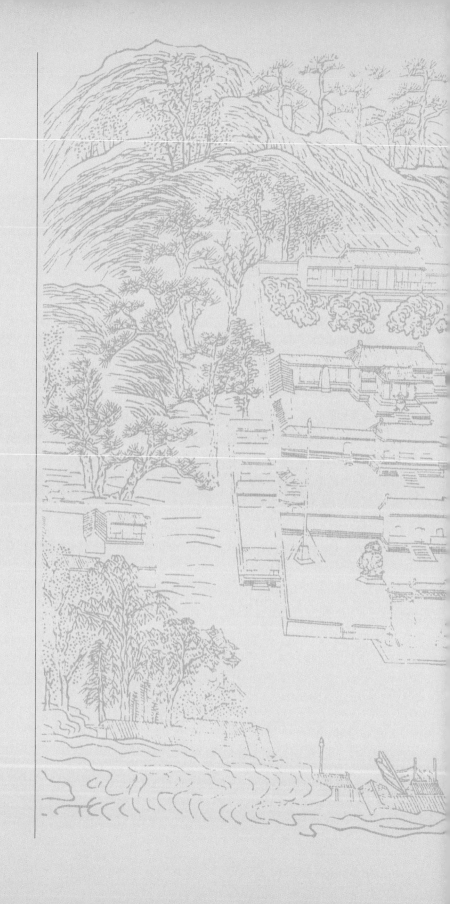

竹杖芒鞋轻胜马

储方舟

行旅，是对距离的征服。古人是怎么征服山重水复的旅途的呢？陆步、舟行、策马、驾车，是常用方式，它们不仅帮助人们突破了地理的阻隔，更载着诗歌的精神在中国的血脉中流传久远。

江南水乡，舟船与诗意同行；北域地广而水少，车轮在广漠上碾成诗辙。凭借着它们前行，身后便留下满是诗香的小径。

26

陆步

芒鞋踏破陇头云

　　人猿揖别之时，人类就以步行的
方式探索世界。时至今日，地球这颗行
星上已少有地方未曾沾染人类的足迹。
双腿是人最原始的交通工具，它的精巧
构造非自人工，而是严酷的自然和漫长
的岁月将它雕琢成了如今的模样。广阔
的平原、巍峨的雪山、荒凉的戈壁，都
一一被它征服。这番跋山涉水的历程野
蛮、残酷、艰难，可是它留下的混着泥
土和血迹的足印里，却开出了文明与诗
歌的花朵。

　　在古老的中国，人们日出劳作，日
落休息，生活节奏一如曲调千年悠然不

变的田园旧歌徐徐缓缓。这般诗意的乡土中,步行这最自然最亲近大地的举动,除了交通功能之外,也成为寻找诗意的方式。

车有定轨,船有水路,每个人步行的路线却各有差别,它给予人们各自不同的体验。诗人们的每一次漫步归来,都似酿了一坛美酒,只在自己的心窖里弥散清香。

山野之中步行,诗人饶有兴致地独享着不为人知的曲溪幽径,眼前的景象随心而动,恰似一幅不断变幻的山水图画。山林中随处可见的美丽生灵更增添了一份和谐意趣,梅尧臣山野清风般的诗句留住了一个别有生趣的鲁山秋:

> 适与野情惬,千山高复低。
> 好峰随处改,幽径独行迷。
> 霜落熊升树,林空鹿饮溪。
> 人家在何许? 云外一声鸡。
>
> 《鲁山山行》

步行出游或许容易劳累,而且多有不便,可这不妨碍它以不竭的魅力吸引着诗人们:

> 一曲两曲涧边草,千枝万枝村落花。
> 携筇深去不知处,几叹山阿隔酒家。
>
> 吴融《野步》

诗人靠着一根拐杖进山野步，没有目的也没有计划，单纯是一次游乐。可在人迹罕至的地方想找个休息的酒家可不容易，诗人只得拖着疲乏的脚步望山而叹。野步之旅令诗人明白了人的能力多么有限，但有限和不可及反而能产生特别的美。也许他就在山前知难而止了，而路途中的重重阻拦实际上成为诗路的起点，一声叹气把野花野草吹到了宣纸上，继续散发着清香。

步行的诗意，有时无须刻意追寻，它原本就是一件随兴而偶然的事：

> 尽日寻春不见春，芒鞋踏破陇头云。
> 归来笑拈梅花嗅，春在枝头已十分。

无名氏《悟道诗》

寻而不见，大抵是人生的常态，纵使芒鞋踏破，也定然前路茫茫。回首前尘，所寻之物却已在阑珊处、花落时悄然相候。如此来看，散步的乐趣颇近禅趣，也无怪乎这位尼姑的悟道之作要以步途为喻了。

文明不断地进步，交通向着便捷和速度这两个方向飞速发展，走路显得太慢了。我们的双腿跑不过疾驰的列车，赶不上天上的飞机，有了更好的工具，人们似乎就不再需要迈动自己的双腿。这样一来，某些珍贵的事物失落在了快节奏的生活洪流中，匆忙之间，失却了变换的景致。

古时候的诗人却没有忘记，缓慢的步行中更易捡拾到步移景迁的缝隙间萌芽的片片诗意："朝上东坡步，夕上东坡步。东坡何所爱，爱此新成树……新叶鸟下来，荽花蝶飞去。闲携斑竹杖，徐曳黄麻屦。欲识往来频，

青芜成白路。"（白居易《步东坡》）

　　白居易深知步行的妙趣，他朝夕在这条小路上散步，对这里每一样细碎的小东西都爱得深沉，坡上的树荫和花香对他也笑脸相迎。在宦海中浮沉半生的白居易，在与自然的对话中返璞归真，由衷地感受到了快乐。这也是中国古代文化相对于入世进取的儒家文化的另一面，当身心疲惫之时，诗人们心中的老庄之道会将他们引导向闲适自然的生活。这也是许多诗人热衷于步行的缘由，与其说它是一种原始的出行方式，不如说它是一种放松的生活态度。

　　这点在李东阳的诗中也有体现，他在溪桥边下马步行，慢慢地享受乡间的绿水青山："下马溪桥散步行""到来幽谷见云生"（《西山》）。

　　而王维大概是最能体会这种生活态度的人了，其《辋川别业》将他对这种生活的喜爱淋漓尽致地写了出来："雨中草色绿堪染，水上桃花红欲然。""披衣倒屣且相见，相欢语笑衡门前。"

　　王维所居住的辋川，是个清闲的好去处。"辋川"之名取意此地河水水流不慢不急，多生波纹，犹如车辋。辋川依山傍湖，山林秀美，原是诗人宋之问的别墅，在这块风水宝地，王维过着半官半隐、怡然自得的生活。他对这里的景物颇为钟爱，写了包含二十首诗的山水诗集《辋川集》。在他的描写中，辋川的湖上是"四面芙蓉开"，远望是"青山卷白云"，如此这般的天然景致，无怪乎王维有诗佛的心性。走在田野的阡陌中，披衣倒屣的官员王维看起来和寻常的农夫没了差别。这样的情境之下，人真正做到了"诗意的栖居"。当王维在辋川踱步觅诗，当农人结束了一天的耕作，抬头向青山下自家的平屋看去时，人们开始失去轮廓，和自然融于一体，他们双足的肌

30

〔明〕王原祁《辋川图》

肤切实地接触着大地，展现出人自身毫无遮蔽的美。王维所喜爱、所描绘的辋川，正是典型的中国式的优美田园：淳朴幸福的农民、和蔼亲切的隐居官员、山水画般的景色，它们共同组成了浑然天成的小农社会世外桃源的图景。这幅图景，是古代中国的思想家追求的理想世界，也出现在每个寻根寻乡的现代中国人关于故乡的梦中。

那些仓促间未能为人知的细微之处的美感，都能在步行中一一体味，而诗人所做的，就是用诗将它固定下来："闲赏步易远，野吟声自高。路无人到迹，林有鹤遗毛。物外趣都别，尘中心枉劳。沿溪收堕果，坐石唤饥猱。"（许棠《野步》）

许棠野步的境界已略带道家飘然的仙风，他比白居易和王维带有生活气息的步伐要更为超脱。尘俗中劳形劳心，唯有渺无人迹的野外才能高声自吟。

同样喜欢散步的还有刘禹锡，江畔独步的刘禹锡似乎沉浸在乐景之中，平生多感慨的他都无暇抒发自己的感受，更无暇顾及出世入世的问题。"鹰至感风候，霜余变林麓。孤帆带日来，寒江转沙曲。戍摇旗影动，津晚橹声促。月上彩霞收，渔歌远相续。"（刘禹锡《步出武陵东亭临江寓望》）步行能感受到的不仅是自然之韵，刘禹锡在漫步中细细感受的是和王维不同的依水为生的人文生态。岸边的林子悄悄地告知着气候变化的消息，帆影和日影沉入水面，彩霞消退，月亮升起守护着渔歌悠远的夜晚。

然而人生不总是良辰与美景，惆怅也可能是漫步时的心情，刘禹锡在长江的另一处徘徊之时，满目羁心离索。"客游广陵郡，晚出临江城。郊外绿杨阴，江中沙屿明。归帆翳尽日，去棹闻遗声。乡国殊渺漫，羁心目悬旌。悠然京华意，怅望怀远程。薄暮大山上,翩翩双鸟征。"(刘禹锡《晚步扬子游南塘望沙尾》)眼前江水滔滔,心中故乡遥遥,诗人切身感受到了自己的渺小,如此散步遣怀,去京华的路程,不知这双腿要花费多少年月才能走完。诗人知道答案,于是,他眼中的云,从斑斓彩霞变成了千里孤云,他耳中的声音,从津晚渔歌转调成了去棹遗声,而向时平平无奇的飞禽,如今让人越看越是艳羡:飞鸟成双,我独一人;飞鸟振翅,我将何归?

不光是散步,诗人们在远行途中,时不时也会在陌生的落脚点附近转一转:"淅淅寒流涨浅沙,月明空渚遍芦花。离人偶宿孤村下,永夜闻砧一两家。"(王贞白《宿新安村步》)孤村陋室,明月之下诗人更感凉意。这样一个路边随意的夜晚算不上稀奇,但也是只有在有心人的旅程中才会偶然出现的独特体验。

也许是天性使然,不论乘兴出游,还是走路解闷,人一旦有了某种情绪,就不自觉地想要走路:"平芜连古堞,远客此沾衣。高树朝光上,空城秋气归。微明汉水极,摇落楚人稀。但见荒郊外,寒鸦暮暮飞。"(刘长卿《步登夏口古城作》)

悲戚者眼中的景物都跟他们一样伤心,刘禹锡如是,刘长卿也如是。有人或许奇怪:既然心情不好,为何还要出来,岂非眼染悲景,徒增泪耳?其实不然,悲戚之人更需要出门走走,情绪是需要发泄的。看着凋零的树叶,任身体和心神被秋气浸染,多少去国怀乡者都是这般落泪,如今自己也在此感怀,不颇有些颓唐的诗意吗?这些许的诗意,是诗人此刻唯一的慰藉。

随着时间的推移,步行的意义更多不在于交通,这双脚,我们有了越来越多的东西来替代。在今天,倡导步行的人大多会提出"环保、健康"的口号来号召人们多多步行，步行也由此成为具有象征环保意义的一个符号。原本人们身上不可或缺的重要部分，如今渐渐变得不再重要，被人们变成了象征符号，束之高阁。值得思考的是，既然双脚、双手等器官都是可以代替的，那么人到底是因为什么才称为人的呢？当现代人不再需要步行，没有了行路之悲、消解了羁旅之愁的同时，就再也没有一双脚会去感受深埋在土地中的诗意。现代人已被自己生产的媒介和工具肢解得残缺不全，而有一个古人心里早就明白：纵然人生旅途阴晴不定，人行于世间本不必如此匆忙而惊慌：

> 莫听穿林打叶声，何妨吟啸且徐行。竹杖芒鞋轻胜马，谁怕，一蓑烟雨任平生。　料峭春风吹酒醒，微冷，山头斜照却相迎。回首向来萧瑟处，归去，也无风雨也无晴。
>
> 苏轼《定风波》

工具是人类赖以生存发展的重要事物，然而有时人也会在被物化的歧路上越走越远，忘记了事情原本的意义，忘记了出发的目的。在种种人类自己发明的外物的包裹之下，人们越来越怕了，躲在文明的堡垒里生怕一点点的不适，却没想到人其实生来就是简单而赤裸的。这也是诗歌在今天贫瘠衰微的原因之一，若要诗性回归，人们必先要卸下对自然莫名的惧意，细雨中不妨闲庭信步，回首来时路，定然也无风雨也无晴。在人生的风雨路上，竹杖芒鞋，吟啸徐行，或是一蓑烟雨，或是斜照相迎，参透天机后的人生，就是诗意的任性。

34

舟行

舟浮十里芰荷香

"假舟楫者，非能水也，而绝江河。"这句话出自中国的先贤荀子，人们凭借着舟船筏等工具，使得江河湖海不再是不可逾越的生存边界。

早在很久以前，水路交通在出行方式中就有重要的地位。在古代陆上交通不够发达的情况下，水路往往还能成为重要的交通动脉。贸易、运输、出行，这些活动都离不开在版图上纵横交错的河流。水路之于国家就像血管之于人体，而在其中来来往往的船舶就是无数红细胞，给国家源源不断地输送着养分。

尤其在南方地区河流湖泊众多的

地方，很多情况下乘船走水路比陆路更方便省时。在地形险峻的蜀地，一些水道更是成为出蜀入蜀的必经之路。

李白第一次离开家乡的时候走的就是水路，顺长江而下。在这之前，诗人还未曾见过川外的世界，天开地阔的楚地触动了谪仙人的诗弦，也触到了他思乡的心：

> 渡远荆门外，来从楚国游。
>
> 山随平野尽，江入大荒流。
>
> 月下飞天境，云生结海楼。
>
> 仍怜故乡水，万里送行舟。
>
> 《渡荆门送别》

诗人虽对眼前初见的奇景着墨更多，但仍不忘怜爱那千里迢迢为家乡的舟船送行的故乡之水。由于地势落差大，河道水量大，水流湍急，夏季时，从白帝城到江陵的水路行船速度甚至可以和火车接近，长江三峡历来最为人称道的也正是这一段。"一生好入名山游"（《庐山谣寄卢侍御虚舟》）的李白，在"迹半中国"之后，又一次踏上了这条水路："朝辞白帝彩云间，千里江陵一日还。两岸猿声啼不住，轻舟已过万重山。"（《早发白帝城》）

这首诗写于李白于流放途中被赦免返还时，朝发白帝，暮至江陵，这是抖落流放悲苦后，流水和轻舟共同演绎的浪漫。李白作为一个浪漫主义的诗人，在这首诗中的描绘却并不全是夸张。在当时，这样的行进速度，光是写出来就足够形成对比了。对仙人境界有执着追求的李白，此刻仿佛行船在彩云之中，旁若无物，他的心情自然也一泻而下，猿啼还未来得及惹人泪流沾裳，千重万重的险阻就已经被甩在身后九霄云外。在古人眼里这段路程当真是"乘奔御风，不以疾也"，那时候，这是只有舟船才有可能达到的速度。

宋代的大文豪苏轼，在年轻时出蜀入京参加科举走的也是同一条水路。传说三峡滩险，如果乘客能顺利通过的话，都要把撑船的桨夫拜作自己的再生父母，这凶险的路程是进京赶考的学子唯一的途径。而长江到楚地之后，险峰狭道就变成了平原旷野。"游人出三峡，楚地尽平川。北客随南贾，吴樯间蜀船。江侵平野断，风卷白沙旋。"（苏轼《荆州》）天南海北各地的船只都在长江中集会、往来，古代船运之繁忙，从苏轼诗中可窥一斑。

直到明清之际，客商仍然多以租赁的商船运送大宗货物，他们世代为业，有着自己的行商路线。这些商人的活动轨迹和方式与游牧民族颇为类似。对他们而言，水路是他们的草场，是他们的迁徙路线，而船只就是他们的牛羊马匹。

不过，舟船和牛羊有一个根本上的不同，那就是人不需要牛羊马匹也可以在地面上行动，而人没有船就无法在水面上活动。工具是人的延伸，陆上的交通工具延伸了人的双腿，但船则是延伸了人本身。水对于人来说是隔绝之域，是暂时的处境，是永远的客体，而船只作为人的延伸也是客体，虽然它常常创造出人在其中安居的假象。所以人一旦乘船，就必然地成了客中之客了。

作为客中客的诗人，既离开家乡，漂泊水上，也就离开了土地这个人类共有的家乡。陆上生活的人行舟于水，正如王湾这个北来的洛阳人流连于吴头楚尾之间：

> 客路青山下，行舟绿水前。
> 潮平两岸阔，风正一帆悬。
> 海日生残夜，江春入旧年。
> 乡书何处达，归雁洛阳边。
>
> 王湾《次北固山下》

虽说风正潮平，身在舟中就仍是客中之客；虽说南方春好，诗人的心仍系在去洛阳的归雁之上。这两种感受彼此暗喻，字里行间全被乡愁浸湿。

在写乘舟而行的旅途的诗歌中，更多的是独属乡愁的精致情怀，而像张继一般的壮丽坦然却并不多见："月落乌啼霜满天，江枫渔火对愁眠。姑苏城外寒山寺，夜半钟声到客船。"（《枫桥夜泊》）

安史之乱爆发后的第二年，唐玄宗逃到了四川，一些官员和文人也纷纷来到江南一带避难，张继也在其中。这首《枫桥夜泊》正是在那个时候写出来的。清冷的江南秋夜，前半生都在太平年月里度过的张继，感到了前所未有的无助，霜天的寒意浓得化不开，江上渔船的灯火也带不来丝毫的安慰。当盛世中所有欢歌笑语都在夜半的钟声中沉寂时，张继的心里开始隐隐明白，秩序和安定不是理所当然、一成不变的，秩序和安定只不过是一只孤零零的客船，它载着毫不知情的人们在无序和荒谬构成的无垠水域里摇晃不定，只需一个不经意间的大浪就能打翻它，但这对舟人遥听悠远的钟声伴着自己安然入梦又有什么影响呢？

诗中的舟船不仅能承载世道剧变下普通人沉重的愁思，更能令那些被卷进时代风口浪尖的人在风暴中有所依托。王安石在瓜州的船上，道出了对回家之路的期待："京口瓜洲一水间，钟山只隔数重山。春风又绿江南岸，明月何时照我还。"（《泊船瓜洲》）

史书中王安石的形象一向是偏执而不近人情的，他好像从来不知道什么是疲惫、什么是退缩。为了实现自己的政治理想，他能毫不留情地铲平路上一切阻碍，他不畏天变，不恤人言，不守祖宗之法，一如他的名字"安石"，他就像一块石头般执拗、坚定、不知变通。然而人终究不是石头，王安石这尊石佛也有自己内心柔软的角落。钟山是王安石从小长大的地方，也是他一生起起落落的最终归宿。这首诗不知成于何时，有人说是他赴京任学士时所作，有人说是他第一次被罢相后途经瓜洲所作。不论别人解读这首诗有多少政治意味，王安石对钟山的怀念是不容置疑地深切：只隔一水间，只隔数重山，经天纬地的安石公，这时的言语间竟然像个小孩子一样充满了期待和焦急。不管他在朝堂官场上经历了多少倾轧，不管青苗和募役是否能救国济民，不管世人评论王安石有多少是非功过，江宁的水道温宛如初，依然会将浪子的孤舟拥入怀抱，在他生命将要走到尽头之时轻声说：孩子，回家吧。

水和船，是所有江南的诗人都绕不开的一个话题，连"拗相公"王安

40

石在面对这两者时也如常人一般满怀柔情。傍水而生的人们的生活离不开水和船，曲回的流水和精巧的小舟构成了江南别具一格的风景。江南温湿的气候孕育了秀美的水乡，也孕育了许多只有江南才有的独特习俗。

夏秋之际，湖中往往多有莲子可采摘。采莲，便是江南独有的习俗之一，采莲的少女乘小舟在莲叶中穿行的场景，自古以来就是诗人赞咏描摹的对象，由此采莲已经成了一种诗化的民俗。棹击空明，歌荡莲开，柏舟轻摇，少女敛裾巧笑，古典中国的意境和美感，就随着诗人的笔触和莲舟的晃动，荡在每一个人的心头：

> 菱叶萦波荷飐风，荷花深处小舟通。
> 逢郎欲语低头笑，碧玉搔头落水中。
> 白居易《采莲曲》

采莲本是一项劳动，如今却成了别有所寄的诗语。船本是一种交通工具，划船更是一项费体力的活动，然而除了交通的用途和作为文化的符号，古人并不把划船视为负担，也借泛舟以娱乐："旅人倚征棹，薄暮起劳歌。笑揽清溪月，清辉不厌多。"（张旭《清溪泛舟》）此诗意境与徐志摩的现代诗句"满载一船星辉，在星辉斑斓里放歌"颇为相似，可能是徐志摩从古诗中汲取了些许诗意，又或许古今的人们在夜晚泛舟的感受都是相通的。

和张旭一样，韦皋也是在一个明朗的夜晚泛舟，晚上湖风清凉，不知何处飘来了采莲曲的歌声，自己也禁不住扣舷而歌，沐月色而更深忘归了："舟浮十里芰荷香，歌发一声山水绿。……扣舷归载月黄昏，直至更深不假烛。"（韦皋《天池晚棹》）如此看来，夜晚似乎是泛舟最好最适宜的时候，不过其实在晴日里行舟，也另有一番风景：

> 柳花飞入正行舟，卧引菱花信碧流。
> 闻道风光满扬子，天晴共上望乡楼。
>
> 李益《行舟》

夜里有星辉载船，朗月清风，自在歌声；白日有柳花沾襟，碧水东流，菱花如雪。若说夜晚泛舟是月照江水、花林似霰的朦胧之美，晴天泛舟则是江花似火、碧水蓝天的色彩盛宴。

和前面所述的都不一样，命苦的诗圣杜甫有时连泛舟都是出于无奈："直愁骑马滑，故作泛舟回。……江流大自在，坐稳兴悠哉。"（杜甫《放船》）不过纵然天气不太好，纵使是被迫为之，也不影响泛舟本身的乐趣。趁着山路不好走的机会，诗圣将自己抛入江中，随波逐流，体验了一回不管不顾的自在感。

舟船到底意味着什么，各人的答案自有不同，或是远游的凭借，或是归乡的依托，又或是兴致来时消遣的工具。但对大诗人孟浩然来说，船还是通向洗脱尘喧的道路：

山寺钟鸣昼已昏，渔梁渡头争渡喧。

人随沙岸向江村，余亦乘舟归鹿门。

鹿门月照开烟树，忽到庞公栖隐处。

岩扉松径长寂寥，惟有幽人自来去。

《夜归鹿门歌》

　　鹿门是汉代隐士庞德公的隐居地，离孟浩然的家南园只有一江之隔，乘船在几个小时之内就能到。孟浩然在四十岁返乡之后，萌生了归隐之意，作为古时隐士居所的鹿门也就成了孟浩然的一处别业。孟浩然年轻时渴求进身仕途，二十五岁时离家远游，四十岁回到家乡，其间结识了无数的名流公卿，却一直没能给自己博得一个前程。每当乘舟向鹿门开去，耳畔传来的山寺钟声似乎在悲悯地注视着那些生存着挣扎着的人们；每当看着渡头上喧闹的人们，这段路程都让他入世的心熄灭那么一点，久而久之，就再也不想复燃。想在群体中获得承认，是人类这一社会性生物的天性，"欲济无舟楫，端居耻圣明"（孟浩然《临洞庭湖赠张丞相》），最终，他找到了舟楫，而舟船却把孟浩然和陆地隔绝，驶向了超脱的彼岸：那里只有庞公，没有世人；只有诗性，没有欲求；只有寂寥，没有喧闹。独自往来的幽人到底是汉时的庞公，还是孟浩然自己，诗人自己也分辨不清，早在孟浩然乘舟而来时，这二者就没了区别。

　　千山易过，一水无舟而不可渡。舟船，这个重要而特殊的载具，不仅带领人们突破了地理的阻隔，更让载着诗歌的精神在中国的血脉中永久流传。

车辇　年年道上随行车

今日的世界，是名副其实的车轮上的世界，我们已经习惯了汽车带来的便捷，随之而来的污染和高事故率也是我们避不开的话题。汽车促使人们修建四通八达的城市道路，汽车带来了巨大的石油需求……汽车就像天神的巨手，改变着无数地域和人们的命运，可以说，内燃机车剧烈而迅速地重塑了整个人类生活的图景。

不过车这种依靠轮子的交通工具并非在近现代才毕露锋芒，相传车在古代中国的历史滥觞于黄帝时期，远古时代的车多为战车，"霾两轮兮絷四马"（屈原《国殇》)是当时战车的形象。那时候的生产力低下，战车算得上是最高端的战斗力，自然地成为国家或政权实力的象征。周朝时期，"万乘"这一名词就是天子的代称，因为只有天子才能调动万辆以上的战车。类似的，诸侯的代称是"千乘"。所以在先秦，车与军事有着浑然不可分割的关系。

到了唐代，车辆在军队中由战斗力转变为主要用来运送粮草物资的后勤力量，可车在军事中的重要性丝毫没有下降。杜甫在《兵车行》中描写军队出征的场面时，出现在眼前的第一个镜头就是络绎的车轮："车辚辚，马萧萧，行人弓箭各在腰。耶娘妻子走相送，尘埃不见咸阳桥。"

出征的士兵装备齐整，车马经过的路面尘埃四起，辚辚的车轮声中，出征的场面一片荒乱和悲哀。车轮声成了古乐府悲凉磅礴的商音，平民百姓家园凋残的可悲结局总是被历史的车轮轻描淡写地碾过，老杜唯一有效的抗议就是将这些记录成触目惊心的诗史。

诗圣的《兵车行》是大场面的征兵众生图，而有的诗人着眼于小情节，咏唱着尘世间频频上演的爱恨情仇："征人遥遥出古城，双轮齐动驷马鸣。山川无处无归路，念君长作万里行"，"君家大宅凤城隅，年年道上随行车"，"门前旧辙久已平，无由复得君消息"。（张籍《杂曲歌辞·车遥遥》）

征人一出发就再也不见了踪影，没有征尘遍地，没有哭号震天，只留下了当日门前的车辙一日日地消隐，而要等待的人再也不曾出现。留守者有万般孤寂，恨不能变为远方人车上叮当作响的金銮。征人出发时留下的最后印象是车轮的声响和马的嘶鸣，留守者的脑海里这个声音日夜回响，并无时无刻不期盼它再次真的在门前响起。从《诗经》中采卷耳、酌金罍的女子，到张籍笔下在门口等待征人的思妇，再到现代文艺作品里数不清的车站离别的桥段，古往今来，发动机的轰鸣取代了马匹的鸣叫，远行和等待的故事却一直不断上演，从来不会有多少改变。

江南水乡，舟船与诗意同行，北域地广而水少，车轮在广漠上碾成诗辙。王维奉命出使边塞时，便是乘车而去的："单车欲问边，属国过居延。征蓬出汉塞，归雁入胡天。"（《使至塞上》）

王维出使主要是为了安抚慰问边关的将士，实际上，他是在很不情愿的情况下来执行这次任务的，因为玄宗皇帝名义上是让他出使，实则是把他排挤出了朝廷。受到排挤的王维在去边关路途的车上心似飘蓬，正是在心下暗自不满之际，他见到了一生中最雄浑壮阔的景观。在塞外的天地中，他心中的积郁卷进了茫茫大漠，诗坛中"千古壮观"的名句就这样诞生了："大漠孤烟直，长河落日圆。"（《使至塞上》）王维释然了，他感到自己心中原先的怨怼是那么小家子气，在如此瑰奇的自然面前不值一提，他变得豁达起来，转而开始赞叹前线征战的将士。我们审视这幅场景的时候可以发现，在诗中展现了自己情感变化的乘车的王维和并未直接出场的骑马的都护，这两者一内一外代表的正是文明内部和外部的保证，文人受排挤仍然豁达而慷慨，军官作战奋勇胜势自昭。短短的一首小诗中，就可一窥唐帝国强盛的奥秘。

乘车前往胡地的不全是征战的士兵和督战的官员，也有带着和平使命的和亲妃子，明妃王昭君就是其中的代表。

在传统的看法里，王昭君离汉之时是带着忧愁和满怀怨恨的，而她的

46

命运是悲惨的：

> 汉家秦地月，流影照明妃。
> 一上玉关道，天涯去不归。
> 汉月还从东海出，明妃西嫁无来日。
> 燕支长寒雪作花，蛾眉憔悴没胡沙。
> 生乏黄金枉图画，死留青冢使人嗟。
>
> 李白《王昭君》

离了自己生长的故国，去往偏远陌生的匈奴部落，路上疾风千里，异域人多暴猛，回家的机会也十分渺茫，而自己的终身大事又是一桩政治婚姻，任谁都会觉得绝望。昭君千恨万恨，在漫漫黄沙中弹起了琵琶：

> 马上离愁三万里，望昭阳宫殿孤鸿没，弦解语，恨难说。
>
> 辛弃疾《贺新郎·赋琵琶》

这段长达一年多的出塞之程甫一结束，王昭君就在匈奴部落给汉朝写信要求回家，不过终其一生，她也没能再次回到汉地。

历史上将明妃这个人物基本定型为一个出塞下嫁蛮夷的悲剧女子的形象，但是这些大多是人们的臆想和猜测，她出塞时到底是何感想，如今已没有人能了解。这个一向悲伤的故事，或许在现实中是另外一番光景：

明妃初嫁与胡儿，毡车百辆皆胡姬。

含情欲说无语处，传与琵琶心自知。

王安石《明妃曲》

　　王安石常有和现代人更为接近的想法，这首《明妃曲》的调子，就和别的咏明妃的诗歌大相径庭。虽说提到弹琵琶是因为语言不通而和胡儿曲调传情有点言过其实，但在正史的记载中，王昭君出塞确实是自觉留在宫内没有前途而做出的自愿行为。所以说，她并不像后来被掳走的蔡文姬那样有那么多深感汉道之衰、自身生不逢时的悲叹，明妃落泪更多的是对家园的留恋。而在匈奴安定下来之后，她有了自己的家庭和孩子，也算是很有地位，比之汉宫中的不见天日，过得还算得上幸福和富足。不过在她生命的晚期，遥远的汉土发生了政治大地震，王莽上演了一出篡汉的戏码，匈奴不承认他的伪政权，昭君一心维护的和平破碎了，她很快就在担忧中去世。就这样，王昭君作为一个平凡又不凡的女人度过了完整真实的人生，而并非是文人叹咏的那个哀伤虚假的绝世美人。王安石懂得这个道理，所以他说人生乐在相知心，世上哪有那许多的胡汉之分，又有谁是全然悲切的人生？不过都是悲笑相杂，忧乐参半。后人能借以凭吊她的，却只有她出塞时谱的哀曲和一个长着青草的坟包。

　　暂且把战争、边关、出塞撇在一边，在民间，车因其内部有独立的空间，乘坐起来也较为舒适，受到了大户人家尤其是女性的青睐。有时候比较含蓄的诗人会用车来指代自己爱慕的女子。李商隐就是这样一个心细如发，又含而不露的多情诗人：

> 油壁香车不再逢，峡云无迹任西东。
> 梨花院落溶溶月，柳絮池塘淡淡风。
>
> *李商隐《寓意》*

　　李商隐诗中的意象向来隐蔽晦涩，有极大的解读空间，如同虚幻扭曲的梦境。油壁香车是一件实在的物件，峡云是飘忽的不可捉摸的，不过在诗人的梦里二者被混淆了：一辆香车迎面驶来，又徐徐远逝，未有片刻停留，诗人自知无缘再逢，只得目送芳尘离去。那个油壁香车中的女子，那段似油壁香车般精致的感情，都在人生中如烟似雾，萦绕徘徊，难以驱散。

　　人若是乘车，外面的人往往只见其车，不见其人，这也是诗人乐于以车指代女子的一个原因，"其室则迩，其人甚远"，能让读诗之人自然地生出可望而不可即之感，比之直接地描写女子姿态更有含蓄朦胧之美。

> 每出深宫里，常随步辇归。
> 只愁歌舞散，化作彩云飞。
>
> *李白《宫中行乐词》*

　　除了用来指人，诗人也常借华美的车辆在诗中铺陈出贵气、值得向往的生活场景。从乡野初次来到繁华的都市，年轻人眼里最为艳羡和震撼的

是这里纵横相交、宽窄相错的马路，以及驰行其间的宝马香车：

　　　　长安大道连狭斜，青牛白马七香车。

　　　　玉辇纵横过主第，金鞭络绎向侯家。

　　　　龙衔宝盖承朝日，凤吐流苏带晚霞。

　　卢照邻《长安古意》

　　长安是大唐的心脏，世界上的一切繁华和生命力都集中在这里，让初来乍到的年轻诗人既热血沸腾，又自惭形秽。长安大道上络绎不绝的车马，就是帝都华贵最显眼的标志。

　　雍容的马车也有走到尽头的时候，甘露之变后，唐朝这辆在悬崖边上勒住的马车终于失去了控制，向万丈高崖直冲而去。唐王朝强盛的余晖只能残存在往日的车辙里，映照着当下的惨淡秋风：

> 望断平时翠辇过，空闻子夜鬼悲歌。
> 金舆不返倾城色，玉殿犹分下苑波。
> 死忆华亭闻唳鹤，老忧王室泣铜驼。
> 天荒地变心虽折，若比阳春意未多。
>
> 李商隐《曲江》

曲江以前是皇室贵族们出游玩乐的场所，当时，翠辇金舆在这里经过，已经成为曲江一景。天荒地变过后，这里成了野草丛生、野鬼悲歌的凄凉地。两相对比，李商隐意外地发觉自己的伤时感乱之情倒不如伤春之情来得深切，不由得引起人对历史、变迁和命运的深深思索。

在唐朝漫长的黄金岁月里，不是只有曲江有翠辇和金舆经过。古时候的官员或贵族乘车出游是很常见的，跟今天的人们喜欢自驾游类似。李商隐自己在长安的另一个角落——离曲江不远的乐游原，就曾写下脍炙人口的《登乐游原》：

> 向晚意不适，驱车登古原。
> 夕阳无限好，只是近黄昏。

李商隐生于晚唐，他没见过人们口中的唐朝盛世，只知在他出生时，曾给无数人带来过幸福年月的巨人就已垂垂老矣。因此，夕阳遍洒金光的景象即便再好，也无可避免地带着沉沉黄昏暮气。

和现代的自驾游略不一样的是，古代马车的速度较慢，驾车出游以观赏路上风景为主，车辆不光是交通工具，更是赏景的平台。杜牧的《山行》也算是"自驾游诗"中广为传诵的一首：

> 远上寒山石径斜，白云生处有人家。
> 停车坐爱枫林晚，霜叶红于二月花。

与李商隐由暖阳思及清冷黄昏正相反，深秋本来是寒冷的，然而车厢创造了一个不被外界影响的小空间，把寒冷变成了远处。如此一来，杜牧的深秋不但没有寒意，反倒让人颇感温暖。

不是每次秋季行车皆如杜牧这般自在清闲，毕竟不是每个人都像杜牧一样身出名门、位居高职。温庭筠的商山孤旅就是另一番况味：

> 晨起动征铎，客行悲故乡。
> 鸡声茅店月，人迹板桥霜。
> 槲叶落山路，枳花明驿墙。
> 因思杜陵梦，凫雁满回塘。
>
> 《商山早行》

　　温庭筠觉得这个清晨格外冷，不仅因为出发太早太阳还没出来，还因为他出发是为了出任一个小地方的县令，而他已近天命之年，仍然为着生计奔波羁旅。温庭筠只是想要安稳平静的生活，现实却一次次地把他从床上叫醒，催他上路，告诉他这里不是你的终点。所以，温庭筠的车行诗中有许多别人不在意的细节，如比他更早起的行人的脚印，又如山路上铺着的槲叶。

　　行军、出塞、游赏、去国，人生如逆旅，我们皆是行人，乘车的路途不论长短好坏，所有的道路都有终点：驱使战车的将军魂归天际，出塞的妃子埋在路旁青冢，金舆和雕鞍沾惹尘埃浑身锈迹。而车辆和交通本身则执着前进，未曾流过一滴穷途之泪，其身后是飘着诗香的小径。

骑乘　我行策马随神飙

中华文明历史悠久，长达五千多年，而考古学证明，黄河流域人类驯养马的历史也可追溯到五千多年以前。周朝贵族教育内容的六艺之一就是"御"，即驾驶马车的技术。周朝时主要用马来驾驭战车，只因当时中原地区马以劣种居多，无法直接骑乘。这也导致北方游牧民族侵扰的问题非常严重，秦燕等国的诸侯修建长城就是为了抵御游牧民族的侵略。

这种情况持续到了汉朝，汉朝时中原皇室从西域引进了众多的良马，大大改善了中原的马种，直到这时中原王朝才真正有了和塞北蛮族对抗之力。汉武帝在西北养骏马三十万，拼举国之力，终于第一次将匈奴彻底地赶走。"不教胡马度阴山"（王昌龄《出塞》）的辉煌成为后代咏唱不绝的热望。

与游牧民族的斗争是中华文明世世代代的主旋律，西北地区草场和耕地分界线附近的厮杀和纠葛从没有停止，这是人的战争，更是马的战争。会进行运动战的草原骑兵是整个古代世界中所能遭遇到的最为恐怖凶残的敌人，他们能轻松地冲垮数倍甚至十倍于他们的步兵队伍，他们也能依靠速度优势和骑射技术一点点地蚕食人数众多但笨重不便的步兵精锐部队，即使是拥有火器的明朝几十万大军，在来不及准备的情况下开战，也在土木堡大败于仅仅数万的瓦剌骑兵。蒙古人正是依仗强大的骑兵，得以横扫欧亚大陆，在短时间内获得了地球上几乎所有文明的统治权。直到第二次鸦片战争，八里桥之战清军的三万铁骑折戟于英法的火枪大炮之下，骑兵不败的神话才宣告终结。

诗人们旅行于西部的戈壁、草原、群山、城垒之间，雄奇苍茫的地理风光给旅行者造成交通困难的同时，也带来了很多诗情，大大激发了他们的创作激情，在策马西行的行旅中诗人也对古战场进行了一次诗意的巡礼：

我行策马随神飙，穹庐夜卧蒙战袍。

杨揆《穆鲁乌苏河》

边境纠纷不断，在中国衍生出了相应的边塞文化，边关与战马成了边塞诗人的浪漫源泉。这类诗作通常是文官随伍出行时所作。文人们不能上阵杀敌，但他们以笔代剑，留下了无数广为传诵的诗篇，让人们在字里行间得见古战场的刀光剑影。岑参《走马川行奉送封大夫出师西征》：

> 匈奴草黄马正肥，金山西见烟尘飞，汉家大将西出师。
> 将军金甲夜不脱，半夜军行戈相拨，风头如刀面如割。
> 马毛带雪汗气蒸，五花连钱旋作冰，幕中草檄砚水凝。

在大西北恶劣的环境中，骑马行军是极其危险极其辛苦的：对地形更为了解的蛮族军队随时可能在暗中出现，稍有不慎甚至会连敌人的面都没碰到就被戈壁无情的寒风夺去了性命。即便如此，诗人仍然对汉家大军信心十足，认为其所到之处，胡虏的骑兵皆应闻风丧胆。我们仿佛能看到诗人带着一脸赞许和自豪的微笑，迎风立马，迎接王师凯旋。

一匹良马可以说是战士的半条性命。士兵们在战场提刀饮血，他们的身家性命都牢牢系在胯下的马匹上，杜甫的《前出塞》里就说："射人先射马，擒贼先擒王。"

战场幸存者的感受平常人是难以体会的，不论这场战争的目的是什么，敌人是谁，只要上了战场，就全变成了本能的生存之争，沙场成了名副其实的修罗场。王昌龄《出塞》：

> 骝马新跨白玉鞍，战罢沙场月色寒。
> 城头铁鼓声犹震，匣里金刀血未干。

快马，寒月，沙场，鼓声，搏杀，在战场上穿行的每一秒钟，人的每一处感官和神经都被不断地强烈刺激着，而现代社会的人仅仅想有个能让肾上腺素飙升的机会也很难了。

诗人们对骑马和作战的描写多半出自想象，但是也有少数的人，允文允武，对作战有切身的体会，在文学上也有较高的造诣，能使两者直接地结合到一起，才高八斗的曹子建就是其中之一。曹植《白马篇》：

> 白马饰金羁，连翩西北驰。
> 借问谁家子？幽并游侠儿。
> 少小去乡邑，扬声沙漠垂。

曹植继承了父兄文能提笔武能跨马的游侠风骨，他第一次上马打仗时不过十五岁，未及弱冠之年。像所有的年轻人一样，他的头脑里装满了理想主义，混乱和死亡这些严肃的概念还没来得及写入他的字典。在他眼里，战争是一场自己总会当赢家的有趣游戏，在这个游戏里他不仅可以尽情地展示自己娴熟的骑术弓术，还能为国立功、伸张正义。

这种浪漫主义的侠客精神自建安时期发轫，扎根于南北朝，终于在唐朝盛开了一朵青莲。李白是诗人，是酒鬼，是求仙问道者，也是一个骑马仗剑的侠客。李白《侠客行》：

> 赵客缦胡缨，吴钩霜雪明。

银鞍照白马，飒沓如流星。

十步杀一人，千里不留行。

事了拂衣去，深藏身与名。

　　李白的内心是复杂又丰富的，他像传统文士一样有着遇明主、得大用、安黎元的儒家理想，也有着庄生式遗世独立的自由灵魂。同时，燕赵侠士的春秋大义也令他十分憧憬。所以他笔下的侠客，兼儒生、仙人和游侠三者于一身，这也是他理想中自己将成为的形象。完美的侠客受知己所托付，杀仇寇，济苍生，白衣白马，仗剑而行，身形凌厉，顾盼生姿，功成身退，从此隐居，不为世俗名利，只循大义而行。完美的侠客是李白的自我定位和目标，只是世上容不下这样的完美，所以完美的侠客只能活在李白的想象中，李白就是古代中国唯一的浪漫主义骑士。

　　谁又不想做一个无拘无束、来去如风的侠客？然而"人生而自由，却无往不在枷锁之中"——这句话出自一位西方的浪漫骑士之口。年轻时每个人都曾想以梦为马，追寻远方的奇景和琳琅的珍宝，踏遍万水千山，穿梭于银河繁星，直到后来他却发现了一些和他们想象中不一样的事情。

　　追梦，让人们踏上旅程，然而，行进中的思绪是无奈而又凌乱的。他们发现：相比于远方的珍奇，他们更希望看到亲人熟悉而衰老的笑脸；相比于漫天的繁星，他们更想看到带着家乡讯息的鸿雁；相比于所谓大好前程、人生长路，快乐而自由的时光是那么短暂易逝。曾经不相信的、不屑一顾的一切，他们如今已经和它们握手言和了。"故园东望路漫漫，双袖龙钟泪不干。马上相逢无纸笔,凭君传语报平安。"(岑参《逢入京使》)现在他畏畏缩缩地向马上相逢的故人打探故乡的消息,捎回违心的"平安"慰语,然后继续急匆匆地赶路。侠客终究成了普通人,而且心甘情愿。

虽说在文人阶层掌握权力的封建社会中大多数诗人的棱角会被官场上的人情世故磨平,但他们在骑行天下,甚至在蹇驴跛行的狼狈之时,还能回想起最初的志向和愿望,还能依稀记起心中老去的游侠,也不忘自嘲一下自己挣脱不去的诗人的底色。陆游《剑门道中遇微雨》:

> 衣上征尘杂酒痕,远游无处不消魂。
> 此身合是诗人未?细雨骑驴入剑门。

陆游身处两宋之交,他还没到能记事的年纪的时候,全家就因为战乱而流离于全国各地,这些记忆跟随了他一辈子,他也一生都致力于挽救大宋残破的河山。他一直希望自己能亲上沙场荡寇鏖兵,连做梦都会梦到铁马冰河,可说到底,他是一介书生,是风吹雨打的弱国的书生。陆游在回剑门的道路上遇到微雨之前,在南郑前线的幕府里当了八个月的幕僚,这也是他真正亲临战争前线的仅有的一段时光,也就是他念念不忘的所谓"楼船夜雪瓜洲渡,铁马秋风大散关"(《书愤》)的军旅生涯。这段不长的抗金生涯以幕府的遣散而告终,陆游也被调到蜀中担任一个清闲的官职。入蜀的路上,陆游骑驴而行,就这样颠簸着慢悠悠地过了剑门,浸润着沾衣未湿的细雨,五味杂陈的心里忽然自嘲起来:自己难道真的注定是个诗人了吗?抗金保国、试手

〔唐〕韩干《牧马图》

补天的壮志成了一场空，他还是又成了那个自己拼命想摆脱掉的百无一用的书生。无奈地，或许是宽慰地，陆游有了余生就在蜀地终老的念头，最后，他接受了自己：骑上毛驴，不再去想战马。

对一个和平时代的文人来说，人生中没有忧国悲乱，只需要关心自己的仕途和前程。人生中最重要的时刻就是金榜题名时了，孟郊《登科后》：

> 昔日龌龊不足夸，今朝放荡思无涯。
> 春风得意马蹄疾，一日看尽长安花。

诗人得知自己登科之后的表现和今日高中生高考被知名大学录取的心情类似，这时候就需要好好地放松玩乐一下了。骑马踏青是个好选择，骏马和心情一起飞驰，真是再快活不过了。

相对于乘车来说，骑马更自由便捷，更容易走入无路的风景，于是，骑马踏青应该像今天的自驾游一样，是古时一种流行的行旅风尚。西湖和多位大文豪结缘匪浅，其中白居易对于西湖的喜爱广为人知。白居易的西湖之游是从《钱塘湖春行》开始的：春光乍现的西湖"几处早莺争暖树，谁家新燕啄春泥"，这儿新生的一切都那么娇嫩可爱，而诗人的马蹄也踏着轻快的节律，"乱花渐欲迷人眼，浅草才能没马蹄"，连坚硬的马蹄都被柔化在初生的浅草中。像这样没有一词一句道及伤春、惜春的纯粹的乐游和享受，实属古典诗词中稀有的珍品。

骑马免去了步行的劳苦，较之舟车等也更为自由，所以马上的旅程，连离愁都变得优哉起来。欧阳修《踏莎行》：

> 候馆梅残，溪桥柳细，草薰风暖摇征辔。离愁渐远渐无穷，迢迢不断如春水。

和煦的春天，马蹄上带着暖风吹来的草的芳香，这份优哉若维持到秋日，荞麦花的清甜香气便会伴随着离愁飘散在空气里。王禹偁《村行》：

> 马穿山径菊初黄，信马悠悠野兴长。
> 万壑有声含晚籁，数峰无语立斜阳。
> 棠梨叶落胭脂色，荞麦花开白雪香。
> 何事吟余忽惆怅，村桥原树似吾乡。

"家为逆旅身在途。"（陆游《逆旅行》）若说《村行》是秋天里信马由缰、摇铃轻唱着的思乡曲，那么《天净沙·秋思》就是天涯孤客黄昏时分低沉哀回的独奏：

> 枯藤老树昏鸦，小桥流水人家。古道西风瘦马。夕阳西下，断肠人在天涯。

　　骑士面带愁容，瘦马无力地驮着夕阳。这首诗也是马现今的真实写照。工业革命以来汽车工业的飞速发展让马车销声匿迹，如今只能在赛马场等地再睹神骏风采了，想要再体验乘马而行，也要到一些特定的旅游区去了。人和马相伴五千年，人改变、塑造着马的形态和习性，马也改变着人的社会和历史，马对于人类，不是单纯的代步工具，更是心有灵犀的老朋友。五千年后的今天，人们有了更快的交通工具，未来的日子里，还可能有更多，但人们永远不会忘记那段马背上的岁月，和那段岁月赠予的珍贵礼物。

登高壮观天地间

储方舟

行旅，既有对山川大地的横向征服，也有对楼台高阁的纵向跨越。登高，便是后者。楼台高阁，是人类的建筑杰作，而登临其上，领略到的是河山日月，是自然与人文的交接。人生局促，最宜登高望远，而得大视域、大胸襟，不为些小得失所囿，从而令人发出超越时空的共鸣之音。岳阳楼、鹳雀楼、黄鹤楼、滕王阁、幽州台，诗人们登临其上，又发出了怎样的洪音，回荡在古今天地之间呢？

64

楼观岳阳尽

　　岳阳楼是荆楚大地的地标，人们想象中的岳阳楼宏伟大气，是一个观看洞庭湖景色的好地方，同时更令人神往的是登临岳阳楼去感受它所蕴含的人文因素，中国人从小就耳熟能详的"先天下之忧而忧，后天下之乐而乐"正是出自范仲淹的《岳阳楼记》。

　　其实，在我们看来充满文人气息的岳阳楼，最初是一座阅军楼，一千八百年前，吴国都督鲁肃就站在这座阅军楼上指导和检阅备战中的东吴水兵。岳阳楼在古代建筑里独具一格，它保存了中国最大的盔顶结构：屋顶看上去就像古时候将军的头盔，让人能依稀地感受到它曾经作为阅军楼的雄武之气。

鲁肃不会想到，他建造的这座阅军楼，会成为岳阳乃至中华千年文脉的传承载体。

岳阳楼景区的门口有几个金色的古代楼阁模型，都是仿照古代各个时期岳阳楼的不同样式而制作的，做工精致，别有意趣。它们负责把岳阳楼从古至今的沧桑变化展示在游人面前，将这座古楼经历的无数变迁娓娓道来。

岳阳楼原来叫作巴陵城楼，传说其"岳阳楼"之名得自唐朝时诗仙李白的题诗："楼观岳阳尽，川迥洞庭开。雁引愁心去，山衔好月来。云间连下榻，天上接行杯。醉后凉风起，吹人舞袖回。"（《与夏十二登岳阳楼》）和友人一起游玩的诗仙显然心情不错，湖风习习，月朗云清，于高楼好夜，与良朋共饮，总是人生在世不称意的诗仙，难得乐得这么开怀。随性的笔墨泼到之处，成就了这首流传至今的好诗，也给这座楼留下了一个人所共知的名字。

诗仙李白留下的是逸兴遄飞的喜悦，可是岳阳楼上的览物之情，从来不是只有一种，大诗人杜甫面对同样的岳阳楼却留下了截然相反的情绪："昔闻洞庭水，今上岳阳楼。吴楚东南坼，乾坤日夜浮。亲朋无一字，老病有孤舟。戎马关山北，凭轩涕泗流。"（《登岳阳楼》）

与诗仙易变而跳脱的心性不同，诗圣杜甫的忧怀似乎从来没有变过。在宽广无边际的洞庭湖水前，他的思绪似乎已经不在岳阳楼本身。他"昔闻"之时，正是血气方刚的少年，怀着一身的激昂，总觉得自己要建功立业，所以能写出"会当凌绝顶，一览众山小"（杜甫《望岳》）这样的句子；"今上"之时，却变成了一个孤独的糟老头子，对国家的危难无能为力，只有老泪。看着曾

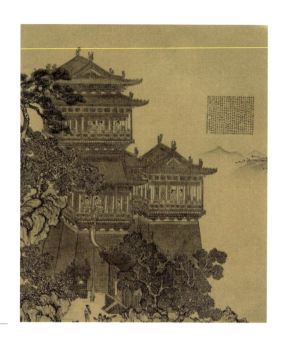

〔元〕夏永《岳阳楼图》

经向往的洞庭水和岳阳楼，杜甫早已没有了愿望成真的喜悦，只剩下几句关于人生和时间的慨叹。

诗圣的孤舟漂在湖上，恐怕一辈子都不能摆脱孤独和忧愤，然而如果把我们的视角放大一些，就会发现他并不孤独，四百年之后，他的知己出现了，这个人就是陈与义。同样的忧国忧民，也同样的忧身忧命，也同样在岳阳楼上留下了沉郁壮阔的诗篇："万里来游还望远，三年多难更凭危。白头吊古风霜里，老木苍波无限悲。"（陈与义《登岳阳楼》）不知是陈与义有意模仿，还是他们本就性情相同，只是不同的时空造就了不同的命运，我们无从知晓。

人到中年的陈与义，诗文中都难掩风霜，字里行间除了悲壮之外，更有刀刻般的坚毅。这种老而弥坚，除了岁月之外，再也没有另一件东西能将其给予一个男人。这个时候的陈与义，看尽了江湖异态，颇有些蒋捷"壮年听雨客舟中"（《虞美人·听雨》）之感。洞庭湖浪大风急，贬谪、磨难、穷途，活得越长，见得越多，人就越会在江湖潮信和人间风浪同时涌起时感到茫然："乾坤万事集双鬓，臣子一谪今五年。欲题文字吊古昔，风壮浪涌心茫然。"（陈与义《再登岳阳楼感慨赋诗》）

　　除了苍凉沉郁的杜甫和陈与义，来岳阳楼的更多是壮游的年轻人。他们的诗词中，充满了对自己未来的信心。"已极登临目，真开浩荡胸。不因承简命，那便壮游逢。"（钱大昕《岳阳楼》）少年意气，登临高楼，心胸开阔，仿佛整个世界都在等着自己去闯荡，他们眼中的世界具有迷人的无限可能性。只是我们无从知晓，这些当年的激昂少年，在生命的后半段，是否在另一座高楼上，写下过完全不同的诗篇。

　　岳阳楼的壮观宏伟常常能激起诗人们心中悲壮或者豪迈的情怀，可总有人眼中的风景和别人不同。

　　崔珏是个怀沙有恨的人，他眼里的岳阳楼风景也带上了一层荒蛮凄凉之色："怀沙有恨骚人往，鼓瑟无声帝子闲。何事黄昏尚凝睇，数行烟树接荆蛮。"（《岳阳楼晚望》）朦胧间，他仿佛回到了远古的楚国，目之所及都是屈原曾看过的景象。毫无疑问，他就是范文正公笔下以物喜以己悲的迁客骚人。而他的情绪在诗歌和历史中都算不上独特，比如明朝的唐寅，也是一个落魄但仍追求功名的诗人，在岳阳楼上叹息着自己的前程："巴陵城西湖上楼，楼前波影涵清秋。数点征帆天际落，不知谁是五湖舟。"（《巴陵》）唐寅的表达较为隐晦，估计就连他自己也没弄清楚自己想要的到底是什么：是范蠡的功名，抑或是范蠡的逍遥。在矛盾中，他又给岳阳楼添上了一笔不浓不淡的诗意。

　　诗人们的心境或许相似，但是他们登临的岳阳楼已经不同，除了广为人知的宋代滕子京重修岳阳楼外，岳阳楼还多次因火灾而重修，修缮和改造更是不计其数。如今的岳阳楼和诗仙喝酒吟诗的那个岳阳楼，已经有了极大的差别，它像一艘忒修斯之船，部件不停地更换和变动，但和忒修斯之船这个令人困惑的哲学命题不同：只要岳阳楼还是那个承载了无数人文情怀的地方，它如何变化人们都不会觉得陌生。

现代岳阳楼大体上来说和明朝时的差别不大，坐落在岳阳西城墙上，遥望君山，俯瞰洞庭，风景独特，地理位置属于水陆交通枢纽，"北通巫峡，南极潇湘，迁客骚人，多会于此"。正是这得天独厚的地理位置，造就了岳阳楼丰富的人文内涵。

诗人李东阳身处的明代，岳阳楼的人文、自然景观和现在相差不大："吴楚乾坤天下句，江湖廊庙古人情。中流或有蛟龙窟，卧听君山笛里声。"（《登岳阳楼》）随着现代旅游业的开发，游客得以体会岳阳楼"江湖廊庙古人情"的风貌。景区内不论是纪念品店还是小吃摊，都在岳阳特色之外别有一种浓厚的文化底蕴：岳阳楼是因《岳阳楼记》而闻名，而《岳阳楼记》流传下来的是对于国家、对于个人、对于天下百姓儒家式的关怀和思考，这种关怀和思考，已经深入中国人的文化基因，代代传承。

虽说从外观上看，岳阳楼和从前一样古朴和恢宏，但是如今的人们要想真正地体会到古人的登临之感，已经难以做到了。

洞庭湖经过一代又一代人的围垦，湖域面积已经大幅萎缩，宋代时仍能训练海军的洞庭湖，现在以惊人速度慢慢萎缩，洞庭湖域面积从原先稳居五大淡水湖之首，变成了第二。"衔远山，吞长江，浩浩汤汤，横无际涯"，范文正公当年的洞庭大观已不复存在，古人的心境，又从何找寻呢？同时，在现代建筑不断生长的城市里，岳阳楼渐渐矮小了起来，三层的建筑在古代或许算是高楼，如今却在高楼大厦的丛林中显得格外矮小，恐怕现代游客是难以在岳阳楼上体会到登高望远的感觉了。

历史发展到今天，岳阳楼的身影已经不再那么突出，现在的岳阳楼景区，更像一个文化主题休闲公园，在快节奏的城市生活中供市民和游客悠闲休息——白头吊古的沧桑、凉风醉起的夏夜、戎马关山的悲思——那个属于大起大落的文人情思的岳阳楼已经融化在了游客们迎着阳光的笑脸里，融化在了市民生活的温柔平凡里，和温柔平凡的时代旋律变得一致。"予尝求古仁人之心，或异二者之为，何哉？不以物喜，不以己悲。"岳阳楼像一个退休的老人，不再迎接历史的风浪，只在内心深埋中国传统忧与乐的哲学。登临这里的人们不论失落还是欢喜，不论是顺路游玩还是心怀向往，都能在这里找到那颗博大而沉静的古仁人之心。正如范仲淹在《岳阳楼记》中所说："居庙堂之高，则忧其民；处江湖之远，则忧其君。是进亦忧，退亦忧。然则何时而乐耶？其必曰'先天下之忧而忧，后天下之乐而乐'欤！噫！微斯人，吾谁与归！"

更上一层楼

在中国，唐诗不仅是一个文化符号，也在一定程度上承担着教育和启蒙的功能。许多父母在幼儿牙牙学语时就教他们背诗，大多数中国的儿童都能背顺口溜似的背出不少诗，其中肯定有王之涣的《登鹳雀楼》："白日依山尽，黄河入海流。欲穷千里目，更上一层楼。"

这首诗的流传程度之广、影响之深，和李白的《静夜思》旗鼓相当。那么，当日王之涣为之吟出千古名句的鹳雀楼，又有着怎样的故事呢？

和同为中国古代四大名楼之一的岳阳楼一样，鹳雀楼最初也是因军事目的而建造的。南北朝时，北方周齐对峙，北周的宇文护为了加强黄河以外地区的防御，于黄河边上的蒲州城修建了一座瞭望台。在当时的人看来，这座瞭望台之高，足可以突破云层，于是它被命名为"云栖楼"。后因楼高，而且靠近水边，这座云栖楼变成了鸟类生存栖息的乐园，于是，它换了一个名字：鹳雀楼。

鹳雀楼在诞生后的很长时间里都默默无语，那是一个沉默而痛苦的时代：汉帝国的旧秩序已经崩塌了三百多年，胡人在北方竞走逐奔，民族在血与火中融合，孝文帝的改革并没有带来统一的希望，反而导致了北魏的分裂；长江的另一岸，南方不断地朝代更迭且变得愈加羸弱。同时，中国的文学也在自己的道路上艰难地探索和跋涉着，继承了汉代较为原始的风格，经历了魏晋时期人的自觉，加之佛教兴盛的影响，文学在不断地成熟和改变。中国的历史和文学，此刻都在等待：等待着自身的痛苦蜕变，等待着新秩序的分娩，等待着黑夜中黎明的第一道曙光。鹳雀楼也在等待，它在等待一个人。

出生在盛唐的王之涣，年轻的时候一心想当一个游侠。他行事颇有侠客之风，同时又是个有才气的诗人。他喜欢旅游，喜欢在马上看边塞的风景，喜欢在夜晚弹剑作歌，总之是个性情中人，也是个文艺青年。王之涣出身于太原王氏，在唐代，太原王氏位列"五姓七望"，这也是他张扬不羁的原因之一。他担任过衡水主簿，这个职位并不是通过科举考来的，而是直接"调补"上去的，他的上司衡水县令还把自己的女儿嫁给了他。按理说，工作不发愁，遇到赏识自己的上司，还抱得美人归，在常人眼里，王之涣简直就是人生赢家、天生的幸运儿。

但他对这种生活毫不犹豫地说不。他辞了官，回蒲州过了十五年贫穷却自由的生活。别人都觉得惋惜，作为古代的文人，这样的行为相当于把自己的仕途一手葬送了。在学而优则仕的儒家观念中，他身为读书人的最大价值已经没有办法实现，可这是他自己的选择。这十五年里，他与关山明月和玉门羌笛相伴，他在桃溪里的小舟上入眠，他和诗结下了不解之缘。在现实世界和审美世界中，王之涣选择了后者，这样的选择有什么样的冷暖，只有他自己知道。

"遂优游青山，灭裂黄绶。夹河数千里，籍其高风；在家十五年，食其旧德。雅淡珪爵，酷嗜闲放。"（靳能《唐故文安郡文安县太原王府君墓志铭并序》）这是他的真实写照，旁人依照自己价值观进行的评价和判断显得苍白无力。王之涣是盛世版的陶渊明，或许隐居的原因从来不是世道太乱或者人心不古，和入仕一样，它单纯是另一种选择，一种不一样的生活方式，而生活方式并没有对错高下之分。王之涣虽不若年轻时那么锋芒毕露，但内心的侠气和激情从来没有消减过，真正的侠客，可能就是敢于做出自己选择的人。

终于，王之涣登上了鹳雀楼，"欲穷千里目，更上一层楼"，这句诗是每一个中国人从小接触到的关于上进心的名句。对于王之涣自己而言，这句诗可能有着更不同寻常的意义：望黄河入海，夕阳西沉，他想要看到更多更壮丽的景象，就必须一层层往上登，获得更高的审美高度。越往上，视野越开阔，世界越小，离地面越远。登到最高时他成了一个纯粹的诗人，拥有了纯粹的诗意，所以才如此抽离于世俗。艺术与现实的矛盾困扰着每一个诗人和艺术家。所以当纯粹的王之涣遇上了鹳雀楼，鹳雀楼从此成为一个诗意的象征和标志。

由于鹳雀楼有着曲折的身世，有关鹳雀楼的诗句也常为吊古题材。其中最有成就的是李益的《同崔邠登鹳雀楼》："事去千年犹恨速，愁来一日即为长。风烟并在思归望，远目非春亦自伤。"李益仕途坎坷，他的诗时常带些伤感。高高伫立的鹳雀楼给了他一个抒发情感的机会。古人和旧时的朝代，他并没有亲眼见过，所谓的千年百年，不过是史书上的数页，如今的山河和魏国的山河究竟哪里不同，也只能靠前人的传述分辨。眼前的景象和脑海中的前代故事交错映上心头，纷繁复杂的情绪在高楼上汇集：时间长河中的千年都只能算是细小的波浪，而人却往往囿于此一日的愁思。多愁善感的诗人只能以自伤作结。

唐朝是诗歌的时代，唐朝时期诗歌的繁盛后代人望尘莫及，只能寻找其他的文学形式，或者对唐人的成就加以总结。对于和鹳雀楼相关的唐诗，北宋沈括的《梦溪笔谈》有精练的总结：

　　河中府鹳雀楼三层，前瞻中条，下瞰大河，唐人留诗者甚多，唯李益、王之涣、畅诸三篇能状其景。李益诗曰："鹳雀楼西百尺墙，汀洲云树共茫茫。汉家箫鼓随流水，魏国山河半夕阳。事去千年犹恨速，愁来一日即知长。风烟并在思归处，远目非春亦自伤。"王之涣曰："白日依山尽，黄河入海流。欲穷千里目，更上一层楼。"畅诸诗曰："迥临飞鸟上，高出世尘间。天势围平野，河流入断山。"

　　李益和王之涣的诗，写景和抒情并存，畅诸的诗主要在于描写鹳雀楼及周围景致，传唱度不如前两首高。诗歌的黄金时代过去之后，中国的经济和文化重心日渐南移，鹳雀楼再度冷清了下来，金朝占领北方之后更是如此。

　　历史也是一首诗，马克·吐温说："历史不会重复，但会押韵。"元朝建立前夕，蒙古的铁骑踏过中国北方，宣告了金朝的覆灭，也将鹳雀楼毁于战火。鹳雀楼诞生于兵荒马乱的分裂北朝，被毁于战火纷飞的金末元初。同是民族间的融合与厮杀，同是有着偏安软弱的南方王朝。上一次，它的诞生伴随着汉代风骨的消逝和魏晋风流的遗唱；这一回，它的毁灭伴随着铁骑踏碎的汴梁金梦和喊杀声中渐悄的南国歌舞，历史在鹳雀楼的身上，押了一个残酷的韵脚。

　　元朝时，鹳雀楼的旧址还遗留在黄河边上。到了明代，黄河改道频繁，鹳雀楼的遗址也消失在了摆动的河床里。明清的诗人们，只得把蒲州城的西城楼当作鹳雀楼来登临。"河山偏只爱人游，长挽羲轮泛夕流。千里穷目诗句好，至今日影到西楼。"（尚登岸《和杨莹鹳楼返照》）

　　诗人们望着河山美景，心里却有些不是滋味，因为那座久负盛名的高楼已经不复存在了，连可以凭吊的遗址都没有，其遗迹湮没了黄河沙中。鹳雀楼的离去成了地球无常变化的一个注脚。

　　值得欣慰的是，如今鹳雀楼又一次获得了新生，1997 年，山西省政府开始在现在的黄河岸边仿照古代的样子重新修建鹳雀楼，2002 年，新鹳雀楼落成并开始接待游人。有人说，现在的鹳雀楼只不过是仿古的新建筑，而真正的鹳雀楼已经死了。然而在黄河那一刻都没有停下过的龙摆尾和无数载的刀

兵征伐面前，要让这么一座孤零零的饱经风雪的鹳雀楼在时间的侵蚀中长存不腐实在过于苛刻。如今的重建，与其说是人们让鹳雀楼在新时代重新安下家来，不如说鹳雀楼的重修使人们心中的辽阔诗意又一次有了安放的所在。

　　现代人和古代的隔阂到底有多大？恐怕很长一段时间里，学者们都不能给出明确的答案。但有生命力的文化会随着时间的流逝自己成长，更能在变迁中吸收时光的魔力，变得愈加迷人。鹳雀楼的生命力在现今重新燃起，证明了它独特的魅力。这种魅力，来源于壮阔的黄河，也来源于更上一层楼的审美情怀，希望这两样东西永远也不会死去。

76

黄鹤知何去

黄鹤楼的身世和岳阳楼十分相似，始建于三国时期的吴国，都在长江边上，但它们身上承载的文化有很大的差别。和岳阳楼的家国之慨不同，黄鹤楼多了一点仙气，围绕着它有无数的传说和故事。

关于黄鹤楼的兴建和名字由来，就有各不相同的说法，各种说法的背后也藏着不同的故事。最具传奇色彩的说法是：黄鹤楼本是一个姓辛的人开的酒店，有一个衣衫褴褛的顾客常在店里喝酒，这个人喝了店里的酒，却从不给酒钱。辛老板也不生气，仍然每天让他进来喝酒。有一天，客人临走前用橘子皮在墙上画了一只鹤，

〔元〕夏永 《黄鹤楼图》

这只画上去的鹤非常神奇，竟然会随着节拍翩翩起舞。自从有了这只奇鹤，店里的生意一天天红火了起来，经过十多年的积累，辛老板成了一位富翁。当年的那个客人又来到了店里，他用笛子吹了一曲动听的仙歌，那橘色的鹤就飞了下来，身下还带着朵朵白云，客人乘着黄鹤，飞上天去，再也没了踪影。辛老板为了纪念这位神仙，修建了黄鹤楼。

古代的名楼每每都和诗人结下不解之缘，而后成为人们观光和赏游的胜地。黄鹤楼也不例外，提起黄鹤楼上的诗，最负盛名的就是崔颢那首让李白都为之搁笔叹息的诗："昔人已乘黄鹤去，此地空余黄鹤楼。黄鹤一去不复返，白云千载空悠悠。晴川历历汉阳树，芳草萋萋鹦鹉洲。日暮乡关何处是？烟波江上使人愁。"（崔颢《黄鹤楼》）

崔颢的诗名很大，各种文献中关于他的记载却很少，只知他年轻时纵情声色，品行不端，后来他游历了各处的名山大川，见遍了人情世态，眼界开阔了起来，诗的风格也从艳丽轻薄变得壮阔凛然。和王之涣一样，崔颢也是个不得志的诗人，他早早中了进士，在宦海摸爬滚打了半辈子，最终却只落得个员外郎的身份，在故乡汴州隐居终老。

这首诗并不严格地符合格律，但它仍被向来苛刻的古人推崇为七律之首，可见它的艺术造诣已经不能单纯以原本的体系来衡量。黄鹤的传说本就缥缈莫辨，而眼前空荡的黄鹤楼却真实不虚，天上是悠悠的白云，云里是远去的黄鹤，云底下是阳光中的树林、江中长满芳草的汀州。虚幻和现实俱在此情此景，人类与生俱来的乡愁透过烟波浩渺的长江，直达遥不可及的地平线上的落日，仙人和黄鹤不是真的存在，那是幻想，是虚无，是人们在没有奇迹的世界里给予自己的温情寄托，是忧郁气质的诗人永恒的故乡。

李白一生漂泊不定，全国各地都有过他的足迹，虽然李白搁笔的故事广为流传，但其实李白对黄鹤楼有着很深的感情，留下的与黄鹤楼有关的诗作也有好多首。最为人们熟知的，是他的一首送别诗《黄鹤楼送孟浩然之广陵》："故人西辞黄鹤楼，烟花三月下扬州。孤帆远影碧空尽，惟见长江天际流。"

孟浩然与李白，这两位大诗人在黄鹤楼相聚之时，孟浩然已经是声名远播的诗坛明星，而年轻的李白则刚出蜀不久，两个人称得上是忘年之交。在生性不羁的李白的生命里，孟浩然是为数不多能得到李白衷心钦佩的人。离别之时，李白站在黄鹤楼上望着远去的长江，心中有无限的感慨，李白是个天才，天才总是孤独，"举杯邀明月，对影成三人"——贬谪下凡的诗仙总是把尘世拒之门外，在自身的诗意中起舞弄清影，一生又有多少时间能碰上高山流水的知己呢？长江边上的离情，没有一个"离"字"别"字，也没有通常的友人之间的勉励，更没有伤别之情。不见孤帆的画面中，只有一缕若有若无的落寞和空寂，伴随着江水隽永地流淌。

李白去过很多地方，对于黄鹤楼，李白却不只是匆匆过客。李白在江夏（今湖北武昌）停留过很长一段时间，一度把这里当作自己的家。据说李白某一天眺望黄鹄山时，忽然心中满是荒凉之意，决定在此安家，不再漂泊。李白的客游之情突兀地结束了，不知是黄鹤楼的仙家色彩让追求道术的李白对这里产生了亲切感，还是命运的巧合安排，李白与黄鹤楼注定要有一段故事。"颇闻列仙人，于此学飞术。一朝向蓬海，千载空石室。……观奇遍诸岳，兹岭不可匹。结心寄青松，永悟客情毕。"（李白《望黄鹤楼》）

李白于黄鹤楼边经历的离别，不光有送孟浩然的情深意远，也有潜然泪下的离别之悲："雪点翠云裘，送君黄鹤楼。黄鹤振玉羽，西飞帝王州。凤无琅玕实，何以赠远游？徘徊相顾影，泪下汉江流。"（《江夏送友人》）

我们无从得知让李白如此难过的友人到底是谁，不过，李白在江夏黄鹤楼边的日子，大多时候还是快乐的。据说他在黄鹤楼看到崔颢的题诗之后不敢下笔，朋友们开玩笑说他恨不得要砸碎黄鹤楼。于是李白以一首诗笑答友人的嘲弄："黄鹤高楼已槌碎，黄鹤仙人无所依。黄鹤上天诉玉帝，却放黄鹤江南归。……作诗调我惊逸兴，白云绕笔窗前飞。待取明朝酒醒罢，与君烂漫寻春晖。"（《醉后答丁十八以诗讥余槌碎黄鹤楼》）李白在江夏定居的生活的主旋律就如这首诗表现的一样无拘无束、乐得自在。

狂客李白一定没有想到，当有一天回到江夏，自己竟然会在这个曾经将其当作家的地方产生思乡之情："一为迁客去长沙，西望长安不见家。黄鹤楼中吹玉笛，江城五月落梅花。"（李白《与史郎中钦听黄鹤楼上吹笛》）

　　写这首诗的时候,李白已经老了,离他在当涂县去世只剩下不到三年时间。当时他正在被流放的途中,经过江夏,像年轻时一样,又一次在黄鹤楼上和朋友听笛吟诗。望向长安,自己多年之前就是从这里出发去长安的,如今再听黄鹤楼上的《梅花落》曲,他重新成了过路的旅人,而遥远的长安却成了自己思念的家。

　　李白一生跟黄鹤楼的缘分就此尽了,初到时送别了挚友孟浩然,自己的身份也只是个游客。后来定居在此享受了几年无忧无虑的平静生活,其中有友人的离别,有孤独的沉思,有黄鹤楼上的纵情谈笑。生命快要到尽头时再次来到这里,身份又变回最初的游人,恍惚中回首,人生的命运轨迹变得清晰无比,而家却渐渐模糊,让他只得无奈地唏嘘。

　　有唐一代,诗人们对黄鹤楼的兴趣一直不曾衰减,不仅有李白和崔颢这样和黄鹤楼有不解之缘的诗人,更有仅仅是被黄鹤的传说吸引,来此抒发一番诗怀的诗人。

　　黄鹤和辛氏的故事虽然富有仙家色彩,但关于黄鹤楼的起源更有说服力的说法是黄鹤楼最初是吴国孙权时期修建的戍城塔,黄鹤楼所在的蛇山,原本叫作黄鹄山,黄鹄和黄鹤发音接近,很有可能在口口相传中变了音,成了黄鹤楼。

　　诗人们也不是不知道这个道理。不过诗歌中,明知是假有时候反而更有诗意和格调,比如诗人贾岛就怀着明知黄鹤无法得见的心情对着黄鹤楼和盘托出自己定将空寄的诗句:"高槛危檐势若飞,孤云野水共依依。青山万古长如旧,黄鹤何年去不归?岸映西州城半出,烟生南浦树将微。定知羽客无因见,

空使含情对落晖。"（《黄鹤楼》）

　　贾岛笔下的黄鹤楼很有气势，让人不由觉得这座楼也会如黄鹤一般飞走。黄鹤飞走不见，青山一如既往，和李白的"一朝向蓬海，千载空石室"颇有几分意趣相通。诗人知道自己定然见不到神仙，正因传说的缥缈和虚假，令自己在短暂人生中向往永恒的情感也更多了几分怅然。

　　而更多的诗人，无暇思考这些，他们完全被在黄鹤楼上眺望到的景致吸引了："城下沧浪水，江边黄鹤楼。朱阑将粉堞，江水映悠悠。"（王维《黄鹤楼》）王维的诗素来自然纯朴，没有雕饰，寥寥二十个字，一幅黄鹤楼与长江水的画卷清晰可辨。同样描绘景色的还有白居易的《黄鹤楼》："楚思渺茫云水冷，商声清脆管弦秋。白花浪溅头陀寺，红叶林笼鹦鹉洲。"如果能和白乐天在秋天来到这里，红叶、云水、商声，在黄鹤楼上感受清冷的楚国秋天无疑是一种美的享受。

　　而宋代范成大的诗句里不仅有景色，更有一派脉脉温情："谁将玉笛弄中秋？黄鹤归来识旧游。汉树有情横北渚，蜀江无语抱南楼。烛天灯火三更市，摇月旌旗万里舟。却笑鲈乡垂钓手，武昌鱼好便淹留。"（《鄂州南楼》）武昌真是个好地方，有名人题诗的高楼，有灯火摇曳的渔市，背景是长江汉树相映的自然风光，世俗如此美好，归隐成了顺理成章的选择。南宋的陆游，没他这么含蓄，好楼妙景面前，直接学习李白在黄鹤楼上醉了个痛快："苍龙阙角归何晚，黄鹤楼中醉不知。江汉交流波渺渺，晋唐遗迹草离离。"（《黄鹤楼》）

　　宋代人的眼里，晋朝和唐朝已经成了过去。到了今天，百年前武昌起义的激荡风云，也只留下了一座革命纪念馆和黄鹤楼隔江相望，它们一起组成了武昌旅游的必去景点。

历历在目的硝烟如今已经是百年往事了，黄鹤楼内部现在十分现代化，有便捷的电梯和精心布置的展厅，楼体也高了不少，能把整个武昌尽收眼中。但同时黄鹤楼也失去了令人幻想的空白地，现在的黄鹤楼太过直白，没有人会相信如今的黄鹤楼上会飞出仙鹤。又或许这和黄鹤楼本身无关，而是人们变了。仙人和黄鹤带有朦胧感的传说，以当今的视角来看可能很幼稚，但不可否认它很美，神话和传说都是古代人粗粝但富有创造力的美丽幻想，就像我们小时候听过的童谣和童话故事，它们都很美，可当人长大了就不爱听了。这些动人的传说，随着人类文明的童年时期的消逝而渐行渐远，和黄鹤一起一去不返，飞向遥远的仙境。

滕王高阁临江渚

　　唐高祖李渊有一个顽劣调皮的小儿子，名叫李元婴。他喜欢浮夸华丽风格的东西，任性跋扈，又有些文艺气息，酷爱歌舞和绘画，是一个标准的纨绔子弟。

　　李元婴当过很多地方的地方首长，但奢侈的生活习惯和不知收敛的性格让当地的人们从来都不喜欢他。于是他只好不停地搬家，每当安顿下来，他做的第一件事就是盖楼。史书记载，他最初受封山东滕县时，就因为大兴土木激起民愤被贬到了苏州。到苏州没待几天，又被调到了江西的洪州，即今天的南昌。到了洪州他还是闲不下来，在赣江边上修建了一座高楼。因为他是滕王，所以他给这座楼起名叫滕王阁。后来，滕王又改任隆州刺史，这次他一到任就在玉台山大展拳脚又建了一座滕王阁，决心要把滕王阁打造成全国连锁品牌。然而，滕王阁在山东的分店因为不受滕县百姓欢迎，没有保留下来，隆州滕王阁因为建在阆中地区，今天的人们更愿意叫它"阆苑"。所以如今提到"滕王阁"这个名字，都指的是江西南昌的那座滕王阁。

在古代，滕王阁被人们视为吉祥和好风水的象征，当地俗语说："求财去万寿官，求福去滕王阁。"人们认为高大的建筑能吸收天地灵气，所以滕王阁在洪州有着神圣的地位。它的建筑造型高大华美，显示着皇室贵族的富贵风格，同时由于李元婴本人具备一定艺术修养，滕王阁也兼备文人的雅致和匠心，是古代建筑中一块不可多得的瑰宝。

滕王阁的气魄，或可从杜牧的诗中略窥一二："未掘双龙牛斗气，高悬一榻栋梁材。连越控巴知何事，珠翠沉檀处处催。"（《滕王阁》）而滕王阁所依靠的赣江，在古时候算不上发达，于滕王阁上眺望，入眼之景原始清新，和壮丽大气的滕王阁形成了互补："创来人世殊，几度绕汀芦。迭浪有时有，闲云无日无。"（张乔《滕王阁秋望》）

正是其优越的区位、开阔的视野，加上有品位的内部装潢，让滕王阁成了历代文人和达官显贵热衷的高级会所。李元婴建滕王阁二十二年后的重阳节，当时的洪州都督阎伯屿将滕王阁重新修整了一番，并举行了一个宴会，请来了亲朋好友和当地的文人雅士。酒过三巡，正是最热闹的时候，阎都督提出让大伙来为滕王阁作一篇序。客人们都没有准备，纷纷推让。

〔元〕 夏永 《滕王阁图》

其实阎公早就让自己的女婿吴子章提前写了一篇序文，以便宴会时在众人面前长长面子。不料这时，末座的一个年轻人随口答应了下来，表示自己可以作序。阎都督始料未及，心情十分郁闷，但又不能明说"我家女婿已经准备好了，你别不懂事"，只好到屋外眺望江水，缓解烦闷，同时暗中让人把序文的句子随时报告给他听。一开始，他听到"豫章故郡，洪都新府"两句，不禁冷笑，觉得没什么意思，但听到"星分翼轸，地接衡庐"，阎都督的表情沉下去了，不说话了。直到听到"落霞与孤鹜齐飞，秋水共长天一色"一句，他终于大惊而呼："真是奇才啊！这篇文章会永垂不朽的！"那个作序的年轻人，就是名列初唐四杰之首的王勃，他在探望父亲时路过滕王阁，没曾想这一路过，留下了一篇千古奇文《滕王阁序》。

一个无路请缨、前途迷茫的年轻人，在穷途之际，乐观地认为桑榆非晚，丝毫没有凄凉哀伤的感慨。王勃华丽的骈句，字里行间透着盛唐气象。失路之人发出的乐观之声，更能体现一个国度的朝气和开放，"雄州雾列，俊采星驰"说的不只是滕王阁所在的洪州，也是唐王朝鼎盛的写照。壮观恢宏的滕王阁和才气纵横的王勃，毫无保留地把中国文明史上光辉灿烂的精华呈现在人们的眼前。

王勃自幼聪明好学，被誉为神童，十六岁时就被授予朝散郎的官职，这个官职没有固定的事务，专门给那些有才华或者有特殊贡献的人，这样一来，他成为朝廷里最小的命官。有一次，唐高宗看完他的作品，不禁直呼王勃是大唐奇才，王勃的名气随之大涨。当时人屈指数天下奇才，王勃和杨炯、卢照邻、骆宾王，并称"初唐四杰"，其中王勃居首。之后，王勃经人介绍，进入沛王府担任修撰，也就是基层文职人员。此时的王勃，是一颗闪耀的新星，谁都很看好他的前途，然而一件小事让他的仕途遭遇了第一次波折。沛王和英王，这两个王爷斗鸡玩，王勃饶有兴致地写了一篇《檄英王鸡文》讨伐英王的鸡，来给沛王助兴。这个本来不甚要紧的玩笑事被高宗知道了，高宗龙颜大怒，说道："歪才，歪才！二王斗鸡，王勃身为博士，不进行劝诫，反倒作檄文。有意虚构，夸大事态，此人应立即逐出王府。"王勃太不成熟，高宗认为他还不适合在京城工作，王勃之后在巴蜀地区游历了三年才又被任命为虢州（今河南灵宝市）参军。

没承想，任虢州参军时王勃遭受了更大的打击。在任上，他藏匿了一个官奴，后来又害怕事情被别人知道，索性杀掉了官奴，这么一来王勃犯下了杀人的死罪，幸而正值天下大赦，免于一死。这件事事出蹊跷，疑点颇多：既然有心藏匿，为何又要杀人？根据史料记载，王勃在任上高傲自大，很容易得罪人，这事有可能是别人专门诬陷嫁祸给王勃的。王勃虽然幸免于难，他的父亲却受他连累被贬谪为交趾（今属越南）县令。王勃心里非常愧疚，他出狱之后，决定去探望受他牵连的父亲。这段探亲之路，也成了这个文学天才走向人生终点的路。他探亲返回的途中，遇到了南海夏季的风浪，不慎落水而死。这篇《滕王阁序》也成为一代文杰的绝唱。

今天，还有一个流传极广的唐诗故事——"唐高宗三叹王子安"。传说《滕王阁序》不久传到长安，全城传诵，唐高宗读后，连声赞叹："此乃千古绝唱，真天才也。"随后又看到王勃写的诗："滕王高阁临江渚，佩玉鸣鸾罢歌舞。画栋朝飞南浦云，珠帘暮卷西山雨。闲云潭影日悠悠，物换星移几度秋。阁中帝子今何在？槛外长江空自流。"（《滕王阁》）高宗阅毕，直呼好诗，激动地问底下人说："王勃现在在哪？我当年因其檄鸡小事驱逐了他，真是个错误，我现在要召他入宫。"底下人说王勃已经溺水去世了，高宗连叹三声"可惜"。

滕王阁上华服筵馐罢却多年，珠帘画栋的归宿是迎接西山的雨和南浦的云，《滕王阁》诗是千古绝唱，而写下诗篇的绝世才子不知何踪，徒留一片惊才绝艳在这华美的废墟。不论是兴尽悲来的登楼人，还是萍水无踪的他乡客，他们的倒影早已被江水冲刷得破碎消散，揭示出物是人非乃是世间的常理。

不知是不是因为其建造者是皇室成员，滕王阁总能吸引显贵们的注意，唐朝丞相张九龄曾在滕王阁灰心黯然，而明代的开国皇帝朱元璋，却在这里走向了人生顶峰。打败了宿敌陈友谅之后，朱元璋在滕王阁大办庆功宴，那一晚，南昌城锣鼓喧天，滕王阁里觥筹交错。朱元璋看着江水滔滔而去，西山上云雾迷蒙，从这时起，这大好河山全都归他统治了。时隔七个世纪后，滕王阁又一回容纳了一位皇家人士和他的传奇。"阁中帝子今何在？槛外长江空自流。"

正如威尔·杜兰在《世界文明史》中所说的那样："历史的河流偏爱杀戮和纷争，带着血腥味不息地流淌，而河岸上是建立家园、养育子女、谱写诗歌的人们，而人的历史，其实是河岸上的历史。"王图霸业的喧嚣总是短暂，庆功宴上的斗酒声和歌舞声，和明王朝一起黯淡在时间的河流中。明朝初建的功业由血铸成，史诗般的创始结束之后，王朝的主线没有了波澜壮阔，故事里只剩下生活着的人们，上演着各自不同却又万变不离其宗的小儿女之

情。其中就有汤显祖笔下令无数人肠断魂牵的《牡丹亭》。"韵若笙箫气若丝，牡丹魂梦去来时。河移客散江波起，不解销魂不遣知。"（汤显祖《滕王阁看〈牡丹亭〉二绝》）

随着元代社会的发展和市民文化的不断丰富，明代的戏剧艺术上升到了一个新的高度。作为戏剧大家，汤显祖"一生四梦，得意处惟在牡丹"。滕王阁接纳了《牡丹亭》这部旷世名作，戏剧这种曾经不登大雅之堂的艺术形式进入了皇族子弟建造的高阁。

又历数度物换星移，现代社会世俗化的步伐比明代更为向前许多，滕王阁也世俗了。世俗化是历史的趋势，滕王阁不需要像业已衰朽的文化去乞求时代的怜悯，也不会如一些新生文化去迎合市民阶层的审美，它自身高贵的魅力似清风明月总相宜，无须刻意改变。帝子之阁今日谁都可进楼一瞻，这并不是说滕王阁本身变"俗"了，滕王阁的珠帘画栋早已记不得旧时王谢，熙熙攘攘的游人让江畔的朝云暮雨再也不会寂寞，而观楼者心中自有一片秋水长天。

阁中帝子一时的富贵和才情之作，成了无数后代文人精神栖息的逆旅，细思之下有着机缘巧合的美感：恰如唐朝时一只金碧相间的蝴蝶翩然起舞，冥冥中永久改变了赣江边的人文气候。

报君黄金台上意

战国初期，礼崩乐坏，众诸侯国纷纷变法图强以顺应时代洪流。而偏远蛮荒的燕国却没有改革之迹象。燕国的生存环境可谓恶劣，北有东胡人不时侵略和骚扰，南边强大的齐国虎视眈眈，伺机而动。燕国在新形势下的激烈竞争中变得愈加弱小，一度有亡国的危机。夹缝中求生存的燕国，急需一位能力挽狂澜的国君。燕昭王求贤纳士，励精图治，燕国在他的治理下蒸蒸日上，经过二十八年便从羸弱可欺的弱邦一跃为屈指可数的强国。

这位史上有名的明君燕昭王，在即

位不久,为了显示自己招揽人才的诚心而修筑了一座方形的高台——招贤台。它更广为人知的名字叫作黄金台,这个名字来源于南北朝不得志的大诗人鲍照的诗:"夷世不可逢,贤君信爱才。明虑自天断,不受外嫌猜。一言分圭爵,片善辞草莱。岂伊白璧赐,将起黄金台。今君有何疾,临路独迟回?"(《代放歌行》)

鲍参军之后,黄金台便成了有志文人诗中渴望一展抱负、得用于君王的专用意象。李贺的《雁门太守行》就用"黄金台上意"来表示君王对臣子的信任重用:"黑云压城城欲摧,甲光向日金鳞开。角声满天秋色里,塞上燕脂凝夜紫。半卷红旗临易水,霜重鼓寒声不起。报君黄金台上意,提携玉龙为君死。"

有意思的是,这首诗中同时提到了易水和黄金台,这两者在此的作用都是意象大于实质,易水渲染了战士出征如荆轲渡易水有死无生的悲壮,黄金台则为死战的士兵们增添了一分士为知己者死的春秋义气。有游客总想象在黄金台上眺望易水,事实上,在黄金台上是看不到易水的,两者相距有十八里。这十八里的距离,隔开的两边一边是贤才云集、明君在位的燕国复兴开端,一边是悲歌奏、寒风瑟,满座衣冠似雪的燕国穷途末路。

因为地处幽燕,黄金台又被叫作幽州台。不知黄金台是由于燕地悲凉慷慨氛围的影响,还是怀才不遇者都乐于将自己的不得志写进诗作,黄金台上的主角,永远是被冷落的怀才不遇者。

如李太白一生都渴望有一位如燕昭王一样的君王能够赏识他的才能,让他一展宏图,现实中的李白却只能靠吟诗作赋博得君主的赞叹,这不是他想要的。他只得寄意于黄金台："燕昭延郭隗，遂筑黄金台。剧辛方赵至，邹衍复齐来。奈何青云士，弃我如尘埃。珠玉买歌笑，糟糠养贤才。方知黄鹤举，千里独徘徊。"（李白《燕昭延郭隗》）李白不明白，乱世中国家才需要满腹韬略的英雄，统一平稳的治世里只需要安稳做事的臣子，而在君主和世人眼里，李白最适合做的事就是写诗。生于一个对的时代，却怀揣着一个不合时宜的理想，对李白来说，这样的命运也许是不幸的，但拥有一个盛唐中不得志的李白，却是中华文化和所有中国人的幸运。

理想虽然破灭，人生仍要继续，李白是个理想和人生分得开的人。失意归失意，却并不妨碍诗仙在开怀时纵酒放歌。可黄金台上还有一个失意人，因壮志难酬而整个人生都陷入了悲愤，他就是陈子昂。

陈子昂是个直性子的人，文风刚健有风骨，他对当时武则天当政存在的一些弊端总是直言不讳，因此不为当朝权贵所容。而他的才华又让武则天十分欣赏，被排挤的陈子昂曾被重新起用。有才又不能为人所容，这样的矛盾，注定了陈子昂的悲剧。

当时有契丹人造反，陈子昂随军出征。军队的指挥官轻率少谋，仓皇兵败，耿直的陈子昂屡屡进言，却反而被骄傲的指挥官降低了职位。挫折连连，万般抑郁之下，陈子昂登上了幽州台。

他环顾四野，一腔悲愤呼啸而出："前不见古人，后不见来者。念天地之悠悠，独怆然而涕下！"（《登幽州台歌》）

贤明的燕昭王已经化为了一抔尘土，百年之后的世事如何与自己也毫无关系，陈子昂突然发现自己是如此孤独：人若生不逢时，就只能接受自己的命运；人若生逢其时，也不过是被困在历史的一个奇点上自以为乐，从来跳不出环境的束缚。此刻壮志不成、意总难平的陈子昂，在无尽的时空里难道不永远都是孤单一人吗？呱呱坠地时的哭声无人理解，走向死亡时必然孑然一身，北国青色的天空下猎猎风乍起，带着一丝易水的寒意，登高在幽州台上，怀古之情和命途之悲糅杂一处，面对人类天生的孤独，陈子昂悲愤而茫然。南去的飞鸟在空中盘旋，在无垠宇宙中找不到自身存在的依托，他只得无措地追问，不甘地泣涕。《登幽州台歌》，二十二个字包含着天地间的全部寂寞，从远古洪荒踉跄而来，向着时间尽头蹒跚而去。从何来？归何处？这缥缈无绪的迷雾长久踞在人们的灵魂深处，主宰着人类的文明历程。

四年后，陈子昂被人陷害入狱，含冤而死时不过四十二岁。陈子昂和荆轲以同样的方式死亡：荆轲去时是明知自己一去不复还的，而陈子昂耿直的每一步，也都在迈向他悲壮凄然的结局。正如希腊人相信人逃不开悲剧的命运：鲜花凋谢，暖酒变冷，广厦倾塌，恒星熄灭，热寂是宇宙不易的规律。空无一人的幽州台上，只有诗人的一派落寞在空中低吟。

幽州台上陈子昂的登高而慨，回荡在悠悠寰宇；燕国的复兴之路，被秦王挥剑斩断。人已作古，幽州台却遗留了下来，在风雨中矗立了千百年，见证着人世百态。不论是兴衰无常的王朝的浮云变幻，还是仓促短暂的个体生命的一声叹息，都刻在了幽州台曾经华丽的躯体上。它身上留下的，不仅是文化的痕迹，更是另一些生命思考和存在的痕迹。

中国古楼台的风姿不只属于举世闻名的四大名楼，也属于常伴燕地悲歌的幽州台。它还属于蜀山蜀水的才子佳人堪留韵事的望江楼："梳洗罢，独倚望江楼。过尽千帆皆不是，斜晖脉脉水悠悠，肠断白蘋洲。"（温庭筠《忆江南》）李太白在金陵凤凰台上阅尽物是人非："凤凰台上凤凰游，凤去台空江自流。吴宫花草埋幽径，晋代衣冠成古丘。"（《登金陵凤凰台》）江南嘉兴的烟雨楼以"春来东海桃花浪，还向矶头钓巨鳌"（龚勉《春日登烟雨楼》）的景致名列"嘉禾八景"。烟雨楼意取杜牧诗"南朝四百八十寺，多少楼台烟雨中"，把江南烟雨收入一楼之中。南方的楼台虽常具烟雨迷蒙之姿，也偶有巍然独立之骨，比如高峻孤峙的郁孤台，千载之下辛稼轩公和郁孤台的浩然清气相依相存，二者共同留下的伟大诗句仍在青山间回荡："郁孤台下清江水，中间多少行人泪。西北望长安，可怜无数山。青山遮不住，毕竟东流去。江晚正愁余，山深闻鹧鸪。"（辛弃疾《菩萨蛮·书江西造口壁》）广东越秀山的镇海楼取"雄镇海疆"之意，"五岭北来峰在地，九州南尽水浮天"（陈恭尹《九日登镇海楼》）。

楼台高阁是人的建筑杰作，而登临其上，领略到的是大自然的河山日月。因此，古楼台便成为人文世界和自然世界的交接点。人的自然属性和社会属性在此爆发冲突又相互交融，让人得以超脱自身，审视自身，才能够令人产生超越时空的共鸣，这也正是古楼台的魅力所在。

五岳寻仙不辞远

刘治国
储兆文

如果说，山是天地的骨架，那么，五岳便是华夏大地骨骼连接处的关节。

五岳更是他们行旅中盘桓不肯离去的圣地。诗人们循着大地的骨架饱游饫看，而五岳更是他们行旅中盘桓不肯离去的圣地。

高山仰止，五岳与其说是用来游的，不如说是用来崇敬的。

五岳之说始见于《周礼·春官·大宗伯》："以血祭祭社稷、五祀、五岳。"但这里并未说明是哪五座山。被鲁迅先生称为"古之巫书"的先秦典籍《山海经》上记载："曰岱华嵩恒衡。此五岳，山之名。"五岳最早的说法大约始于此，正是先贤的独具慧眼让来自东南西北中的五座大山成为"连体儿"，亲密得再也没有分开过。

会当凌绝顶　一览众山小

梁人任昉所撰《述异记》载："昔，盘古之死也，头为四岳，目为日月，脂膏为江海，毛发为草木"。秦汉间传说："盘古头为东岳，腹为中岳，左臂为南岳，右臂为北岳，足为西岳……"这段有关盘古开天辟地神话传说的文字记载，让我们找到了泰山独尊地位的理由。也许从这里开始，泰山就占尽了天时，加之中华文明发源于黄河流域，而泰山正处于这一区域，又使它取得了地利的优势。从周代开始泰山就被历代帝王视为社稷稳定、政权巩固、国家昌盛、民族团结的象征，从而进行了国家层面的文化包装，也就是祭祀和封禅活动。这应该说是有了人和的条件。占尽天时、地利、人和的泰山可以说是集万千宠爱于一身。历代诗家又怎么能抗拒它的巨大魅力呢？大约从《诗经》中"泰山岩岩，鲁邦所瞻"开始，泰山的诗文化便再也没有中断过，反而出现了一次又一次的登高热潮和诗歌高峰。

开元二十四年即公元 736 年，杜甫再次出发了，他离开了那个让他落第的洛阳。似乎洛阳这个名字就不吉利，他要二次出游，以便恢复信心和实现"致君尧舜上，再使风俗淳"（杜甫《奉赠韦左丞丈二十二韵》）的雄心壮志。这一次他选择了齐鲁大地，选择了东岳泰山，孟子曾经说过："登泰山而小天下。"这也为后来者提供了登泰山的精神依据。杜甫一生坎坷，但两次出游前后的十年时间是他一生中最为得意和快乐的时光。他晚年回忆当时的情景是："放荡齐赵间，裘马颇清狂。"（《壮游》）正是在人生处于青春张扬的时刻，杜甫来到了他仰慕已久的泰山，于是诗歌史上的旷世之作诞生了：

岱宗夫如何，齐鲁青未了。
造化钟神秀，阴阳割昏晓。
荡胸生层云，决眦入归鸟。
会当凌绝顶，一览众山小。

《望岳》

千百年来，伴随着这首诗的诞生、流播，人们对它的诠释也在不断发展，

欲破君家硯老夫不敢當嬌寵餘
墨瀾吮瀑接書莊名露非常溫黎手
雲欠變蒼有時運石醉無憊補天荒
調遣何如野松流不計青年已傾耳邊
提不老詩狂青壬午盂冬寫得有松
露滴身

清湘阿長

（清）石涛　《松涧听泉图》

溢美之词可谓不胜枚举，它描写泰山所达到的高度更是无人可以企及。有人说杜甫压根儿就没有登过泰山，完全是凭心中感觉在写，或是杜甫遥望泰山有感而发之作。我们姑且不论是真是假，单从这首诗的内容所展现出来的关于泰山外在的气度和内在的神韵而言，杜甫绝对是一位伟大的登山爱好者，更是一位富有诗意的地理学家。但他的意思绝不是就事论事，绝不是就目之所及而言。在杜甫之前登上泰山的诗人大多从自然风光、文化承载方面书写。而最早出现的泰山诗作是与"昉于虞书""见诸周制"（高怡《泰山道里记序》）的上古山岳崇祀紧紧相连的，特别是在周代以宗法制度立国的情况下对山岳崇祀与国家政治的捆绑，使得人们行旅泰山之时并不过多考虑秀美的自然风光，他们描写泰山的诗作大多是以宗教祭祀的面目出现在中国诗坛上的。

这时吟咏泰山的文字无一不是从宗庙祭祀的角度进行叙述的，真正对泰山自然风光进行描摹的诗作大约出现在汉魏六朝时期。这一时期社会动荡不安，知识分子失去了仕途晋升的机会，然而"国家不幸诗家幸"的局面使得这一时期诗人走进自然天地，返璞归真成为诗人们的精神追求，反映在诗歌文本上就是开始关注自然，关注山水之美。

汉魏六朝时期的诗作对泰山自然风光的描写已经在酝酿对前人诗作中的政治牵绊和宗教色彩进行有意无意的突破，然而毕竟还没有做到完全脱离山岳祭祀以及鬼神宗教色彩。谢灵运被称为中国山水诗的鼻祖，他的山水诗与同时代的诗歌巨匠陶渊明的田园诗最大的不同就是写实性。他突破了陶渊明的主观写意，进行了大量的客观描摹，"模山范水"成为他的拿手绝活儿，然而我们从他的《泰山吟》中依旧可以看到鬼神色彩。

因此人们单从这一时期的诗作来了解泰山还是"云里雾里",不知天门在何处。但泰山毕竟已经成为中国文人行旅天下的"必争之地"。此后一个伟大的时代到来了,也许泰山的神秘面纱在等待伟大时代的伟大人物来揭开。杜甫赶上了这个伟大而又悲情的时代,就注定要成为一位跨时代的巨人,他与年长自己十一岁的同时代诗坛巨匠李白一起奏响了整个华夏文明的诗歌最强音。泰山在诗中改变了面目。

天宝元年(742),四十二岁的李白来到了泰山,应该说他是精心准备的。从"四月上泰山,石屏御道开",到"举手弄清浅,误攀织女机"(李白《游泰山》),前后历时达四个月之久,这种长时间地漫游一地是很不常见的。我们可以想见李白此时心情的怅惘,十年漫长壮游期出佛入道,至今依旧布衣之身,终南捷径也没有任何消息,他心中怎么能平静?就这样李白把泰山从前到后、从上到下游了个遍,一时间诗兴大发,竟连续写下了六首泰山诗。

> 天门一长啸,万里清风来。
> 玉女四五人,飘摇下九垓。
> 含笑引素手,遗我流霞杯。
> 稽首再拜之,自愧非仙才。
>
> 《游泰山》其一

开篇之作已露游仙之趣,怪不得有人评论说"六首俱主在求仙,音调亦本郭景纯"。但"天门一长啸,万里清风来"实在是境界深远,让人不得不由衷感叹，诗仙之才真是名不虚传。与中国的其他大山相比，泰山海拔并不算高，但泰山的文化遗迹确是最为丰富的，况且不登十八盘也到不了山巅，对有些人来说这也是个不小的挑战，一路上来，峰回路转，荫树成行，遮天蔽日，所以等到了南天门这样的高度，东西回望，自然会置身于"荡胸生层云"的境界。所以李白的第一首泰山诗中就说"天门一长啸，万里清风来"。李白的境界不仅仅是自然给予他的，更是在他自己心中一直存在的。对于李白而言，他所在意的不是山本身，而是山所承载的文化气度是否与他的个人气质相合，合则相容，不合则拒绝前行。

> 清晓骑白鹿，直上天门山。
> 《游泰山》其二

> 凭崖览八极，目尽长空闲。
> 《游泰山》其三

> 安得不死药，高飞向蓬瀛。
> 《游泰山》其四

> 山花异人间，五月雪中白。
> 《游泰山》其五

李白不是那种轻易丢掉自己艺术个性的诗家，个人的艺术趣味和独特气质决定他要随心所欲一把。

泰山之行，让他进行了一次心灵的大解放，领略了泰山的自然风情和人文精神，让他几乎要插上理想的翅膀，也因此在他辞山回家不久接到来自长安的诏书时，竟大声疾呼"仰天大笑出门去，我辈岂是蓬蒿人"（李白《南陵别儿童入京》）。看来李白还是忘不了儒家的使命，深受道家思想影响的他此时正想着"修齐治平"，完全看不出杜甫所言"天子呼来不上船，自称臣是酒中仙"（杜甫《饮中八仙歌》）的苗头。

离开齐鲁之地，李白一路狂奔赶赴帝国中心长安城。据说他因玉真公主和贺知章的极力推荐，被帝国的主人"委以重任"。然而似乎诗人东来的气势太盛或是期望值过高，导致他的仕途相当不顺利，一纸诏令竟让他退无可退。李白到底还是离开了，似乎这一切都是在为一件事做准备，那就是历史真的要安排一场意义远比做帝王师更为重要的会面了。李白东去似乎不是政治家的安排而是诗歌艺术的安排。我们知道此时漫游齐鲁已达八年的杜甫也早已下了泰山，正为西进长安做准备而困守东都。

一个因不满朝野愤而东去，一个因满怀希望追求理想而西进。一个从泰山出发到达帝都又折返，一个从泰山回望几经周折即将出征帝都。泰山几乎成为他们历史性会面的一面旗帜，而此时李白早已是名满天下的大诗人了，杜甫作为晚辈似乎有些"重量"不够。然而《望岳》一出，"会当凌绝顶，一览众山小"的非凡气势，自然也让人不可小视。后世的赞誉更是超出了当时人的想象："少陵以前写泰山者，有谢灵运、李白之诗。谢诗八句，上半古秀，而下却平浅。李诗六章，中有佳句，而意多重复。此诗遒劲峭刻，可以俯视两家矣。"（仇兆鳌《杜诗详注》）即便与前人的泰山诗作相比，杜诗的确已从山岳神仙中完全摆脱出来，目光由对宗教神灵的崇拜，转入对神秀青山的审美。诗歌主题的转变从这首诗开始，祀岳祭曲，宗教神灵虽尚未湮灭，但整体上泰山诗作已转向对自然景观与人文胜迹的咏颂。泰山这一次在诗中是真的变了，它从皇权的文诰和神仙的符箓里走向人间，走进诗人的情怀襟抱。杜甫描写泰山雄伟磅礴的气象，抒发自己勇于攀登、傲视一切的雄心壮志，洋溢着蓬勃的朝气。

泰山实在太幸运了，华夏大地上众多的名山大川还没有哪一个能同时得到中国诗歌史上最伟大的两位诗坛巨匠的书写，而且几乎是在同时被书写（李诗成于公元 740 年，杜诗成于公元 736 年，前后仅相差四年，可谓奇观）。可以说泰山是这两位伟大诗人一生艺术生涯的生动注脚，诗人成就了泰山的辉煌文化，而泰山也见证了伟大诗人的坎坷道路。直到明代的莫如忠在《登东郡望岳楼》中仍然感叹："齐鲁到今青未了，题诗谁继杜陵人？"

一前一后相继登泰山而抒情怀，李白与杜甫就这样在泰山之巅擦肩而过，文学的会师还要再等几年，天宝三年（744）的夏天，李白到了东都洛阳。在这里，他遇到正在蹭蹬的杜甫，中国文学史上最伟大的两位诗人终于见面了，此后两年三会面，会面中他们是否交流过登泰山的心得呢？我们相信他们交流过。

106

西岳出浮云　积翠在太清

华山自古一条道，去过华山的人都知道登山的起点名叫通天亭。一看"通天"二字，游客便有"两股战战，几欲先走"之恐。关于华山之险有这样一个传说，相传唐代大诗人韩愈曾登上华山，却因为山路险绝难下而大哭投书求救。虽然只是传说，但从另一个侧面说明了华山的险峻。此前，韩愈从没有到过华山，在长安城做部级高官（刑部侍郎）的他，虽然与华山近在咫尺，却从没有想过以身试险。

与泰山相比，华山吸引历代诗家的资本最主要的就是它的奇险。传说韩愈正是因为在苍龙岭俯瞰四下，发现悬崖峭壁，目不见底，顿时两股战战，竟坐在苍龙岭上大哭投书求救。如今在华山苍龙岭处还有一石碑，上刻"韩退之投书处"，现已成为华山一景。

对此传说，尽管李肇在《国史补》中有详细记载，但后人多有不信，只当作人们对华山多一种有趣的谈资。后来有一山西百岁老者赵文备游到韩愈投书处，有感韩愈的逸事，大笑不止，也许是自豪自己倒比大文豪韩愈更加胆大吧，生了些许成就感，便在"韩退之投书处"旁边又题刻"苍龙岭韩退之大哭辞家，赵文备百岁笑韩处"。这成了一道独特的人文景观。清代李柏在此处又题刻"华之险，岭为要。韩老哭，赵老笑，一哭一笑传二妙。李柏不哭亦不笑，独立岭上但长啸"。

其实在韩愈的诗文中，并没有他困于华山的蛛丝马迹，倒是他对传说中的华山玉井莲的描写，吊起了很多文人的胃口，他在《古意》中写道：

太华峰头玉井莲，开花十丈藕如船。

冷比雪霜甘比蜜，一片入口沈痾痊。

我欲求之不惮远，青壁无路难夤缘。

安得长梯上摘实，下种七泽根株连。

历代文人墨客凡登华山者，莫不对仰天池青睐有加，也许是由于它"可通帝座"的缘故。在华山五峰之一的南峰绝顶之上，因人们站在池畔，仰望天空若在咫尺而得"仰天"之名。这池水说来奇特，清澈见底，涝不盈溢，

〔明〕王履 《华山图册》之九

旱不耗竭。当年李白登顶华山,站在池边仰望青天亦惊叹:"此处最高,呼吸之气可通帝座,恨不携谢朓惊人句来,搔首问青天耳!"对于华山之雄奇壮丽,李白曾有诗云:

西岳峥嵘何壮哉,黄河如丝天际来。
黄河万里触山动,盘涡毂转秦地雷。

《西岳云台歌送丹丘子 》

〔明〕王履 《华山图册》之七、八、二十九

华山向以奇拔峻秀的自然景观驰名，历代帝王如秦始皇、汉武帝、唐太宗、宋真宗及清代康熙皇帝都在华山举行过封禅、祭祀大典。不仅如此，华山因为险绝也是修行的圣地，因此，这里的寺庙和道观很多。正是因为适合静修，也引来了众多的文人隐士汇集华山。王维向来重视参禅悟道，晚年在距华山不远的辋川安家住了下来，对于华山这个巨大的存在，王维不可能对它视而不见，而华山也自然不会拒绝一位诗人的书写：

> 西岳出浮云，积翠在太清。
> 连天凝黛色，百里遥青冥。
>
> 《华岳》

王维有没有亲登华山之巅我们不得而知，但从诗中来看，王维着实比韩愈对华山的态度更为亲切。在王维的诗中，华山的险绝与神话传说连为一体，是一个诡奇神秘的浪漫仙境。

华山五峰并峙，直插云霄，险绝天下的雄伟气势是其自然本色。据说，下面这首明白如话的诗是宋代宰相寇准七岁时写下的：

> 只有天在上，更无山与齐。
> 举头红日近，回首白云低。
>
> 《登华山》

　　儿童是天然的诗人，在七岁的寇准眼里，华山与帝王将相、儒道圣贤等文化无关，有的只是直观自然的高耸。这种"天在上""红日近""白云低"的感觉，尽管直白，却是儿童最真切的表达。对于华山的神奇，柳宗元曾经写道："灵境不可状，鬼工谅难求。"（《界围岩水帘》）自然的神奇之处正在于人工的难以模拟和名状。

万里衡阳雁　寻常到此回

"初唐四杰"之一的王勃在《滕王阁序》中写道："雁阵惊寒，声断衡阳之浦。"可见"回雁峰"之名，至少在唐代以前已为世人所知了。相传北雁南归之时，至此处歇翅停回，因此衡阳城又称雁城。南岳衡山便位于衡阳市中北部，南北绵延八百余里。王勃诗中所说的回雁峰便是南岳衡山的首峰，也是衡山最南的山峰。

五岳之中，唯南岳地处长江流域，至少在汉魏之前，中原的诗人很少到访衡山。西晋文学家、书法家陆机曾到访衡山，一番周游后被"五岳独秀"的衡山美景深深震撼，情不自禁地为衡山赋诗一首：

> 南衡维岳，峻极昊苍。
> 瞻彼江湘，惟水泱泱。
>
> 《咏南岳》

　　陆机原本就是南方人，生于吴郡吴县华亭（今上海市松江区），因此对于南方山水的内涵有着更深的体悟。从这首诗中我们可以窥见南岳和北方的山有一个不同就是山水同现，今天我们凭借旅游或是资料就能知道衡山北峰向北望去就是洞庭湖，向东便是湘江。五岳之中之所以南岳独秀，与其温暖湿润的气候有着直接的关系，加之洞庭、湘江萦绕，绿水青山更为其增色不少。

　　纵观中国古代诗人的行旅足迹，我们可以发现在唐以前以北方居多，在唐以后南方渐增。因此地处南方的衡山在唐以前自然就很少受文人雅士的关注，甚至有些受冷落。大概过了长江，翻过衡山就到了古人讲的岭南蛮荒之地，大雁尚且至此回，何况追求文明高雅生活的诗人呢。但是衡山确实作为一个巨大的自然存在时刻召唤着有识之士，千百年来的冷遇似乎都在为将来的辉煌做准备。终于在唐代衡山吸引了中国大多数顶尖级诗人的关注和来访，从此衡山成为中国诗歌史上一个巨大的无法逾越的存在，影响深远。

　　古人说："不登祝融，不足以知其高。"可见祝融峰在衡山诸峰之中是最为高大雄伟的。当然，这是就衡山来说，自然还是无法与华山南峰相比。但当我们登上衡山祝融峰，就会大呼其高，如身在仙境之中俯瞰尘世。站在祝融峰顶便可见到北面烟波渺渺的洞庭湖水，今天可能我们感受稍弱，因为洞庭湖水域面积与当年诗人们看到的洞庭湖相比已大为缩小，不可同日而语。李白从未登过衡山，却写下了有关衡山的名作：

> 衡山苍苍入紫冥，下看南极老人星。
> 回飙吹散五峰雪，往往飞花落洞庭。
> 《与诸公送陈郎将归衡阳》

洞庭湖水之浩渺由此可见一斑，祝融峰之高也可从中窥见一二。唐代大文学家韩愈曾在送友人返回的途中来到衡阳，站在衡阳城里远望衡山，他不禁感慨地写道："祝融万丈拔地起，欲见不见轻烟里。"（《游祝融峰》）这两句诗不仅写出了衡山祝融峰的高峻、雄奇，更传神地描摹出衡山烟云之空灵。今天到过衡山的游客一定不会错过祝融峰，不仅因为它是"南岳八绝"之首（其他七绝分别为藏经阁之秀、万广寺之深、磨镜台之幽、水帘洞之奇、大禹碑之古、南岳庙之雄、会仙桥之险），更因为其内在的文化深度。

祝融是黄帝身边的臣子，也是传说中的火神，我们都知道燧人氏发明了钻木取火后才使中华民族得以在温暖的人间繁衍进步，进而创造了我们辉煌灿烂的民族文化。而祝融与燧人氏一样对我们民族文化有着不可替代的贡献，相传燧人氏发明钻木取火后即由祝融保存火种。据说这位对中华文化发展有着重要贡献的神话人物就在衡山下榻，直到终老，死后葬在衡山最高峰，因此这里就被叫作祝融峰，现在山上还有明代所建的祝融殿。在祝融峰的西侧有一望月台，这个好像是五岳其他山峰所没有的。其余四岳大多是观日台，还没有被称为望月台的景观。衡山不仅有观日台，更有望月台，也就是在这里才能感受到韩愈所说的"祝融万丈拔地起，欲见不见轻烟里"的神奇景象。清代诗人施闰章甚至将祝融峰的雄奇高大与泰山相提并论：

> 衡山绝顶祝融峰，独峙天南抗岱宗。
> 水国风雷虚岫出，炎方冰雪半岩封！
>
> 《望衡岳》

似乎从李白以来的唐朝大诗人都纷纷南下，要对衡山大书特书了。王勃在《滕王阁序》中轻描淡写地将衡阳回雁峰一笔带过，却不想一石激起千层浪，后来者蜂拥而至。大诗人杜甫在一首诗中写道：

> 万里衡阳雁，今年又北归。
> 双双瞻客上，一一背人飞。
> 云里相呼疾，沙边自宿稀。
> 系书元浪语，愁寂故山薇。
>
> 《归雁》

在写这首诗的时候杜甫并不在衡山，事实上杜甫与李白一样，并没有登上过衡山。他一生写过三首《望岳》，第一首便写给了泰山，第二首写给华山。

116

杜甫原打算游衡山，却不知为何后来取消了，不过幸好他在从岳阳到潭州的路上写下了第三首《望岳》，即写给衡山：

南岳配朱鸟，秩礼自百王。
欻吸领地灵，鸿洞半炎方。

　　中国诗人几乎都是"暂时的在朝与长久的在野"，过的是贬谪、流浪式的生活。真正能够无所顾忌地去漫游祖国名山大川的诗人除了李白之外，似乎真的找不出第二个人。

　　诗人行旅往往有两种情况：一种是主动的，如李白的"一生好入名山游"以及王羲之式的文人雅集；还有一种是被动的，而以这种情况居多。被动之中有如赶考的路上、公务需要以及绝大多数的贬谪之旅。衡山之所以能引起众多诗家重视，正是因为它在诗人们贬谪之途中起到的精神缝合作用。诗人来到衡山回雁峰并不是只在乎秀丽的景色，更多的是联想起了自己被贬的人生创伤。在众多贬谪诗人之中有两位对衡山的描写很特别，就是沈佺期和杜甫的祖父杜审言，两人都因为开罪皇帝，于神龙元年（705）被流放岭南。杜审言先起程跨长江、涉湘水、过衡山、越大庾岭去了峰州，也就是今天的越南境内。可想而知当时他的惨状。与他同病相怜的沈佺期稍后也过衡山、大庾岭去了驩州（今属越南）。沈佺期《初达驩州》诗中说："流子一十八，命予偏不偶。"也许路过衡山回雁峰的时候二人已经凄凄惨惨戚戚了，因为过于悲戚而没有对衡山进行书写。但是长时间在蛮荒之地生活让二人时

〔宋〕宋迪 《潇湘八景·平沙落雁》

时悲从中来，无法释怀。沈佺期距离北方帝都更近一些，距离衡山也更近一些，虽然来时的路上看到了衡山，但让沈佺期记住的就只有回雁峰。

"南浮涨海人何处，北望衡阳雁几群。"（沈佺期《遥同杜员外审言过岭》）沈佺期站在岭南大地一会儿南望一会儿北看，他想着南海之外的杜审言，不知他是否渡过风高浪急的南海安全到达了峰州。一面自己又向北瞭望茫茫的大山，眼前出现的不是遥远的帝都，更不是近在咫尺的大庾岭，而是衡山的回雁峰。诗人眼中又一次出现了大雁歇翅停回的景象，只不过第一次是自己南下时亲眼见到的，而现在则是出现在幻觉当中。看到鸿雁到了衡山回雁峰都不再南飞，等待下一季的春暖花开之时就会纷纷北返，而自己却连只大雁都不如，居然跨过回雁峰继续向南，甚至归期无望。应该说沈佺期这首诗表达了大多数贬谪诗人内心复杂难言的情状，更是大多数诗人到访衡山后最乐于写的话题。

　　诗人行旅的足迹一旦踏入衡阳，望衡山而赋诗几成定律。若有登山者，对于南北绵延八百里的衡山，诗人们往往各有选择，大体可分南、北、中三路。诗人的足迹到达衡山北首是"往往飞花落洞庭"（李白《与诸公送陈郎将归衡阳》），若足迹行进中路必然是"衡山绝顶祝融峰"（施闰章《望衡岳》），而在衡山南尾便都是"万里衡阳雁，寻常到此回"（王安石《送刘贡甫谪官衡阳》）的面容。

天地有五岳 恒岳居其北

据说北宋画家郭熙在比较五岳的山势特点时说："泰山如坐，嵩山如卧，华山如立，衡山如飞，恒山如行"。一个"行"字将群峰连绵、奔腾起伏的恒山情状描摹得既传神又写实。恒山东跨太行山，西衔雁门关，南障三晋，北瞰塞外，莽莽苍苍，横亘塞上，巍巍峨峨，奇峰耸峙，犹如屹立在祖国北方的一道高大宽厚的"人天北柱"。这座"绝塞名山"阻挡着塞外的风沙袭击。

自古恒山为要塞，为历代兵家必争之地。在游牧民族与农耕民族的征战杀伐中，恒山可谓出尽了风头，同时也备受战争的戕害。古人由此赞叹恒山:"危峰过雁来秋色,万里黄沙散夕阳。"边关要塞,烽烟四起,因此,凡旅行到此的诗人大多有历史沧桑之感、人生悲壮之忧。

　　有位诗人叫元好问,他是金末元初最有成就的诗人和历史学家,是文坛盟主,被称为"北方文雄""一代文宗"。元好问原本是金朝人,经历过宋朝与辽金之争。当时恒山沿线都是主战场,南北拉锯,朝汉暮胡。而从恒山之北的阴山之上催马南下的蒙古人一举歼灭金朝后,统一南北,建立了大元。元好问作为前朝遗官,拒绝元朝统治者的邀请,至死不仕。也许是有感于国破家亡,元好问沿着太行山一路西行,将曾经作为国家主战场的恒山沿线游了个遍。到访恒山对于元好问来讲,是一吐心中家国覆灭的郁郁之情的手段,因此元好问面对恒山写下了与众不同的诗作:

> 大茂维岳古帝孙,太朴未散真巧存。
> 乾坤自有灵境在,奠位岂合他山尊。
> 椒原旌旗白日跃,山界楼观苍烟屯。
> 谁能借我两黄鹄,长袖一拂元都门。

《登恒山》

　　游览恒山美景只是表象,内在的心情却要沉重得多,他对于金朝的灭亡异常痛心,对于前朝的历史也非常怀念,所以他可以抛弃高官厚禄与荣华富贵,而以撰写前朝历史作为生命延续的精神支柱。站在恒山之上,元好问望了望"惟余莽莽"的塞外城关，不禁潸然泪下，借咏恒山之名来抒发自己对金朝山河的热爱之情。

地处塞外的恒山并没有像五岳中其他山那样过早地得到众多诗人的登临和咏唱。唐代有诗人前来游玩，却并不见名诗出现，因此北岳恒山是五岳之中最少获得诗家垂青的一座名山。到元代，元好问的出现为恒山诗歌点燃了火焰，但元好问似乎并没有过多地欣赏家门口这座名山的自然风情，更多的是"郁郁乎寡欢"的沉重心情。这种情况一直到清代，山西境内的玄武峰被定为恒山主峰，从此之后很多前来游览恒山的诗人才把大量的笔墨用于歌咏玄武峰崔嵬、突兀之势。

明代著名的地理学家徐霞客一生专以游览华夏名山大川、考察地理风貌为乐事，可谓游山成癖，"半若痴顽半若颠，搅扰天地年复年"的自题联道尽徐霞客一生情态。对于少年时代就立下"大丈夫当朝碧海而暮苍梧"的旅行大志的徐霞客来说不可能不来北岳恒山。他先后有两次到访，特别是第一次到访恒山，年轻的徐霞客不禁为其雍容典雅的气度和峰峦奇伟的容貌而震撼，当天就写下了著名的旅行散文《游恒山记》，将恒山的"地险、山雄、寺奇、泉绝"等美景一个不落地用生动的笔法绘在了纸上。

徐霞客不是真正的诗人，因此他没有将自己在恒山的感受写成诗歌，而是用散文游记的方式完整而真实地记录了恒山的风情。徐霞客拄着拐杖攀登恒山，一路上天朗气清，心情不错，也没有游客与他争路、争景。徐霞客边看边走，松树"松影筛阴"，北岳殿"上负绝壁，下临官廨，殿下云级插天"，会仙台则"台中像群仙，环列无隙"。虽然风景很好，可是登山毕竟不易，"满山短树蒙密，槎材枯竹，但能钩衣刺领，攀践辄断折，用力虽勤，若堕洪涛，汩汩不能出"。"循之抵山下，两崖壁立，一涧中流，透漷而入，（滹沱河）逼仄如无所向，曲直上下，俱成窈窕，伊阙双峰，武夷九曲，俱不足以拟之也。"这位游历过无数华夏名山大川的旅行家，对恒山的雄险做出了极高的评价，以至伊阙武夷都不足比拟之。

与徐霞客纯粹地理考察型的学者不同，贾岛对恒山则是诗意地书写。据说贾岛曾经从长安出发，经过汾河一路北上，最终到达恒山，留下了一首与北岳的见面诗：

> 天地有五岳，恒岳居其北。
> 岩峦叠万重，诡怪浩难测。
>
> 《北岳庙》

贾岛作诗以字斟句酌、苦吟推敲见长，被称为苦吟派代表诗人，是谓"两句三年得，一吟双泪流"。此诗却显得有些平淡。"岩峦叠万重，诡怪浩难测。"恒山以其诡怪难测的山岳风光，独特厚重的边塞风情，吸引着文人雅士。相对于五岳中的其他山，恒山地处沙漠与草原交汇的地带，这使它充满了异域风情。

悬空寺被称为"恒山第一景"，谚语曰："悬空寺，半天高，三根马尾空中吊。"明代文人王湛初作诗赞叹道："谁凿高山石，凌虚构梵宫。蜃楼疑海上，鸟道没云中。"（《悬空寺》）

　　悬空寺中有儒、道、佛三教的塑像，这是极为罕见的现象。由此可见恒山开放包容的襟怀。也正因为这样，更增加了恒山对历代文人雅士的吸引力。明朝诗人董学在《题悬空寺》诗中云："一宿悬空寺，浑忘万事切。……禅堂偏梦稳，何日解征轺。"

　　层峦叠嶂、磅礴大气的恒山，虽然没有华山之险、泰山之奇、嵩山之峻、衡山之秀，但是它以边塞之风、包容之怀而屹立北方，浑厚博大，与古长城相伴，共同拱卫着北中国的门户。

124

住宅中央正 高疑上界邻

相对于五岳之中其他四大名山来说，中岳嵩山得天独厚的地理优势，很容易得到来自东南西北的诗人光临。而且中原沃野千里，横亘其上的嵩山相当抢眼，《诗经》中就有"嵩高维岳，骏极于天"的惊叹。可见，诗咏嵩山，其源远矣。清代顾炎武《嵩山》诗曰："位宅中央正，高疑上界邻。"又可见，诗咏嵩山，其流长矣。

清代诗人魏源当年赴京赶考，屡试不中，致使他放弃经营仕途，随父南下，开始了他人生中最为重要的"出门耽水石"的游历阶段。魏源在《衡岳吟》中说：

"恒山如行，岱山如坐，华山如立，嵩山如卧，惟有南岳独如飞。"也许因为衡山是他家乡的名山，便不由得有了特别的夸赞。但魏源对五岳特点的总结，为后人所普遍接受。

嵩山如卧。嵩山分东、西两座，即太室山与少室山。两山如龙盘卧，曲折蜿蜒，在中原大地上显得安然祥和。

嵩山如卧的特点，也许清代之前的诗人业已发现。李白一生就多次到嵩山游历访友。唐代隐逸之风盛行，当时著名道士元丹丘隐居嵩山，李白慕名来到嵩山，想到了传说中吹笙驾鹤的王子晋，欣然写下："吾爱王子晋，得道伊洛滨。金骨既不毁，玉颜自长春。"（《感遇》）他把注意力都集中在嵩山里的神仙道士身上："潜光隐嵩岳，炼魄栖云幄。霓裳何飘飖，凤吹转绵邈。"（《赠嵩山焦炼师》）他看到元丹丘在嵩山的别业，景色绝伦，非常艳羡：

> 故人栖东山，自爱丘壑美。
> 青春卧空林，白日犹不起。
> 松风清襟袖，石潭洗心耳。
> 羡君无纷喧，高枕碧霞里。
> 《题元丹丘山居》

李白艳羡元丹丘的嵩山山居，以至于有不想离去的意思，虽然最后还是离开了嵩山，但是对嵩山念念不忘。后来他又应元丹丘之约来到嵩山，并准

126

〔清〕张洽 《嵩山隐居图》

备"举家就之""长往不返",所以又写了一首《题嵩山逸人元丹丘山居》，以表达自己对嵩山的喜爱之情："自矜林湍好，不羡市朝乐。偶与真意并，顿觉世情薄。"

从李白写嵩山的诗歌来看，他确实比一般诗人更爱嵩山，这可能与隐居嵩山的元丹丘有关，在他描写嵩山的诗作中，提到元丹丘的就有十多首。李白甚至将嵩山当作家乡看待，在《送杨山人归嵩山》中说："我有万古宅，嵩阳玉女峰。"事实上，嵩山的风景在李太白这里被他用生命内化了，和后来的很多诗人对嵩山的纯风景描写不同，李白没有太多的矫情，但达到了与嵩山共呼吸的境界。

始知五岳外　别有他山尊

刘治国
储兆文

　　在中华大地上，除了有备受人们尊崇的五岳之外，还有众多承载着不同文化内涵的名山。正如杜甫所言：「始知五岳外，别有他山尊。」（《木皮岭》）黄山、庐山、雁荡山并称为陆上三山，与神话中的海上三山相对，取得与五岳分庭抗礼的地位，「三山五岳」也成为中华名山的总称。

黄山归来不看岳

　　黄山名气很大，但成名较晚。华夏文明的发源地在黄河流域，以后才逐渐由中原向南扩展进入长江流域。黄山处于长江之南的皖南山区，很长一段时期与中原隔绝，至少到汉代尚未进入诗人的视野，直到唐代这种现象才有了很大的改观。

　　黄山本名黟山，唐代时盛传此山为黄帝轩辕与仙人容成子炼丹成仙之地，便将其改名为黄山。自此，黄山的名气渐大，前往游玩者渐多，诗人在黄山留下的足迹及其诗作也愈来愈多。

　　李白一生好游名山，安史之乱之前，

莺歌燕舞的帝都长安已经不适合任侠好道的李白生存下去了。在政治抱负无法施展的情况下，寄情山水便成了李白不二的选择。公元 754 年，李白离开长安，辗转到了黄山，在距离黄山不远的泾县桃花潭遇见了好客的汪伦。李白在桃花潭游玩一月有余，依依不舍地乘舟离开桃花潭。临别之际面对汪伦，李白口占一首赠别之诗："李白乘舟将欲行，忽闻岸上踏歌声。桃花潭水深千尺，不及汪伦送我情。"（《赠汪伦》）

辞别汪伦，李白来到黄山。久仰李白诗名的胡晖已在山下坐等诗仙的到来。黄山脚下的碧山村有个叫胡晖的人，家中养有一对灵异的白鹇，李白欲以一双白璧换取，胡晖却愿割爱相赠，只求李白一诗。在《赠黄山胡公晖求白鹇》诗序中，李白写道：

> 闻黄山胡公有双白鹇，盖是家鸡所伏，自小驯狎，了无惊猜，以其名呼之，皆就掌取食。然此鸟耿介，尤难畜之。余平生酷好，竟莫能致。而胡公辍赠于我，唯求一诗。闻之欣然，适会夙意，援笔三叫，文不加点以赠之。

李白"援笔三叫，文不加点"写下赠诗，声称"我愿得此鸟，玩之坐碧山"。而此前隐居在此的友人温处士曾多次邀请李白同游黄山。李白到黄山之后，与温处士夜则同榻，昼则同游，在温处士的陪同下李白畅游黄山。李白在此后所写的《送温处士归黄山白鹅峰旧居》中，深情地回忆了此次黄山之游。诗人自叙曾游黄山，描写其高峻神秀，有神仙遗踪："黄山四千仞，三十二

莲峰。丹崖夹石柱，菡萏金芙蓉。"黄山的朱砂泉，自朱砂峰流来，酌饮甘芳可口，令人气爽体舒。自己来到黄山时，有仙乐鸣奏，温处士整理仙车相迎。以后我还会时常来访问，踏着彩虹化成的石桥，拜访温处士。

　　不断前行的脚步才能激发诗人心中无限的诗情。在黄山游玩数日后，李白离开了。应当说黄山遇见李白是幸运的，作为天下名山的黄山，如果没有"一生好入名山游"的李白的足迹和诗作，不能不说是一种遗憾。而实际上，李白是第一个用诗歌题咏黄山的诗人，黄山与诗歌这个不同凡响的开头，又不能不说是黄山的一种荣耀。

　　"长廊满壁墨淋漓，七十二峰尽是诗。"李白之后游览黄山的诗人不计其数，其中著名的诗人就有贾岛、李东阳、袁中道、袁枚等人。在清人编修的《黄山志》中，就存诗一千多首，20世纪80年代出版的《黄山诗选》中，收诗已多达三千多首。唐代诗人中，歌咏黄山诗篇最多的要数晚唐诗僧岛云。在他歌咏黄山的十多首诗中，对人字瀑、仙人桥、仙僧洞（今仙灯洞）、朱砂峰等景点皆有具体的描述。他在《望黄山诸峰》中写道："峰峰寒列簇芙蕖，静想嵩阳秀不如。峭拔虽传三十六，参差何啻一千余。"这是黄山三十六峰首次见诸文字记载。

　　奇松、怪石、云海、温泉，被称为"黄山四绝"。明代著名地理学家徐霞客曾两次登临黄山，写下了两篇游览日记，他在游黄山的两篇游记中对黄山四绝都着意加以描述。

　　曾给《徐霞客游记》作序的清人潘耒也是位旅行家，一生游历过无数名山大川，晚年寄迹黄山。他曾总结黄山有"七大绝异之处"为他山所无，并感慨道："黄山大矣，富矣，神矣，妙矣。吾始游罗浮丹霞，不意复有大小劳山；游大小劳山，不意复有天台雁；游天台雁荡，不意复有武夷九鲤。今乃复见黄山，奇妙不可思议。是知造物之出奇无穷，天地之秘藏无尽。"（潘耒《游黄山记》）

　　凡到过黄山的诗人很少提及仕途、人生之困惑，大多谈山中风景之秀丽。因此在黄山诗歌史中很少有书写抱怨、讽刺、悔恨、谪居以及抱负等内容。也许因为黄山地处皖南，南北交界之地，取天下物理之精华，无限风光尽在此山，所以诗人一旦到黄山便深深沉浸在黄山雄奇秀丽的风景之中，而将人生问题移居其次。人们感念黄山胜境，不禁发出"五岳归来不看山，黄山归来不看岳"的感叹。

134

不识庐山真面目

　　庐山，又称匡山或匡庐，相传在周朝时有匡氏兄弟在山上修道，结庐为舍，由此而得名。宋朝时，为避宋太祖赵匡胤之讳，曾一度改称康山。

　　司马迁在《史记·河渠书》中说："余南登庐山，观禹疏九江。"这是庐山之名首次见于典籍，也是庐山文化史上的一个标志性事件。

　　自司马迁将庐山载入《史记》后，历代文人墨客相继慕名而来，陶渊明、谢灵运、李白等一千五百余位诗人相继登山，留下了许多珍贵的名篇佳作。

　　诗人的旅途中始终伴有诗歌的声音，

就像一枚枚标签一般贴在了华夏不断拓展的版图中。从《诗经》开始，中国诗人的脚步就在华夏大地上不断地由中原地区向四面拓展。可以说，天涯海角也阻挡不住诗人行旅的脚步。

魏晋南北朝时期，是文人对自然美欣赏的自觉时代，也是中国山水诗诞生的时代，谢灵运被称为山水诗的鼻祖。在那个时代，由诗人开拓的诗歌版图已经遍及大江南北了，同时也在不断地向区域内更加偏僻的地方拓展。

南北朝时期由于南北政权分割，退居江南的各个王朝以长江为天然屏障，获得了暂时安定的社会环境。生活在南朝的诗人亦大多追求安逸闲适的生活氛围，甚至避谈政治，归隐乡野，寄情山水。

几乎就在陶渊明以庐山为背景进行田园诗创作的同时，谢灵运却专注于游山玩水和山水诗的写作。庐山很幸运地成为中国山水诗的策源地之一。

谢灵运虽然出身名门，但仕途并不一帆风顺，为了摆脱政治烦恼，他常常放浪山水，探奇揽胜。他游览了长江两岸大部分的青山绿水，可以说谢灵运是中国第一位真正见诸史册的旅行家。在他登上庐山之前，庐山风景的秀丽只存在于传说之中，少有诗文记载。正如李白开启了黄山诗歌的阀门一样，谢灵运开启了庐山诗歌的历史。谢灵运长期生活在南方，因此对于南方的山系都比较熟悉，在没有登上庐山之前，谢灵运也肯定知道大禹曾经登顶庐山、观察九江的历史传说。对于一位文人来说，这样的历史传说有着不可估量的吸引力。

他最终选择了登顶庐山，而且攀登了传说中大禹登过的庐山汉阳峰。站在汉阳峰上放眼四顾，群峰争雄，尽收眼底。行进山中，移步而景换："扪壁窥龙池,攀枝瞰乳穴。积峡忽复启,平途俄已绝。峦垅有合沓,往来无踪辙。"又因山体庞大,相对海拔较高,因此"昼夜蔽日月,冬夏共霜雪"(谢灵运《登庐山绝顶望诸峤》)。庐山襟江带湖,夏天气候凉爽,是避暑的绝佳去处。后来唐代有位僧人也曾这样写道:"五月有霜六月寒,时见山翁来取雪。"(灵澈《简寂观》)

陶渊明的家乡就在离庐山不远的浔阳柴桑(今江西九江西南),他虽然没有直接描写过庐山,然而他的很多诗文创作都是以庐山为背景的,他的传世名篇《桃花源记》就有庐山的影子,可以说是庐山的自然风情哺育了这位诗文奇才。

庐山的诗歌文化从陶渊明、谢灵运开始,就作为中国山水文化的典范之一而存在。魏晋南北朝时期大批的文人墨客前往庐山"拜谒朝圣",无论是王羲之这样的达官显贵,还是慧远、陆修静这样的佛道中人,抑或是鲍照这样的平民诗人都曾到过庐山,并进行了他们各自的艺术书写。正是这些魏晋以来的名士们的出现,才使得庐山拥有了独特的人文气息和艺术特质,也使其屹立在华夏名山的前列。

说到庐山,总绕不开在庐山写下"一生好入名山游"的李白。据说李白前后五次上庐山,甚至还有过一段隐居庐山的岁月。对于迹半中国、遍游名山的李白来说,还从没有哪一座山让他如此痴情过。

事实上中国诗人行旅的过程,更像是寻找心灵寄托和精神归宿的过程,是寻找内在生命情感家园的远征。从年轻时候"仗剑去国,辞亲远游"开始,李白一直实践着自己好游名山的宣言。唐玄宗开元十三年(725),李白出蜀后,第一次遇到庐山，遥望山前瀑布，以他绝世的诗才写下了那首极富夸张与浪漫色彩的名作《望庐山瀑布》：

日照香炉生紫烟，遥看瀑布挂前川。

飞流直下三千尺，疑是银河落九天。

诗人将眼前的香炉峰描绘成紫烟缭绕的仙境，而形容庐山瀑布、甚至天下所有瀑布的壮美，在李白的"飞流直下三千尺，疑是银河落九天"出现之后，就再也没有哪位诗人的哪句诗可以超越了。

安史之乱爆发后，唐玄宗的儿子永王李璘在南方招兵买马，因为赏识李白之才，多次派人邀请隐居庐山的李白入幕。李白最终还是以"但用东山谢安石，为君谈笑静胡沙"（《永王东巡歌》其二）的想法出山相助永王李璘。然而不久肃宗李亨却加罪于永王，称其叛乱。李白也以附逆之罪被流放夜郎。

这样的人生遭遇对李白的打击是沉痛的，然而这样巨大的挫折依然阻挡不住诗仙的豪放与浪漫。李白流放夜郎途中遇赦后，于上元元年（760）从江夏往浔阳时，再一次踏上了游庐山的征途，并引吭高歌，写下了《庐山谣寄卢侍御虚舟》。诗人开篇自描画像，一副藐视一切、狂奴故态、仙风道骨之状：

我本楚狂人，凤歌笑孔丘。

手持绿玉杖，朝别黄鹤楼。

五岳寻仙不辞远，一生好入名山游。

接着转入对庐山雄奇秀丽景色的渲染，诗人俯仰开合，前瞻后顾，以浓墨重彩、错综之笔层层写来，将庐山雄伟秀丽的风光描绘得淋漓尽致，使人恍若身临其境：

> 庐山秀出南斗傍，屏风九叠云锦张。
> 影落明湖青黛光，金阙前开二峰长，银河倒挂三石梁。
> 香炉瀑布遥相望，回崖沓嶂凌苍苍。
> 翠影红霞映朝日，鸟飞不到吴天长。

然后，诗人登上庐山高峰，放眼纵观，长空黄云密布，长江浩荡东去，白波如雪，一去不返：

> 登高壮观天地间，大江茫茫去不还。
> 黄云万里动风色，白波九道流雪山。

最后，诗人浮想联翩，仿佛随仙人凌空飞天，飘然而去。诗人笔下的庐山，吐纳风云，汇泻川流；诗人笔下的长江，喷云吐雪，荡涤万物。天地山川与诗人心中的郁勃不平之气，齐奔共振。后人评道："《庐山谣》等作，长篇短韵，驱驾气势，殆与南山秋气并高，可也。"（高棅《唐诗品汇》）

唐元和十一年（816），白居易与友人同游庐山，当时正值阳春三月，庐山上有一佛寺名曰大林寺，周围种满桃花。白居易不禁为桃花盛开的景象所感，似乎想到了陶渊明的桃花源，当即提笔写下一首绝妙之诗：

> 人间四月芳菲尽，山寺桃花始盛开。
> 长恨春归无觅处，不知转入此中来。
> 《大林寺桃花》

自然的春光被描写得活灵活现、生动具体，甚至有些天真可爱。似乎庐山的美正在于她的这种"山重水复疑无路，柳暗花明又一村"（陆游《游山西村》）的神秘，能常常带给人惊喜。然而正是她的"山重水复"让人无法更加清晰地认识庐山。从陶渊明、谢灵运开始，中国的文人士大夫们就在不断挖掘着庐山的宝藏，不断揭开她的神秘面纱。经过唐代诗人的努力，这层面纱已经基本褪去，庐山的风景早已深入华夏儿女的心中，成为中华民族一道奇特的文化彩虹。

时隔近三百年后又一位大诗人登上了庐山：在友人的陪同下，苏轼畅游庐山。虽然苏轼一生都在官场上沉浮，但是他心系山水田园，与佛、道两家往来频繁。遍布佛寺道观的庐山对苏轼有着太大的吸引力。

在攀登庐山的过程中，苏轼被雄奇秀丽的山水触发出逸兴壮思，想起了历代先贤都曾抒发过自己的情感、写下的若干首与众不同的庐山游记诗作。在多日的游玩之后，他感到自己对庐山仍然还很陌生。这是一座让人无法快速融入的大山，不仅因为她独特的风景，更因为她博大而繁复的文化遗迹。回想起自己人生的经历，更觉扑朔迷离，自己看不清自己的人生轨迹，看不清这个世界的发展轨迹。多种情感的纠葛使得苏轼写下一首注定要在庐山诗歌史上独占鳌头的名作：

> 横看成岭侧成峰，远近高低各不同。
> 不识庐山真面目，只缘身在此山中。
>
> 《题西林壁》

　　苏轼的诗歌，深入浅出，毫无雕琢之气。这首诗既写景又抒情，即景说理，韵味无穷。诗人并没有详细地描写庐山的风景，然而我们却能感受到庐山风景的奇绝秀丽以及那种千变万化的神态。这不仅是写景，而且是看山看出了哲理。似乎为了回答苏轼在面对庐山时的难题，清代大诗人魏源曾写道："欲识庐山真面目，看山端合在山中。"

　　苏轼之后前往庐山游玩的诗人非常多，但留下的诗歌再也没有出现过超越李、苏二人的名作，庐山也因陶、谢、李、苏等人而闻名遐迩。千百年来登顶庐山的文人墨客不计其数，佛、道两家更是前赴后继涌入庐山。正是因为有这些文人墨客的追寻，庐山的自然风情与文化遗迹才能一代又一代地传下来。到今天，雄奇甲天下的庐山依然屹立于鄱阳湖与九江之间。

始知五岳外　别有他山尊

（明）沈周　《庐山高图》

不游雁荡是虚生

对于今天很多人来说，把雁荡山与黄山、庐山并列，作为"三山五岳"中的三山之一，无论是名气，还是人们对它的熟悉程度，都有些勉强和令人不解。因为至少峨眉山要比它的名气大。

这样的疑问，不只是今人有，古人也有。古人对于三山另有一说：安徽黄山、江西庐山、四川峨眉山。但因为峨眉山是四大佛教名山之一，为了不重复，就不把它列为三山之一，所以雁荡山捡了个便宜。

三山之中，雁荡山确实显得有些落寞与孤寂。宋代的地理学家沈括就透露了这样的信息，他在《梦溪笔谈》中说：

> 温州雁荡山，天下奇秀，然自古图牒，未尝有言者。祥符中，因造玉清宫，伐山取材，方有人见之，此时尚未有名。……谢灵运为永嘉守，凡永嘉山水，游历殆遍，独不言此山，盖当时未有雁荡之名。

雁荡山，不仅自古文献没有记载，连游遍永嘉（雁荡山所在地）的谢灵运也未曾提及，到北宋大中祥符年间才被发现，但此时"尚未有名"。然而此山一直就在那里，只是等待着被发现、被命名。西域书中曾记载，东晋时，一个叫诺矩罗的外国和尚率百余弟子来中国，曾在东南大海边的龙湫修行。这龙湫就在雁荡山。唐代诗僧贯休有"雁荡经行云漠漠，龙湫宴坐雨濛濛"（《诺矩罗赞》）的诗句。后人截取贯休诗中的"经行""宴坐"之语，给山中的一峡一峰命名为经行峡、宴坐峰。雁荡山顶有一大池，又有二潭水。后来，大池名为雁荡，二潭水名为大龙湫、小龙湫。那么，雁荡、龙湫之名，是否也来自贯休的这两句诗呢？

真正对雁荡山进行完整书写的要推北宋时期的沈括。他虽然没有诗歌的创作，但以文章的形式第一次对雁荡山进行了详细而精确的描绘，这才使得雁荡山开始闻名于世，吸引着文人墨客争相前往。

北宋时，沈括奉命察访江浙地区。浙江山脉众多，丘陵纵横，沈括为浙江的秀丽山川而深深感叹，正是在此期间他游览了雁荡山，并撰写了著名的散文《雁荡山记》。文中，他对雁荡山的风景进行了诗情画意的描绘："予

144

一

二

三

四

〔明〕杨文骢 《雁荡八景图》之一、二、三、四

观雁荡诸峰，皆峭拔险怪，上耸千尺。穿崖巨谷，不类他山，皆包在诸谷中。
自岭外望之，都无所见；至谷中，则森然干霄。"沈括之后，游览雁荡山的
文人墨客渐渐多了，留下的诗文也多了起来。可以说是沈括让雁荡山名扬四
海，从而进入名山之列的。

南宋著名政治家王十朋慕名来到雁荡山，一连写下十几首描写雁荡山的诗，
如《大龙湫》：

龙大那容在此湫，银河得得为飞流。
好乘风雨昂头角，直到天池最上头。

王十朋不是单纯写景，而是借龙湫之景来抒发自己昂扬向上的进取之
情，犹如《红楼梦》中贾雨村的"玉在匮中求善价，钗于奁内待时飞"。
雁荡山中的灵岩寺十分壮观，号称"东南首刹"。王十朋对灵岩风景更是
赞不绝口：

雁荡冠天下，灵岩尤绝奇。
烟霞列屏障，日月悬旌旗。
《游灵岩辉老索诗至灵峰寄数语》

南宋还有一位叫楼钥的诗人曾写过一首盛赞雁荡山的诗《大龙湫》：

大龙湫

北上太行东禹穴，雁荡山中最奇绝。

龙湫一派天下无，万众赞扬同一舌。

　　无论是"雁荡冠天下"，还是"龙湫一派天下无"，无论是侧面的烘托比较，还是正面的直白赞扬，人们对雁荡山的评价在步步提高。

　　明清时，随着交通条件的改善及南方经济的发展，前往雁荡山的文人墨客更是络绎不绝。清代诗人魏源到访浙江乐清，与友人一起游览雁荡山。当天巧遇天降大雨，不得不在山中避雨，待雨停之后魏源继续游览雨后胜境，才发觉雨水沐浴过的山景更加美丽，大雨之后的瀑布与雨前截然不同。他的《雁荡吟》这样描绘了当时的情景：

谁道山灵知我意，忽忽奔腾雷雨至。

由数倍兮数十倍，呼声愈壮瀑愈厉。

不知上源盛极如何继？

风忽卷兮入云际，雾蒙蒙兮湿天地。

天气变化多端，风景因时而异，是雁荡山的一大特点。关于雁荡山的诗歌从唐开始至宋而渐盛，到明清已名满天下，获得世人的普遍认可。清代诗人江湜两次游览雁荡山，深为雁荡山的风景所折服，不禁感叹：

欲写龙湫难着笔，不游雁荡是虚生。

这经久流传的对联名句，今天已成为雁荡山的文化名片，吸引着来自四面八方的游客。

江河万里归沧海

卢　哲
储兆文

在诗歌诞生之前，人就已经逐水而居了。江河本来是流动的诗，若无文人之诗，江河仍绵延万里；若有诗，江河则有了灵魂而声名鹊起。正如古人所言：「山水藉文章以显，文章亦凭山水以传。」

行旅之途，既有登山，更有临水。自从孔子在河边深沉地发出「逝者如斯夫」的感叹之后，诗人们每当临流面水，便若有所思。黄河长江，亘古流淌，流淌出赫赫中华，流淌出皇皇诗章。

九曲黄河万里沙

若论起诗与江河，孩童皆能吟出李白《将进酒》开头的那个千古名句："君不见黄河之水天上来，奔流到海不复回。"李白是"天上来"的诗人，这位"谪仙"在酒醉之后，首先吟咏了"天上来"的黄河，倒也一致。

不过，黄河之水并非天上来，而是发源于青海巴颜喀拉山脉。李白之诗是文学修辞的典范，却也暗示了唐代人对黄河源头这个问题的迷惑。传说汉武帝命张骞探寻河源，也是不得其详。事实上，直到元代，潘昂霄撰《河源志》，才真正落实了黄河源头。但是，李白在诗中传达出的黄河壮阔雄浑这一点，的确与绝大多数诗人相仿佛。

"河汤汤兮激潺湲，北渡回兮迅流难。"汉武帝刘彻《瓠子歌》中的这两句，便是对奔腾咆哮的黄河的成功描写。同样，南朝诗人范云《渡黄河》对黄河之水做了这样的描写："河流迅且浊，汤汤不可陵。"后梁诗人沈君攸的《桂楫泛河中》一诗，则描写了舟行黄河中的见闻："莲舟渡沙转不碍，桂楫距浪弱难前。……榜人欲歌先扣枻，津吏犹醉强持船。"前两句是说，黄河风高浪险，连船也不能通过；后两句则是说，船工叩响船舷，想用歌声来协调动作，管理渡口的官吏则像醉酒一样勉强支撑。仅这几句形象的叙述，便把读者一下子拉到当时行进在黄河中的船上，使那些如今早已无法见识到的黄河风浪激流尽在眼前。

当然，在唐之前，诗人面对奔涌的黄河水，多少还有畏惧的轻叹。唐代诗人则常常满怀赞美之情来抒写黄河，以彰显时代的豪迈。李白的"黄河西来决昆仑，咆哮万里触龙门"（《公无渡河》）、"巨灵咆哮擘两山，洪波喷流射东海"（《西岳云台歌送丹丘子》）等句，既有对黄河气势的歌咏，又充满勇决天险的豪气。薛能《黄河》中的"勇逗三峰坼，雄标四渎尊"之句亦有此等气魄。王维的"大漠孤烟直，长河落日圆"（《使至塞上》）、刘禹锡的"九曲黄河万里沙，浪淘风簸自天涯"（《浪淘沙》）都写出了黄河的气概。

通过描写黄河沿岸景观，表达思想，寄托情怀，这是历代诗人常见的表达方式。此类诗作的产生地域，大多集中于黄河中游地区，更以雄关险峡、名胜古迹为主，著名的有壶口瀑布、龙门、蒲津关河亭、风陵渡、鹳雀楼、华山、潼关河亭、河中河亭、陕州河亭、孟津、砥柱山、广武山、清江浦等。

除山河这些自然景观外，许多人文景观我们已难以见识当年全貌，只能从寥寥数语的诗句中尽情想象。由于人殊情异，即便是同一或相似景致，在不同诗人的笔下，也可以展现出不同的风格。姚合的"九曲何时尽，千峰今日清""杯里移檐影，琴中有浪声"（《题河上亭》），清新古雅之状跃然纸上；李商隐的"河鲛纵玩难为室，海蜃遥惊耻化楼。左右名山穷远目，东西大道锁轻舟"（《奉同诸公题河中任中丞新创河亭四韵之作》），视野开阔，神思不凡；薛逢的"满眼波涛终古事，年来惆怅与谁论"（《潼关河亭》），情景交融，饱含沉思；薛能的"川进晴明雨，林生旦暮风"（《龙门八韵》），以及"河擘双流岛在中，岛中亭上正南空"（《题河中亭子》）等句，天高野旷，声响隆隆；李频的"岸拥洪流急，亭开清兴长"（《陕州题河上亭》），则动静有致，意味悠长。

唐人并非只写黄河的壮美与豪迈。遍览诗册，也可以看到诗人在黄河边留下的清秀婉约的作品。羁旅怀乡之作便是其中一种。李频曾有《东渭桥晚眺》一诗，写于渭河（黄河最大的支流）之畔："秦地有吴舟，千樯渭曲头。人当返照立，水彻故乡流。"当年进士落第的李频，失落地站在夕阳之下，无意间望见来自故乡吴地的船桅，又惹动了思乡情绪。可是旅居长安之人，这无助彷徨的愁思，又有谁能解？"谁知桥上思，万里在江楼"，临水登桥，面对渭水，李频感到的是万里之外，爱妻与自己息息相通的思念之情。从李频诗中，我们可以知道，唐代的渭河还是十分清澈的，船只甚至可以通航至吴地。中唐诗人冷朝阳则说："晚来清渭上，一似楚江边。"（《晚次渭上》）

这位来自江苏镇江的行旅之人，面对往来舟楫和清幽河岸，难以抑制怀乡之情，竟把渭河当作了长江。

渭河注入黄河后，整条黄河转了一个大弯，由北来折成东流，进入今河南省西北部。在此流域中，洛河是一条重要的支流。

洛河西起华山，东汇黄河。自汉魏以来，洛河两岸便桃李夹岸，杨柳成荫，既有舟楫之便，又有风景之胜。尤其是金风消夏、半月横秋的时节，水静云凉，霜叶层染，鸟飞汀响。其中诗情画意，足以令所有临岸观景之人流连忘返。这一景致，又名洛浦秋风，后成"洛阳八景"之一。唐高宗时，宰相上官仪政务途中经过洛河，特意缓辔徐行，趁着天色未明，独自一人沿着堤岸，边赏景边吟诗，浑然忘我。诗中"鹊飞山月曙，蝉噪野风秋"（上官仪《入朝洛堤步月》）两句，可谓是对洛浦秋风的绝佳描摹。

当然，洛河之美，并不独在秋季。白居易就曾在"花寒懒发鸟慵啼"（《魏王堤》）的初春时节，于洛河堤畔信马闲行，直到夕阳西下。还有那位留下"红叶传情"佳话的传奇诗人顾况，也曾吟咏过洛河春景："莺声满御堤，堤柳拂丝齐。风送名花落，香红衬马蹄。"（《洛阳陌》）可见春意盎然的时节，洛河的景致同样令人心旷神怡。

黄河流过洛阳以北的孟津后，开始进入下游。在古代中国，黄河水系的下游曾有一条影响极广的河流，名为汴河。相传，这条河流可能出现于大禹时期，是人工开凿的河流，亦即战国时魏国的鸿沟、隋炀帝所开之通济渠、唐时的广济渠。古都开封即位于汴河与黄河交汇处，其旧称汴州、汴京，也因河而得名。

154

〔宋〕张择端 《清明上河图》（局部）

古代的汴河，连通了全国南北水系，使得这一流域的田地灌溉、水陆交通和贸易运输等活动都具有了极大便利。中唐诗人王建曾泊船开封附近，作诗记录了沿岸风光："千里河烟直，青槐夹岸长。天涯同此路，人语各殊方。"（《汴路即事》）由此可见，在唐代，汴河沿岸风光颇有江南韵味，而且是一条贯通南北的水上商路，往来舟楫中，来自天涯海角的客人们都操持着不同的方言。不过，到了冬季，汴河就会封冻。尽管这一自然现象给当时的生活带来诸多不便，但是这一变化却为优秀诗人提供了新的想象空间。杜牧曾经以"玉珂瑶佩响参差"来形容汴河初冻时的景象，令人赞佩。他甚至由此景象引发出人生感慨："浮生恰似冰底水，日夜东流人不知。"（《汴河阻冻》）

当然，诗人在汴河吟咏的题材，还是以怀古最为常见。诗人李益在汴河堤岸游春之际，想起前朝隋炀帝在汴河沿岸骄奢淫逸终致身亡国灭的史实，曾写下这样的诗句："汴水东流无限春，隋家宫阙已成尘。行人莫上长堤望，风起杨花愁杀人。"（《汴河曲》）在诗人看来，春天东流之水、风吹杨花之景与昨日何等相似，然而繁华早已不再，如今游览之客，倘若执意登上长堤远望，恐怕只能看到历史留下的哀愁。杜牧也有"游人闲起前朝念，折柳孤吟断杀肠"（《汴河怀古》）这样的名句，与李益诗作似有相通之意。

从某种程度上说，读黄河诗词，胜似亲临黄河。因为观者难以在现场见到历史的沉积，难以观察到全部的细节，最重要的是，诗词中黄河之美的产生是诗人情感、学识、胸怀、时代精神、自然景观在一瞬间聚合的结果。当代行旅之人，即使独自走遍黄河，也绝不可能一睹黄河全部之美。

苏轼曾有一首《河复》，写于宋神宗熙宁十年（1077）冬。这首诗不是写黄河之美，而是记录沿岸居民治理黄河水患的情况。是年秋，黄河在澶渊（今河南濮阳一带）决口，河水注巨野（今山东菏泽一带），入淮泗（淮河和泗水及其流域），给附近至少四十五个郡县造成水患，三十万顷农田遭到破坏。苏轼任太守的徐州城下，积水二丈八尺，七十余日不退。"钜野东倾淮泗满，楚人恣食黄河鳢。"十月十三日，黄河终复故道，苏轼闻之喜甚，才写下《河复》诗。

类似的水患事件在历史上绝非孤立存在，这也是黄河诗意的气质之外，最令沿岸居民困扰的"坏脾气"。而类似的水患，也和另一条重要河流——淮河相关。

在自然地理上，淮河位列黄河、长江之间，是中国南北的分界线。

"鼓钟将将，淮水汤汤。"（《诗经·小雅·鼓钟》）自先秦时起，淮河就已经是诗歌吟咏的对象了，然而相比黄河题材，在北宋之前，咏淮之作简直寥若晨星。也许最脍炙人口的作品就是白居易的《长相思》："汴水流，

〔明〕文伯仁 《四万山水图·万顷晴波》

泗水流，流到瓜洲古渡头。吴山点点愁。思悠悠，恨悠悠，恨到归时方始休。月明人倚楼。"尽管此处的汴水和泗水，只是虚笔，全诗不过是述及一女子倚楼怀人的忧愁，但我们还是会将此诗列入咏淮系列。

咏淮之作的大量涌现，始自南宋。这一现象与靖康之难后南宋政权的偏安有关。

南宋政权在建立初期，约1141年，曾与金达成和议，以淮河中流为界，实行南北分治。范成大、杨万里、曹勋等大批奉金使节在北渡淮河之后，难免对"长淮咫尺分南北"的历史悲剧有所感触，面对故国山河，时常受爱国热情的感召，产生"泪湿秋风欲怨谁"（杨万里《初入淮河四绝句》其二）的感叹。淮河意象在南宋诗词中由是平添爱国情怀。杨万里在这类"入淮"诗人中可谓产量最丰、影响最大者。再如《初入淮河四绝句》其一，情悲意浓，使怀想故国之人无不动容："船离洪泽岸头沙，人到淮河意不佳。何必桑乾方是远，中流以北即天涯。"

值得一提的是，南宋诗词中常出现"淮白"一词，淮白指的是产于淮河的一种美味的鱼，因该鱼通体洁白如银，故而得名。如杨万里《初食淮白》中有"淮白须将淮水煮，江南水煮正相违"两句，汪元量《湖州歌》其二十五也提到"雪花淮白甜如蜜，不减江珧滋味多"。

可见，品食淮白，在南宋已成风尚。只不过后人述及淮河，多提到刘邦、项羽、朱元璋等历史人物，提到淮河水患和政权对峙，却早已忘记淮白之名，不知即使在兵戈四起、洪水滔天的环境中，也始终有追求精致生活的平民百姓，这也是一种乐观的哲学。

不尽长江滚滚来

在中国古代诗人眼中，从没有一条河流比得过长江那般浪漫多情。

长江本有专名。汉字中的"江"字，原是长江的专属名称。"江之永矣，不可方思"（《诗经·周南·汉广》）、"滔滔江汉，南国之纪"（《诗经·小雅·四月》）等句中的"江"，指的都是长江。后来，"江"字已不能传达长江的浩阔之美，于是便有了"大江"这一称谓。"缘以大江，限以巫山"（司马相如《子虚赋》），便是如此。

至于"长江"之名何时产生，已无确证。不过在《三国志》中，便存在这一称谓。那是曹操兵据荆州时，孙权部下的名句："此为长江之险，已与我共之矣。"意思为：长江天险，本是抗曹的有力优势，如今曹操盘踞荆州，已与我方共有长江，敌众我寡，打，不如降。兴许是沾了东吴旧臣欲投降自保的晦气，后来的历史上，但凡只想凭借长江之险来拒敌保境而不图反击者，大多没有好结局。

"长江"一词频繁入诗，大抵起于唐代。杜甫的"无边落木萧萧下，不尽长江滚滚来"（《登高》）即为名句。此后的诗人一般都会沿用此词，似乎改掉"长"字则"江"的气象皆会烟消云散一般。

长江之美，最负盛名的莫过于三峡了。三峡，是瞿塘峡、巫峡和西陵峡的总称。瞿塘峡从白帝城起，到巫山县止。这段两岸峭壁高耸、江面狭窄的峡谷险江，倾倒过无数文人，口口相传的"两岸猿声啼不住，轻舟已过万重山"（李白《早发白帝城》）即作于此。常有人说"自古忧愤出诗人"，似乎只有远戍、思乡、怀忧、愤懑之人才会写出天下闻名的佳句。虽然这话也有一定道理，洒脱如李白者，也时常有怨尤之气。可是，在三峡，李白终于轻快、浪漫起来。别家诗中同样常见的"猿"意象，本有悲鸣之声，可在水流湍急中，这悲鸣声竟追不上诗仙疾驶的轻舟。

诗仙如此，诗圣也如此。以"沉郁顿挫"著称的杜甫，在白帝城作诗最多，艺术成就最高，如《秋兴八首》《咏怀古迹五首》《登高》《阁夜》等。这一系列诗作被视为唐代七律的最高成就。"风急天高猿啸哀，渚清沙白鸟飞回"（《登高》）、"五更鼓角声悲壮，三峡星河影动摇"（《阁夜》）、"高江急峡雷霆斗，古木苍藤日月昏"（《白帝》），无一不凝练精深，无一不笔补造化。

白帝城，因《三国演义》中刘备托孤而闻名，因陈子昂、李白、杜甫、刘禹锡、高适、陆游等大诗人的光临而厚重。如今，"猿声"渐渐消隐，"明月""江峡"仍在，促流急峡，震撼尚且来不及，怎能有空闲回首"愁绪"？正所谓"行到荆门上三峡，莫将孤月对猿愁"（王昌龄《卢溪别人》）。

离开白帝城顺流东下，便到巫峡。

巫峡西起重庆巫山县大宁河口，东至湖北巴东县官渡口。有人说巫峡可用幽深秀丽来形容，其景观之美在山不在水。江的南北两岸共有十二座山峰，是其鬼斧神工之所在。

巫山十二峰中最闻名者，是神女峰。此山峰有一巨石呈条状，立于江北的朝云、松峦两峰间，在烟云雾雨中宛若神女伫立远望，朦胧绝美之极。宋玉曾作有《高唐赋》《神女赋》两赋，专门写了神女峰的传说，并提及楚怀王与神女梦中幽会一事。由于宋玉所述这一奇异的浪漫故事在民间影响力过于巨大，"巫山云雨"一词，便从"巫山神女早晚兴云降雨"之意，演变为男女欢爱的代名词。唐宋时期，"巫山"一词多次出现在诗人的作品中，"曾经沧海难为水，除却巫山不是云"（元稹《离思》）即为一例。

宋玉所述毕竟仅为文赋而已，神幻色彩远大于事实依据。虽说宋赋一出，巫山神女峰凭空增添了些许香艳之气，但文人之附会似乎还是以郑重为妙。李白、刘禹锡、李商隐等人的诗中就对宋玉的虚撰表示过怀疑。南宋陆游游历此处时，也曾作诗揶揄过"巫山云雨"的传说："朝云暮雨浑虚语，一夜猿啼月明中。"（《三峡歌》）这句诗就好似诗人的自我调侃：哪里有梦中神女，分明只有月下猿啼！

兴许是巫山神女的传说过于虚渺，抑或宋玉的文赋过于荒诞，民间的演义又过于牵强，乃至于后来的诗人在巫峡作诗之前，都严思而谨慎，宁可描景而绝不妄下议论。像李端的"巫山十二峰，皆在碧虚中。回合云藏日，霏微雨带风。猿声寒过涧，树色暮连空。愁向高唐去，清秋见楚宫"（《巫山高》）一诗即为写景的上品。再如清人张船山的"过巫峡三绝句"，"云点巫山洞壑重，参天乱插碧芙蓉"（《巫峡同亥白兄作》）、"石走山飞气不驯，千峰忽作乱麻皴"（《由三分水至楠木园出巫峡》其二）、"千丈奇峰亦如壁，蛟龙窟里一帆来"（《由三分水至楠木园出巫峡》其四）等句，均从山色着笔，几乎未提当地传说。

路过巫山的诗人中，最为郑重者当属白居易。当时白居易由江州司马迁任忠州刺史，自九江溯江而上赴任，途经巫山神女祠时，在粉壁上见一新作之诗："忠州刺史今才子，行到巫山定有诗。为报高唐神女道，速排云雨候清词。"原来，这是秭归县令繁知一闻知白居易将至，为促成这位大诗人留题而事先写上去的。白居易观后却只是怅然地表示：当初刘禹锡蛰居夔州三年，临走时曾将巫山神女祠中的诗板撤去千余，只留沈佺期、王无竞、皇甫冉、李端四人之作。前辈如此郑重，自己怎好意思造次？繁知一只好作罢。于是，白乐天过巫峡不留诗，传为文坛逸事。虽未留诗，但留此佳话，终究不算是憾事。

过巫峡，即到西陵峡。西陵峡是三峡最后一段，也是最长一段，以滩多水急、洞幽泉甘闻名。李白在《上三峡》中曾曰："三朝上黄牛，三暮行太迟。

〔清〕八大山人《山水十二册页》其一

三朝又三暮，不觉鬓成丝。"这是他在过西陵峡尾端黄牛峡时所作。黄牛峡因有天然石纹如人负刀牵牛而得名。如果说，从李太白的《早发白帝城》中，我们看到的是过瞿塘峡之"快"，那么《上三峡》一诗则写尽了过西陵峡之"慢"，或者更准确地说，是潆洄曲折、逆水而上的不易。

三峡之三段江水，恰如人生三阶段。起始如少年，轻快急促；中段如中年，温厚稳健；末段如老年，深邃悠长。难怪"峡江"会如此得诗人青睐，吟咏千年而不辍，与其说游江，不如说是游历人生。

长江水出三峡，即到了中游。由于中游江水流经区域在古代曾属荆州，故从湖北枝城到湖南城陵矶一段江水又名荆江。荆江不似峡江，它水面开阔，平原众多，但蜿蜒曲折，故又有"九曲荆江"的称谓。最典型的是孙良洲弯道。曾有人说，假如在此弯道最窄处有两人同时行进，一人步行，一人舟行，舟行之人必定晚到，不仅如此，步行之人到达目的地后还可以从容地吃一顿饭。

提及荆州之江，不得不提赤壁。若不是三国时周瑜的"雄姿英发"，怎会有北宋苏轼的"故国神游"，更不会有"风流人物"吟咏"一时豪杰"的名作《念奴娇·赤壁怀古》。"大江东去，浪淘尽"，单是这七个字，足以令人豪气顿生、澎湃激荡。"多情应笑我，早生华发。人生如梦，一樽还酹江月"，虽有临江自怜之嫌，但丝毫不让读者腻烦，反而因为上阕的豪迈之气结束，忧怀之味顿兴而使人悟到了些许玄机，竟也如梦如幻地进入了作者的诗酒醉意中。

苏轼逝去数年之后，文学史上诞生了一段化用东坡词句但气魄更为雄浑的作品，这便是元代关汉卿所作杂剧《单刀会》中【新水令】和【驻马听】两阕曲词。如果说关汉卿借关羽之口所述"大江东去浪千叠"这句开头尚不及苏轼的话，那么结尾的两句则实实在在让人触及英雄热血的温度："这也不是江水，二十年流不尽的英雄血！"好一个英雄血！二十年前，破曹樯橹早已不在，公瑾大才也已不在，目下江水依然滚热，为何？只因这江水是"二十年流不尽的英雄血"！如此质朴的文辞，传达出来这等豪迈，恐怕也只有以关汉卿为代表的元曲作家可以做到了。难怪王国维曾说："元曲之佳处何在？一言以蔽之，曰：自然而已矣。"这种自然，是关汉卿的开阔眼界和豪壮性格的自然流露，他未必真的到过赤壁，未必有苏轼的天赋英才，但其作品之所以能开创一代之风，与前辈相提并论，靠的不过是真诚地写作而已。

　　荆江是楚江的一段。李白曾有一首《望天门山》："天门中断楚江开，碧水东流至此回。"诗中所述"楚江"，指的是流经湖北、湖南、江西、安徽四省的长江。这些区域在春秋战国时大多为楚国所辖，因此才以"楚"字命名。南北朝诗人谢朓的《临楚江赋》，即用了长江的这个别名。

　　举凡文昌盛世，为长江各段取别名便为惯例。尤其是进入长江中下游地段后，由于平原众多，水量充沛，沿江城市逐渐兴旺，舟旅之人亦渐渐增多，自然少不了歌咏诗赞，而简单的"江"字，又怎能彰显客居他乡之心情？于是，取当地郡县、渡口之名代替长江名的现象就出现了。比如，唐时，江西地区有一浔阳郡，那么流经这一地区的长江就被命名为"浔阳江"。白居易的《琵琶行》中便有"浔阳江头夜送客"一句。再如，长江东流进入江苏境内时，又名"扬子江"。这是由于扬州城南的江边有一个名叫扬子津的渡口。唐代刘禹锡曾有一首《杨柳枝》，开头两句便用了这一俗称："扬子江头烟景迷，隋家宫树拂金堤。"又如，古代的镇江又称京口，虽然镇江与扬州隔江相望，但长江的镇江段被称为"京江"。

　　虽然名称繁多，但长江水维系着的人的浓浓情意丝毫不会受到影响。正如北宋李之仪《卜算子》中所写："我住长江头，君住长江尾。日日思君不见君，共饮长江水。"

　　柔情彻骨，这恐怕才是长江的真性情。

浙江逶迤向东来

咏长江之诗，与其说是因名家而传世，毋宁说是因长江而传世。江水滔滔，诗脉因此承传不绝。

不过，放眼望去，四海之内，终究还有其他的"诗之江"。"春江潮水连海平，海上明月共潮生"中所言"春江"，即为个中翘楚。遗憾的是，"春江"到底指哪一条江，今人已无法给出准确无疑的答案。《春江花月夜》原本就是乐府旧题，并无具体指涉。张若虚之作虽被誉为"孤篇盖全唐"，可对于作者生平，以及该诗作于何年何处，我们实在所知甚少。他的全部作品，流传至今的也仅两首。于是，我们只有在无限沉醉中一遍一遍诵读此诗，才能想象出这一不知从何而来的"春江"。那就当它是春天的长江吧。

从张若虚的家乡扬州出发，向南四百多公里，即可抵达一条以"春"为名的江水——富春江。

东晋诗人谢灵运曾有一首《七里濑》，就是借富春江之景来抒发羁旅之思，诗中"石浅水潺湲，日落山照曜"即为写景佳句。七里濑，又称七里滩，在今浙江省桐庐县富春江上。山水诗人之祖谢灵运在从都城建康去永嘉上任的途中，写下了这首诗。从诗中，我们读到的不是张若虚的迷醉与深邃，而是谢灵运的落寞与伤感。

诗中还有"目睹严子濑，想属任公钓。谁谓古今殊，异代可同调"等句，借古人以明志，情调超凡。这里提到的"严子濑"，就是严陵濑，在七里濑东。这附近是东汉严光隐居垂钓的地方。严光，字子陵，早年曾与刘秀同窗。刘秀登基即位，建立东汉王朝后，曾派人四处寻觅严光下落，以高官厚禄聘其出仕。严光倨傲不以为礼，埋名隐居在富春江畔。

严子陵，生前无要事，死后无著述，本是历史上无足轻重之士，却因其笑傲王侯的品行被诗人传诵千年。一个生前决意归隐之人，死后竟成为沿江声名最显赫之人。李白、孟浩然、白居易、张籍、苏轼、杨万里这些名垂诗史的大家均为严子陵写过诗。"昭昭严子陵，垂钓沧波间。身将客星隐，心与浮云闲"（李白《古风》其十二）之句即为上品。杜牧、刘长卿、范仲淹、陆游等人也曾在此做官，并留下诸多诗篇，诸如"好树鸣幽鸟，晴楼入野烟"（杜牧《睦州四韵》）、"悠然钓台下，怀古时一望。江水自潺湲，行人独惆怅"（刘长卿《奉使新安，自桐庐县经严陵钓台，宿七里滩下》）、"世祖功臣三十六，云台争似钓台高"（范仲淹《钓台诗》）、"秋山断处望渔浦，晓日升时离钓台"（陆游《泛富春江》）等皆为佳句。似乎只有借诗将严子陵推重为"云山苍苍，江水泱泱，先生之风，山高水长"（范仲淹《严先生祠堂碑记》），才是众位诗人排解被贬谪后郁郁之情、表达内心高尚追求的极好方式。

邻近的新安江同样迷人。对这段江水最成功的描写无疑是唐代诗人孟浩然的一首小诗："移舟泊烟渚，日暮客愁新。野旷天低树，江清月近人。"（《宿建德江》）这里的建德江，即新安江流经建德一带的称谓。

不过，最早将新安江之美形诸诗篇的是南朝大诗人沈约："洞澈随清浅，皎镜无冬春。千仞写乔树，百丈见游鳞。沧浪有时浊，清济涸无津。岂若乘斯去，俯映石磷磷。"（《新安江至清浅深见底贻京邑同好》）短短数语，便将新安江上的水、木、鱼、石景观，动静、冬春状态，以及远近、俯仰等描摹尽致，不啻现场还原，且留下大量想象空间。人言六朝金粉华丽，诗文骈俪空洞，读罢此诗，恐怕可以改正偏见。

据说李白为了亲睹新安美况，曾从安徽出发，一路沿浙西山川游览。"他年一携手，摇艇入新安"（《见京兆韦参军量移东阳二首》其一）之句可见其对此江的向往。

一般来说，人们将从黄山起源，经富阳、杭州并流入东海的这段江水统称为浙江，又名钱塘江。新安江事实上是钱塘江的北源，这条江水在建德市的梅城镇下，与兰江交汇，再往东即名富春江。富春江在流经萧山闻堰南侧小砾山后，江道折向西北，至九溪又折向东北，从地图上看，江水附近的杭州西湖形同汉字中的一点，整段江水则形若反"之"字，故浙江又称之江。

浙江是今天浙江省名称的来源，这条江无疑是江南诗史上毋庸置疑的秀美之江。其别名钱塘江，最容易令人联想到奇特而壮观的钱塘江大潮。自然，一生热爱名山大川的行旅诗人，既然已到浙江，绝不会放过难得的"观潮""咏潮"机会。

从东晋起，观潮咏潮即成风尚，诗人苏彦曾有名诗："洪涛奔逸势，骇浪驾丘山。訇隐振宇宙，漰磕津云连。"（《西陵观涛》）这是最早写钱塘江潮的诗。

唐宋以后，观潮咏潮渐成盛事。虽然曾有人戏言观钱塘江潮"每恨形容无健笔"，但千余年间流传下来的佳作其实很多。作为世界三大涌潮之一，钱塘潮恐怕是被历代文化精英赋诗咏叹最多的自然奇观了。这一点，不知道南美亚马孙潮和南亚恒河潮的观众是否艳羡。

枚乘在《七发》中曾经插叙过观潮对人精气神的影响，的确有理。千余年间，钱塘潮观者岂止千万，留下诗作者岂止千余，传为佳作者岂止百首？就在这数百首诗词中，又能见到太多风格各异、才情不同、心境不一的作品。若诗人所作之诗能够传达潮来之时的壮阔、轰响，就可以算作一流了。"一千里色中秋月，十万军声半夜潮"（李廓《忆钱塘》）、"海上涛头一线来，楼前相顾雪成堆"（苏轼《望海楼晚景五绝》）、"鱼鳞金甲屯牙帐，翻身却指潮头上。秋风吹雪下江门，万里琼花卷层浪"（徐渭《映江楼看潮》）、"海色雨中开，涛飞江上台。声驱千骑疾，气卷万山来"（施闰章《钱塘观潮》，沈德潜评此诗为"五字千古")等都是个中精品。

比起白描，以静写动、以情写景似乎显得更高明。如白居易《忆江南·江南忆》："江南忆，最忆是杭州。山寺月中寻桂子，郡亭枕上看潮头，何日更重游？"虽然白居易并没有描摹钱塘江潮的惊天气势，但这看似平淡之语，蕴含了多少浓浓眷恋之情，怎不令人向往？孟浩然的诗句"潮落江平未有风，扁舟共济与君同"则蕴藏诸多惬意与亲睦。清代黄景仁《观潮行》最后两句则磅礴大气："潮生潮落自终古，我欲停杯一问之。"这十四字，将古往今来无数潮起潮落和历史兴衰凝为一瞬，一个"停"字，不仅没有煞住汹涌而来的海潮，反而激活了更多想象中声状如千军万马的海潮。难怪袁枚曾作诗称赞黄景仁此诗"观潮千古冠钱塘"（《读〈观潮行〉》），实非过誉。

行旅之人，即使是粗通文墨者，也极易在江河奔涌面前触动诗情，产生赋诗的冲动。这不是偶然，是每个人都具有的"天赋"。以诗观江河，因江河而赋诗，山河之乐，令人心旷神怡！

不辞长作岭南人

田翠花
储兆文

须君净洗南来眼，此去山川胜北州。

——张孝祥《入桂林歇滑石驿题碧玉泉》

诗人行旅的路径，一如中华文明的播撒，先西后东，先北后南。当黄河长江已被诗人们游历殆遍时，岭南却未见到诗人的足迹。「地近岭南无雁来。」直到唐朝初年，岭南才迎来了第一批被遣而来的不幸诗人。此后，岭南，这方古代惩处官员、逐臣蒙羞流放的不毛之地，又阴差阳错地成了诗人成名和名诗诞生的幸运之所。

今天，椰风海景的岭南，俨然已是旅人的诗行，去邂逅岭南最初的模样。

172

天长地阔岭头分　去国离家见白云

岭南[1]，这个当今的富庶繁华之区，曾经是一个非贬不去的荒蛮之地。隋唐之前的诗人，几乎无人踏过这片土地。《诗经》的发生地主要在黄河流域，《楚辞》主要在长江流域，汉乐府则两地兼而有之，在汉代及魏晋南北朝的诗中也几乎找不到岭南的影子。但这并非说隋唐之前，这里是人迹罕至的绝域。

其实，岭南古为百越族聚居之地。早在商周时，岭南与中原及长江流域已有诸多往来。战国时，岭北汉人因经商、逃亡或征战等原因，南来渐多，但对岭南的开拓，则是在秦统一后才开始的。秦代所立的南海、桂林、象郡称为岭南三郡，正式明确了岭南的行政区域划分，长期散居华夏之外的蛮夷之邦，归属进大秦帝国的版图。汉代，岭南为南越国、闽越国所辖，大部分时期为汉帝国的藩属国。魏晋南北朝时，中原及其北方是四百年的纷争乱世，对岭南行政上的辖属自然力不从心。其间，或有北人南迁，然未见诗人的身影。

唐帝国一统天下，大庾岭新道的整修，使五岭的化外之阻降低了。"兹路既开，然后五岭以南人才出矣，财货通矣，中原之声教日近矣，遐陬之风俗日变矣。"（丘濬《唐丞相张文献公开凿大庾岭碑阴记》）

唐宋两朝，岭南成了不折不扣的流放之所。据统计，唐五代被贬岭南道的逐臣达四百三十六人次，居全国各道之首[2]，是惩处官员的首恶之区。

在学优则仕的人生理想下，古代官员多为知识精英，而诗赋取士的科举制度和诗教传统，又使得知识精英们无不是诗词文赋的行家里手。

岭南，这方古代惩处官员、逐臣蒙羞流放的不毛之地，又阴差阳错地成了诗人成名和名诗诞生的幸运之所。

岭南折磨了官人，却成全了诗人。

从"地近岭南无雁来"（黄庭坚《出迎使客质明放船自瓦窑归》）到"岭南游者多诗人"（赵希迈《王生山水歌》），被贬官员们把诗的种子带到这片蛮荒之地。自此，一直孤悬于诗坛之外的岭南山水，被纳入了中国诗歌的版图而诗意盎然，并不断成为名篇佳句的策源地。

1 所谓岭南，即五岭之南，又称岭外、岭表。五岭由越城岭、都庞岭、萌渚岭、骑田岭、大庾岭五座山连绵而成。

2 尚永亮：《唐五代贬官之时空分布的定量分析》，载《上海大学学报》（社会科学版）2007年第6期。

杜审言、沈佺期、宋之问，是中国诗坛上第一批岭南山水的拓荒者，而序幕则是由王勃拉开的。

公元 675 年，也就是唐高宗上元二年，一位青年背着行囊，翻越南岭，拉开了中国诗歌地理南移的序幕。

这位二十六岁的青年，是一个才华横溢的诗人，他曾因"海内存知己，天涯若比邻"（王勃《送杜少府之任蜀州》）的诗句，以及"落霞与孤鹜齐飞，秋水共长天一色"（王勃《滕王阁序》）的骈文，而轰动文坛，誉满天下。他，就是被称为"初唐四杰"之首的王勃。

但，这个划时代的岭南之行，自始至终都是一个悲剧。

事情源于一桩荒唐的命案。据说在任虢州参军时，官小而名气大的王勃，窝藏了一个罪犯，后担心被发觉而将他杀掉，年轻气盛、恃才傲物的著名诗人成了杀人犯。案发，入狱待斩。恰遇高宗大赦天下，王勃死罪豁免，削职为民，其父被株连，流放交趾。

可能是出于负疚赔罪的心理，王勃踏上了去交趾省父的旅程。他一路颠沛流离，直至父亲所在的贬所。翌年八月，辞父北归，不幸渡海遇险，溺水而亡。一代天才诗星，猝然陨落，时年二十七岁。

南行之路，对王勃来说，是一条名副其实的不归路。但对于岭南、对于诗歌来说，这是一次不平凡的拓荒之旅。今天，王勃被作为"岭南先贤"并塑蜡像入驻广州名人馆。

然而，不知何故，王勃此次的岭南之行，只留下一篇图序和一篇碑文，并未留下任何诗作。所以，他只是拉开了岭南行旅诗的序幕，真正首次登台演出的是稍后出场的杜审言、沈佺期、宋之问。

三十年后，即唐中宗神龙元年（705），一场宫廷政变，使武则天逊位，依附武则天及其男宠二张（张易之、张昌宗）的十八位珠英学士同时被贬，杜审言、沈佺期、宋之问名列其中，杜审言贬峰州（今越南境内），沈佺期贬骥州（今越南境内），宋之问贬泷州（今广东罗定市），贬谪地都在岭南。

这次被贬的时间并不长。一年后，他们遇赦放还，陆续离开岭南。在唐代，远贬岭南多是对应处死者实行流放免死的一种惩治手段，从皇帝身边的宠臣到流放蛮荒的异域殊方，这巨大的落差、瞬息的生死体验，已够惊心动魄。而他们又都是当时一流的宫廷诗人，迎合皇帝的应酬之诗已经作得太多，人生际遇的变化也使他们把娴熟的作诗技巧和能力，运用到描写从未有人描写过的岭南风光和贬谪心态上。杜审言在去岭南的途中就开始了这样的咏叹：

迟日园林悲昔游，今春花鸟作边愁。

独怜京国人南窜，不似湘江水北流。

《渡湘江》

这首诗正是用对比的方式表现今与昔、人与水的不同。他离京南去，路过湘江，正值春暖花开。昔日的此时在宫廷园林陪着皇帝大臣赏花赋诗，而今日则独去边陲，春光依旧，人事全非，不禁见花鸟而添悲愁，而面对湘江北流，逐客南迁，更产生了人不如水的哀叹。

〔宋〕马远 《对月图》

越接近贬所，这种悲愁越发浓重。沈佺期在翻越大庾岭时，得知杜审言已先期过岭，感慨赋诗：

> 天长地阔岭头分，去国离家见白云。
> 洛浦风光何所似，崇山瘴疠不堪闻。
> 南浮涨海人何处，北望衡阳雁几群。
> 两地江山万余里，何时重谒圣明君。
>
> 《遥同杜员外审言过岭》

宋之问在大庾岭上也发出了同样的感叹：

> 度岭方辞国，停轺一望家。
> 魂随南翥鸟，泪尽北枝花。
> 山雨初含霁，江云欲变霞。
> 但令归有日，不敢恨长沙。
>
> 《度大庾岭》

大庾岭，又称梅岭，据诗来看，三位诗人都是由此南去的。诗人登上华夷分界的梅岭之巅，再向前一步，就要走出中原，辞别家国，步入全然陌生的岭外世界。一个说"天长地阔岭头分，去国离家见白云"，一个说"度岭方辞国，停轺一望家"；一个北望雁群，一个魂随南鸟。感受何其相似！一个描写"崇山瘴疬""南浮涨海",一个描写"山雨含霁""江云变霞"。景色虽异,伤心则同!而诗的结尾又都一同表达了不等今日去、已盼他日归的急切愿望。

山川异域,日月同天。一旦诗人把足迹和目光移到岭南,诗歌的意象和心中的气象都和过去有了天壤之别。首先,岭南的穷山恶水是他们描写的主要对象;其次,南方天气炎热,雨水淫多,因而气候环境极其恶劣,四季变化与物色转变都与中原迥异,这些也是他们描绘的主要题材之一。而这些外部环境的描写都是为了表现他们内心的贬谪情怀:

交趾殊风候,寒迟暖复催。

仲冬山果熟,正月野花开。

积雨生昏雾,轻霜下震雷。

故乡逾万里,客思倍从来。

杜审言《旅寓安南》

逐臣北地承严谴,谓到南中每相见。

岂意南中歧路多,千山万水分乡县。

云摇雨散各翻飞,海阔天长音信稀。

处处山川同瘴疬,自怜能得几人归。

宋之问《至端州驿见杜五审言沈三佺期阎五朝隐王二无竞题壁慨然成咏》

炎蒸连晓夕，瘴疠满冬秋。

沈佺期《三日独坐骧州思忆旧游》

潭蒸水沫起，山热火云生。

宋之问《入泷州江》

露浓看茵湿，风飓觉船飘。

宋之问《早发韶州》

炎方谁谓广，地尽觉天低。

沈佺期《赦到不得归题江上石》

昔传瘴江路，今到鬼门关。

沈佺期《入鬼门关》

弃置一身在，平生万事休。

沈佺期《从骧州癖宅移住山间水亭赠苏使君》

    高温炎热，淫雨连绵，雾气弥漫，藤蔓遍野，瘴疠漫天，甚至台风巨浪，等等，在此之前，这些岭南的奇异景象，诗人从未见过，也没写过，这给他们带来了前所未有的新奇与痛苦的复杂生命体验：一是仕途打击、人生失意所直接造成的缺失性体验。失去高官厚禄、悠闲自在生活而产生深深的挫折感，流落蛮荒之地所遭受的精神折磨，都是因物质损失和精神创伤带来的缺失体验。二是由流贬生活带来的次生体验，即蛮荒异域的风土人情，悲观绝望与有幸获赦北归的悲喜交加之情。

诗歌是诗人个体生命体验的表现。他们过去在宫廷诗中的那种清新明丽的景象，优雅从容的气度，连同优美清新的笔调一起消失殆尽，取而代之的是危险恐怖的异域环境，被囚被废的无奈心理和阴郁沉重的感慨。

宋之问，在同贬的三人中有一些特别。他后来再一次被贬岭南，由钦州（今广西钦州）而桂州（今广西桂林），最终被赐死于桂州。他第一次被贬遇赦放还，走到汉江时，写下了一首千古传诵的《渡汉江》：

岭外音书绝，经冬复历春。
近乡情更怯，不敢问来人。

诗写被贬岭外，离家一年多，如今返归途中，离家越近，内心越忐忑，越不敢问家乡消息。诗写思乡情切，但正意反说，语极浅近，意颇深沉；描摹心理，熨帖入微。

唐睿宗登基，宋之问第二次被流放到钦州，途中一见桂林山水，便脱口而出：

桂林风景异，秋似洛阳春。
《始安秋日》

这是中国诗歌史上首次对"甲天下"的桂林山水的赞美。不知他是否还带着第一次被贬赦归的侥幸心理，把桂林的秋天比附成洛阳的春天。不管其实际心理如何，但宋之问的岭南诗中，的确有一些诗句是描绘岭南的秀洁明丽之景的，与他们三人其他诗中所描写的岭南的穷山恶水，迥然有别。

另外，杜、沈、宋是使律诗定型的重要诗人。齐梁以来，律诗在缓慢的形成过程中，隋及初唐暗合格律的诗大大增加，四杰的五言诗对律诗的成熟起着重要的实践作用，但他们多数作品的平仄、对仗还不够严格。直到杜、沈、宋时，律体才最后定型，并成为后来中国诗歌创作的一种主要形式。

杜、沈、宋用格律诗来描绘岭南风光，集中体现了山水诗的外部空间的拓展与内部结构的完善之间的融合，在山水诗的发展史上具有特别重要的意义。

从外部空间看，谢灵运作为山水诗的鼻祖，主要描绘的是东南的永嘉、会稽以及长江流域庐山的山水；谢朓主要描绘江南宣城一带山水；何逊、阴铿主要描绘京城建业及其附近的山水。检索《先秦汉魏晋南北朝诗》发现，初唐以前，写岭南的诗极少，有些送别之作提及岭南，多臆测之词，而不是亲临其境、实写其景。而杜、沈、宋不仅多角度地审视和描绘岭南的山容水貌，而且采用了格律诗的形式，把高度规范的诗体与原始荒蛮的山水一同带进诗坛，为山水诗向盛唐的演进提供了更为直接的影响[3]。

从此，粗糙原始的岭南，便有了诗情的润泽和诗意的积淀，成为中国诗歌大观园中奇妙精彩的南国风光。

[3] 以上四段综合了储兆文《论杜审言、沈佺期、宋之问的山水诗》部分内容，该文刊于《唐都学刊》1999 年第 1 期。

吾闻近南海　乃是魑魅乡

岭南，这块诗歌的处女地，被王勃、杜审言、沈佺期、宋之问所开垦。之后，进入岭南的诗人和描写岭南风物的诗歌逐渐多了起来。

盛唐时中国诗歌创作达到顶峰，站在顶峰之上的自然是李白和杜甫，但遗憾的是他俩都未曾到过岭南，盛唐的另两位大诗人、山水田园诗派的盟主——王维、孟浩然也没到过岭南，这对岭南和唐诗来说，不能不说是个遗憾。然而，这遗憾被他们的后来者弥补了，中晚唐的一流大诗人韩愈、柳宗元、刘禹锡、李商隐，以及宋代的苏轼等，都在岭南这片土地上演绎了非同寻常的人生悲喜剧，留下了脍炙人口、彪炳史册的诗文华章。

到此时，岭南依然是一方悲情的土地，至少对这几位大诗人来说是如此。因为他们来岭南，不是寻幽猎奇的主动探访，而是和他们的前辈诗人一样，都有获罪被贬的无奈。柳宗元因参与王叔文永贞革新，先被贬邵州（今湖南邵阳市）、永州（今湖南永州市），后再贬柳州（今广西柳州市），并最终死于柳州任上，年仅四十七岁。

柳宗元被贬永州时，写过一篇著名的《囚山赋》，北宋的晁补之读后感慨道："自昔达人，有以朝市为樊笼者矣，未闻以山林为樊笼者，宗元谪南海久，厌山不可得而出，怀朝市不可得而复，丘壑草木之可爱者，皆陷阱也，故赋《囚山》。"[4]

柳宗元初到柳州，登上城楼，极目四望，不禁悲从中来：

> 城上高楼接大荒，海天愁思正茫茫。
> 惊风乱飐芙蓉水，密雨斜侵薜荔墙。
> 岭树重遮千里目，江流曲似九回肠。
> 共来百越文身地，犹自音书滞一乡。

《登柳州城楼寄漳汀封连四州》

这首诗景色凄迷，情感悲凉。尾联"共来百越文身地，犹自音书滞一乡"，点明同

4 柳宗元《囚山赋》王俦补注引晁补之语。

时被贬的五人，来到岭南百越夷人聚居之地，天各一方，音信难通，与前三联望中之景相互生发，情境相谐。全诗苍茫劲健，雄浑阔远，感慨深沉，感情浓烈。

柳宗元自称"身编夷人，名列囚籍"（《与吕道州温论非国语书》），又说："吾缧囚也，逃山林入江海无路，其何以容吾躯乎？"（《答问》）并在诗中写道：

> 风波一跌逝万里，壮心瓦解空缧囚。
>
> 《冉溪》

> 郡城南下接通津，异服殊音不可亲。
>
> 《柳州峒氓》

> 一身去国六千里，万死投荒十二年。
>
> 《别舍弟宗一》

诗人受莫名之罪，居夷獠之乡，挫败受困的身世之感，很自然地投射到周遭的居处环境中。柳宗元在壮心瓦解、身心被囚、欲逃无路中，感受到了九死一生的绝望，年仅四十七岁，就郁郁寡欢地死于贬所柳州。

柳宗元客死岭南之时，另一位大诗人韩愈正走在被贬岭南潮州的路上。韩愈在《顺宗实录》里曾亲手实录了一则闻岭南而色变的故事：唐顺宗时，宰相韦执谊有一个忌讳，从来不说岭南的州县名字。他在做郎官时，曾和同僚去查阅地图，一碰到岭南图，就赶快让人拿掉，闭目不视。后来，他当上了宰相，相府北面的墙上有一幅地图，他七八天都不敢走近。后来他小心试探着一看，竟是岭南崖州（今海南省）的地图。他觉得不祥，心里很不舒服，但又不好说出来，从此情绪低落，担心被贬，听到大一点的声音，就大惊失色。不久，他犯事被贬，果然就贬到了崖州。到了崖州，他更是郁郁寡欢，第二年，便死在了那里，年仅四十多岁。

所以，韩愈在去潮州的路上，就抱定了必死岭南的心理准备：

一封朝奏九重天，夕贬潮州路八千。

欲为圣明除弊事，肯将衰朽惜残年。

云横秦岭家何在，雪拥蓝关马不前。

知汝远来应有意，好收吾骨瘴江边。

《左迁至蓝关示侄孙湘》

韩愈走到秦岭蓝关时，侄孙韩湘赶来相送，他写了这首诗。尾句"知汝远来应有意，好收吾骨瘴江边"是说：你既然大老远跑来送我去岭南，那就到潮州的江边替我收尸吧。今天我们知道，韩愈的这种担心是多余的，他在潮州只待了七八个月，就被召回去了。

这是韩愈第三次去岭南。最早一次是他的兄长韩会被贬邵州，他跟着去的，那年他才十岁。第二次是他三十六岁时，因上书《御史台上论天旱人饥状》而被贬为连州阳山（今属广东清远市）县令，在那里待了三年。这次是因为上书《谏迎佛骨表》而被贬潮州。

韩愈在前次被贬阳山时，就把岭南看作囚牢了。他在祭奠好友张署时说："我落阳山，以尹鼯猱；君飘临武，山林之牢。"（《祭河南张员外文》）

诗人们逐臣贬客的戴罪身份，漂泊异乡生死未卜的绝望心情，与偏僻荒芜的地域环境、夷面蛮语的风土人情在诗中遇合，难免会左右他们对岭南风物的选择性关注，并夸大它们与中原风物和文化的差别。岭南在诗中被描绘成囚牢、无望地，甚至魑魅乡，就不难理解了。

> 羁旅感和鸣，囚拘念轻矫。
>
> 韩愈《同冠峡》

> 潮州底处所，有罪乃窜流。
>
> 韩愈《泷吏》

> 我今罪重无归望，直去长安路八千。
>
> 韩愈《武关西逢配流吐蕃》

> 吾闻近南海，乃是魑魅乡。
>
> 元结《送孟校书往南海》

　　唐诗中对岭南的这种定式性描写和普遍印象，当代学者对其中的深层次原因有较为中肯的分析。他们认为，对唐人而言，以长安为中心，往南或往西移动，尽管所面对的同样是跨向异域的荒服文化，但是于人生于情感都有不同的意义。唐人西去大多是自愿主动的，而南下岭南几乎都是被迫被动的。

　　唐人西行同样面对大漠和死亡，但在他们的人生价值取向中意义并不一样。他们离开长安渐行渐远，就有可能距离功名富贵越来越近，即使流血死亡，也能报效国家、光宗耀祖。这种死亡实践了儒家士志于道的精神，是伟大的死亡。所以，唐人边塞诗尽管悲凉，但时时饱含着昂扬奋进的情绪。

　　但是唐人南行，就会离政治权力越来越远，人生理想抱负的实现也越来越渺茫，而且时刻面临着死亡的威胁。在掺杂着屈辱、焦虑、企盼、恐惧的巨大心理压力中，南来诗人势必产生一种深重的悲伤与恐惧，致使其笔下的岭南意象充满着悲惧之感。

九死南荒吾不恨　兹游奇绝冠平生

在岭南，桂林山水是最早被诗人们赞美的。

初唐的宋之问曾写过"桂林风景异，秋似洛阳春"的句子。无独有偶，后来，盛唐时的杜甫有"五岭皆炎热，宜人独桂林"（《寄杨五桂州谭》），中唐时的白居易有"桂林无瘴气，柏署有清风"（《送严大夫赴桂州》），晚唐时的曹邺有"贱子生桂州，桂州山水清"（《寄监察从兄》），等等。

杜甫、白居易没有去过桂林，诗是为送朋友去桂林写的。由于岭南在人们心目中的可怕印象，送朋友去那里，诗中多少含有安慰的成分。但是，宋之问是在被贬途中路过桂林的，曹邺就出生在那里，所以，从唐代开始人们就知道桂林是一个风景宜人的地方，这在岭南是一个特例。就连韩愈后来也曾赞美道："江作青罗带，山如碧玉簪。"（《送桂州严大夫》）

南宋时，诗人张孝祥曾在桂林做官，刚进入桂林境内，便为桂林的优美风光激动得诗兴大发，迫不及待地在灵川的驿站中写下了"须君净洗南来眼，此去山川胜北州"的诗句。有人统计，从宋之问至今，赞美桂林山水的诗词有一万多首。

今天，"桂林山水甲天下"，妇孺皆知。至于这句话源自何处，一直众说纷纭，争论不休。有人说它最早起源于宋朝末年李曾伯"桂林山川甲天下"诗句的一音之转，也有人说它来自清末民初金武祥的诗句。20世纪80年代中期，桂林市文物工作者对独秀峰石刻进行全面调查清理，发现一块自明清以来就从来没有人见过的摩崖石刻，上面一字不差地刻有"桂林山水甲天下"，书写者是南宋庆元、嘉泰年间担任过广西提点刑狱并代理靖江知府的浙江宁波人王正功（1133—1203），从而结束了长期以来的争论。

随着进入岭南诗人的增多，虽然被贬依旧痛苦，岭南的荒蛮也改变无多，但是诗人们的承受能力在增强，或者在客观的境遇无力改变时，干脆转过头来改变自身，改变心态，改变自己对岭南的敌视，逐渐学会在逆境和荒蛮中寻找美、创造美，以此来安放困顿的人生和失意的灵魂。

在岭南，刘禹锡是最早悟出此理的。他说天下所有的山水都有美好的一面，即便是地偏人远、艰难险阻的地方，也能找到娱悦人心之处：

天下山水，非无美好。

地偏人远，空乐鱼鸟。

谢公开山，涉月忘还。

岂曰无娱，伊险且艰。

刘禹锡《吏隐亭述》

刘禹锡在连州时，"无穷绝境终日游"（《送裴处士应制举》），并发动民众造吏隐亭，修海阳湖，使海阳湖成为唐代岭南第一名园。又大力重教兴学，使岭南文风大振，人才辈出。因此，清代学者杨楚枝评价说："吾连文物媲美中州，禹锡振起之力居多。"（杨楚枝《连州志·名宦传》）

当时荆楚吴越一带的儒生也慕名远来求学。当吴越儒生曹璩学成而归时，刘禹锡以诗相赠：

行尽潇湘万里余，少逢知己忆吾庐。

数间茅屋闲临水，一盏秋灯夜读书。

地远何当随计吏，策成终自诣公车。

剡中若问连州事，唯有千山画不如。

《送曹璩归越中旧隐诗》

诗说曹璩你从浙江到湖南游学万里，又慕名来到连州跟着我学习，你要记着即使身处偏远之地，也没有必要攀龙附凤拉关系，学成后自然就能被征召重用。你回到浙江，如有人问起连州的情况，你就告诉他们：这里群山环抱，美景胜画。

在当时人们的心目中，岭南是一个穷山恶水的不毛之地，刘禹锡却要学生告诉人们：这里"千山画不如"！

韩愈也曾说："风波无所苦，还作鲸鹏游。"（《海水》）显然，岭南还是那个岭南，但是，诗人的心态变了，观物的视角变了，笔下的江山风物自然不同了。这种变化在苏轼那里几乎成为一种自觉的超越。

面对大海，韩愈还在用强大的心灵挣扎于风波的苦与不苦，苏轼却说"垂天雌霓云端下，快意雄风海上来"（《儋耳》），简直是在享受海风的快意了。

> 罗浮山下四时春，卢橘杨梅次第新。
> 日啖荔枝三百颗，不辞长作岭南人。
> 苏轼《惠州一绝》

岭南自是荒蛮，尽管炎热，但苏轼觉得罗浮山四季如春。"冬花采卢橘，夏果摘杨梅"（宋之问《登粤王台》），当年杨贵妃好不容易才能吃上的荔枝，我现在却能每天放开肚皮吃个饱，长期住在这里，做个岭南人，又何尝不美呢！

> 白头萧散满霜风，小阁藤床寄病容。
> 报道先生春睡美，道人轻打五更钟。
> 苏轼《纵笔》

即便满头风霜，即便满脸病容，在小阁藤床上，春睡真美，连山中的道士都那么体贴细心，轻轻敲打的钟声惊不醒春睡，悠然传来，反倒像舒缓悦耳的摇篮曲。

传说苏轼这首洒脱的诗引起了他曾经的好友、当时的政敌——章惇的嫉妒和不悦，说"苏子瞻尚如此快活耳！"于是有了再贬海南儋州的命令。

章惇把苏轼流放到儋州，据陆游《老学庵笔记》记载，仿佛是在做一个文字游戏："绍圣中，贬元祐党人，子瞻儋州，子由雷州，刘莘老新州，皆戏取其字之偏旁也。"

苏轼去世前不久，好友李公麟给他画了一幅肖像。苏轼欣然在画上题了几句偈语：

> 心似已灰之木，身如不系之舟。
> 问汝平生功业，黄州惠州儋州。
>
> 《自题金山画像》

诗人大概也预知大行之期不远，在为自己的一生做出总结吧。黄州、惠州、儋州都是贬谪之所，但在苏轼心中成了他一生最绚烂、最有成就感、最难忘怀的地方。清代诗人江逢辰说：

> 一自坡公谪南海，天下不敢小惠州。
>
> 《白鹤峰和诚斋韵》

妄图用流放的手段置苏轼于死地的人没有料到，他们居心叵测设置的三座暗礁，不但没有遏住苏轼生命江流的奔涌，反而成就了他生命的激荡与辉煌。

苏轼的好友王巩因受苏轼的牵连，被贬谪到地处岭南荒僻之地的宾州（今广西宾阳）。王巩受贬时，其歌女柔奴毅然随行到岭南。元丰六年（1083），王巩北归，出柔奴为苏轼劝酒。苏问及广南风土，柔奴答以"此心安处，便是吾乡"。苏轼听后，大受感动，作《定风波》词以赞：

> 常羡人间琢玉郎，天教分付点酥娘。自作清歌传皓齿，风起，雪飞炎海变清凉。　　万里归来颜愈少，微笑，笑时犹带岭梅香。试问岭南应不好，却道，此心安处是吾乡。

苏轼写道：常常羡慕这世间如玉雕琢般丰神俊朗的男子（指王巩），就连上天也怜惜他，赠予柔美聪慧的佳人（指柔奴）与之相伴。人人称道那女子歌声轻妙，笑容柔美，风起时，那歌声如雪片飞过炎热的夏日，使世界变得清凉。你（指柔奴）从偏远岭南饱受磨难归来，却看起来更加年轻了，笑容依旧，笑颜里好像还带着岭南梅花的清香。我问你："岭南的风土应该不是很好吧？"你却坦然答道："心安定的地方，便是我的故乡。"

这首词细腻柔婉，柔中带刚，情理交融，空灵清旷，不仅刻画了歌女柔奴的姿容和才艺，而且着重歌颂了她随缘自适、旷达乐观的美好个性和高洁的人品，更寄寓着苏轼自己的人生态度和处世哲学。

要考察人格的高下、情感的真伪，最简捷的方法莫过于看他在困厄中的

194

〔明〕杜堇　《陪月闲行图》

表现。人格的崇高与猥琐，情感的坚贞与浮浪在此分野立显。

在海南，苏轼陷入了一生最艰难的绝境。海南三年，苏轼毫不悔恨，他把这当成了他一生最奇绝、最精彩的生命历程，也成就了他一生"天容海色本澄清"的博大襟怀和传颂千古的文采风流。

哲宗驾崩，徽宗即位，大赦天下，六十四岁的苏轼离开海南。渡海时，他泼墨挥毫，写下了将永远镌刻在岭南山水之间的《六月二十日夜渡海》：

> 参横斗转欲三更，苦雨终风也解晴。
> 云散月明谁点缀，天容海色本澄清。
> 空余鲁叟乘桴意，粗识轩辕奏乐声。
> 九死南荒吾不恨，兹游奇绝冠平生。

多年后的今天，品完一道道清淡鲜嫩、精致典雅的粤菜，流连于峰奇水美、风景如画的桂林，行走在椰风海岸、碧水蓝天的海滨沙滩，让我们停下脚步，泡一壶曾经被苏辙称为天下茶品至高者的闽中工夫茶，于"鼻观舌根留不得，夜深还与梦魂飞"（释宝昙《茶香》）的袅袅茶香中，穿过古人的诗行，邂逅岭南最初的模样。

大漠孤烟直　长河落日圆

卢　哲
储兆文

边关险隘，历来是诸多军事力量间相互征伐之地，也是无数血性男儿报国立业之地，更是黎民百姓不堪其扰之地。千百年兵戈战马扰攘，数万里丹心碧血浸染，原本冰冷顽固的山塞石墙，竟也在不知不觉中诞生了一部由言志、誓死、忧民、哀怨、怀古、送别、思乡等等旋律构成的交响曲。文人将其诉诸诗章，以飨世人，由此形成独具阳刚之气及博大胸怀的关塞诗题材，那些起初无名的山石壁垒，也由是平添文化与历史的色彩。

198

长歌久已然

在现代诗学中，研究者惯称与边关山塞有关的宏壮作品为"关塞诗"或"边塞诗"。以地理概念指称诗歌的类型，在中国古典诗词研究中并非多见。且不论"关塞"二字是否能精确概括此类诗歌的风格和旨趣，单是该名字所引起的联想之丰富，意象之广阔，便足以令无数文人惊叹和神往了。

上起《诗经》，下迄今日，格律诗词的题材绝无离开"关塞"二字之可能。而"关塞"二字，又多与战争、戍边息息相关，与英雄主义情结密不可分。若论历代关塞诗的整体气韵，《诗经》《楚辞》多慷慨，魏晋古风多忧思，盛唐多雄迈，两宋多悲愤，元则阴郁，明则典正，清则苍凉。历代诗人对开疆拓土的情感取向与价值判断殊异，英勇无畏者有之，豪侠尚义者有之，感慨故国者有之，高情厚谊者有之，忧思怀古者有之，哀怜世人者亦有之。但形异质同，这些诗歌无不蕴藏着阳刚、热烈的精神与关怀，表现出宏伟、壮阔、严酷或刚性的修辞风格。

遍阅古诗，极少见到女子所作之关塞诗歌。尽管薛涛有诸如"闻道边城苦，而今到始知"（《陈情上韦令公》）这样忧怀边城黎民之苦的诗句，但细细品之，文字中更多地潜藏了这位唐代传奇女子的娇气和自怨，我们更乐意将"苦"字解读为她被罚流放松州古城后的委屈与难言之苦。是以庶民之"苦"返照自我的个人苦楚，此苦与曹孟德《蒿里行》中"白骨露于野，千里无鸡鸣。生民百遗一，念之断人肠"所描述之民族苦难不能同论。

若从地理论，隋之前的关塞诗言及"北征"者众多，盛唐时期则多涉及"西戍"题材。唐以后历代则无十分明显的地理方位属性，唯明代以后开始将"东海"一线纳入关塞概念。这也同中国政治中心转移和军事格局变动的趋势同步。

无论是《诗经》中"岂曰无衣，与子同袍"，还是《楚辞》中"身既死兮神以灵，魂魄毅兮为鬼雄"，都鲜有确指某方某地，这从另一个侧面反映出先秦时期诸侯国之间征伐无度之乱象。直至秦汉中原一统后，华夏军事的战略重心才从内部转向外部，从同族相互吞并改为防御边境或向外族扩张。

汉代时期，《周礼·夏官·职方》所载之兖、冀、青、扬、幽、并、荆、豫、雍九州已悉数归属于刘氏皇族的中央集权政体下，先秦长久的大规模内战已不复存在。汉政权的主要威胁是北方的匈奴。强盛期的匈奴帝国以蒙古

〔宋〕佚名 《诗经·小雅》

高原为中心，东至大兴安岭，西抵阿尔泰山，南沿长城比邻秦汉，北达贝加尔湖，并一度控制河套及鄂尔多斯一带。汉政权在与匈奴政权的对抗中，一度处于弱势，这便激发了汉代铁血男儿的报国热情，促成了一个英雄辈出的时代。卫青之荡涤漠南，霍去病之勇冠全军，李广之天下无双，班超之投笔从戎，窦宪之燕然勒铭，马援之马革裹尸，终军之慷慨请缨，张骞之出塞万里，傅介子之平定楼兰，哪一个不令人感慨激昂、蹈厉奋发！然而，终四百多年之两汉史，竟只留下屈指可数的关塞行军诗篇，其中原因，令人费解。

　　刘歆《西京杂记》曾记载，早在西汉初年，汉高祖刘邦的戚夫人就"善为翘袖折腰之舞，歌《出塞》《入塞》《望归》之曲"，这说明至少汉初就有三首有乐有辞的关塞题材作品可供歌舞。郭茂倩《乐府诗集》亦言及"汉博望侯张骞入西域，传其法于西京，惟得《摩诃兜勒》一曲。李延年因胡曲更造新声二十八解，乘舆以为武乐"。我们虽无从得知这支经由张骞传入西京的胡曲《摩诃兜勒》是何旋律，是否有配曲之辞，但在西汉著名乐师李延年的学习和加工下，依据此曲而创造出的"二十八解"新乐，竟与佛事再无关联，悉为军乐，足见当时汉武帝对军乐曲辞的强烈需要，以及对尚武精神的大力推崇。我们有理由相信，除了《战城南》《十五从军征》这些作者不明的汉乐府作品外，描写汉匈战争、从军抒怀或西域拓土等内容的诗篇在当时应大量存在并广为流行，只是不知何故今人无缘得见，实在遗憾！

202

幽并对烽垒

魏晋南北朝时期，战乱频仍，政权更迭频繁，天下失序。三国纷争刚刚平息，北胡诸部便侵入中原；南方汉族朝廷立足未稳，内部争权暗斗便紧锣密鼓开始。尽管这一时期多从军抒怀之作，难见真正意义之关塞诗歌，但其沙场破敌之豪任、报国忧民之情怀，亦不输于前人。甚至可以毫不夸张地说，魏晋虽乱世，但乱世中之文臣武将皆称奇人，其行军途中所作之诗句，尽得风流。

公元 206 年，即汉建安十一年，一代雄主曹操北征乌桓时，袁绍旧部高干在并州（治所晋阳，今山西太原西南）叛变，兵据壶口关（今山西长治东南）。曹操亲率大军从邺城出发征讨高干，行军至太行山，忽有所感，临山咏叹曰："北上太行山，艰哉何巍巍！羊肠坂诘屈，车轮为之摧。"（《苦寒行·北上太行山》）

诗中所谓"羊肠坂"，指的是从沁阳经天井关通往晋城的一条险路。时值寒冬，山中又多熊罴虎豹，人迹罕至，军士之苦可想而知，彼时唯有曹操将此记录在案。我们在这首诗中看到的曹操并非"东临碣石，以观沧海"（《观沧海》）的那个气魄雄浑的英雄人物，而是一位"我心何怫郁，思欲一东归"（《苦寒行·北上太行山》）的怀乡之人。终年行军，在外人看来为纵横天下，在曹操看来却是艰苦疲惫。难能可贵的是，曹操并未在诗中扮演一个经天纬地的大人物，他抛弃了那种虚伪的表述，反而写出了真实的行军生活，以及战乱之下依然高耸巍峨的太行山。较之其子曹植在《白马篇》中"捐躯赴国难，视死忽如归"的冲动和率直，曹操在太行山的吟咏更显真实。

东汉末至魏晋时期，太行山脉是并、幽、冀三州的天然屏障或地理分界线。太行以西为并州，太行东北为幽州，东南为冀州。在汉魏、西晋等中原王朝的版图上，并、幽两州是北部边陲极为重要的两个行政区域，西可御羌胡，北可抗拓跋鲜卑，冀州则是贯通华北平原的要道和南下的必经之路。由于历来兵家对此必争，故而这片区域留下较多行军之诗，也就不足为怪了。

无独有偶，在曹操攻略并州一百年后，又一位天才诗人奔赴并州前线，在途中写下《扶风歌》，以抒心志："朝发广莫门，暮宿丹水山。左手弯繁弱，右手挥龙渊。顾瞻望宫阙，俯仰御飞轩。据鞍长叹息，泪下如流泉。"这位诗人名叫刘琨，是西汉中山靖王刘胜的后裔。刘琨相貌俊逸，气度爽朗，常怀报国之志，与祖逖一起留下过"闻鸡起舞"的故事。

西晋征虏将军石崇在京城洛阳拥有一座当世无双的豪奢别墅，名叫金谷园。石崇常在这座别墅中宴请洛阳名士与豪富，刘琨便是其中常客。因为写得一手好诗，又通晓胡笳等乐器，刘琨在洛阳文士圈"金谷二十四友"中名望渐增。

"金谷二十四友"均为当时洛阳城才学极高的风流雅士、文坛俊杰，是中国文学史上的重要群体。后来不少人成了历史风云人物，如美男子潘安，创造过"洛阳纸贵"奇迹的左思，三国名将陆逊之孙、被钟嵘的《诗品》赞为"陆才如海，潘才如江"的陆机、陆云两兄弟等。

刘琨二十多岁便以诗文名冠文坛，若在天下安定、文昌礼盛时期，这样的少年天才该何等志得意满！可偏偏刘琨生不逢时，处在一个前所未有之大变局中。他必须抛弃吟风弄月的轻柔，凸显出率性男儿的本真血性。

公元306年，刘琨便受命赴并州任刺史。他九月末从洛阳出发，道险山阻，备尝辛苦，目睹内乱惨状和民生凋敝，终于在丹水山写下了慷慨苍凉的《扶风歌》。

《扶风歌》中所谓丹水山，又名丹朱岭，是丹水发源处，在今山西高平市北。丹水由此向东南流入晋城市城区，又南入河南省，经沁阳入沁水，即今天之丹河。这是刘琨从洛阳到并州的必经之路。

初入晋阳的刘琨，看到的是"府寺焚毁，僵尸蔽地，其有存者，饥羸无复人色，荆棘成林，豺狼满道"（《晋书·刘琨传》）。半年后，并州大部分区域都被刘渊占领，唯独晋阳还在刘琨的严防死守下艰难地恢复着生机。

刘琨在晋阳经营了十年。在晋阳城，他还凭借自己的艺术才能创造过一个军事史上的奇迹。这个奇迹后来成为一个典故，即"吹笳退敌"。

事情缘起于匈奴军队的一次围城。当时，匈奴派出数万骑兵将晋阳城围得水泄不通。由于敌军来犯突然，加之晋阳城内供给不足，刘琨一时竟也无计可施。

一天夜里，皓月当空，不知为何，刘琨竟独自一人登上城楼，启口清啸起来。清啸，是魏晋时期流行的风尚，即撮口发出长而清越之声，以抒发心中郁闷。今人无从得知刘琨此清啸是何音调，只知城下的匈奴兵士闻听过后，皆"凄然长叹"，一抛原先的凶悍之色，转为伤感的女儿之态。

到了夜半，刘琨再次登上城楼，开始吹奏胡笳。胡笳本为胡地乐器，夜间闻听，最能引起胡兵的思乡之情。于是，一曲胡笳过后，城下尽皆抽泣叹息之声。天刚破晓，刘琨第三次登楼，再次吹奏胡笳，本已思乡情切的匈奴人早已无心恋战，他们再也无法控制自己归乡的意愿，竟全部弃围而走，晋阳之危遂解。

这一幕堪称军事史上最为浪漫的交锋，音乐史上最成功的演出！

四百年后的唐代诗人李益在关塞写下《夜上受降城闻笛》时，还化用了刘琨这一奇绝故事："不知何处吹芦管，一夜征人尽望乡。"

由于用人失察、内部矛盾难以调和、刚愎大意等弱点，刘琨最终还是失掉了晋阳，走投无路之下从并州转战幽州，投在鲜卑族段匹磾部下。后来，鲜卑段氏兄弟内斗，刘琨遭人算计，最终壮志未酬，被鲜卑人屈杀于狱中。

一代奇人，雄豪之士，竟如此不明不白地离世，难怪陆游会有"刘琨死后无奇士，独听荒鸡泪满衣"（《夜归偶怀故人独孤景略》）的诗句。

然而刘琨人生之传奇，其荡尽敌寇之志气却千古存续，成为砥砺后世沙场报国男儿的经典。南宋英雄文天祥曾怀崇敬之情为刘琨写下这样的诗句："中原荡分崩，壮哉刘越石。连踪起幽并，只手扶晋室。福华天意乖，匹碑生鬼蜮。公死百世名，天下分南北。"（《刘琨》）

阳关万里梦

唐代关塞诗以其内容之广泛、旨趣之高雅、气度之雄浑而傲视历代同类诗词。从艺术角度讲，真正代表关塞题材诗歌水准的是唐代作品。同时，有唐一代，无论是疆域，还是经济、军事、文化水平，均达到了中国古代历史的巅峰，位居同时代全球文明的极点。

《旧唐书·地理志》记载，唐代疆域"东至安东府，西至安西府，南至日南郡，北至单于府"。在唐太宗、唐高宗时期，唐代疆域达到极盛："东尽于海，并统治了朝鲜半岛，南有今越南东北沿海狭长地带，西至阿姆河，北尽贝加尔湖。"[1] 有历史学家统计，唐代极盛时直接统治区域达一千两百五十一万平方公里。唐朝周围的民族众多，势力较大者有西北部的突厥、回纥、铁勒，东北部的室韦、契丹、靺鞨、高丽等，为有效管理边境地区的少数民族，唐代在边疆分别设立了安西、安北、安东、安南、单于、北庭六大都护府。

安西都护府始设于贞观十四年（640），时唐太宗灭高昌国，在今吐鲁番设置西州，并在西州设立安西都护府，以统辖西域诸州及波斯以东臣附诸国。唐高宗显庆三年（658），安西都护府徙治龟兹（今新疆库车），又置龟兹、于阗（今新疆和田）、疏勒（今新疆喀什）、焉耆（今新疆焉耆南）四个都督府，合称"安西四镇"。后又于于阗以西，波斯以东置月氏、条支、波斯等都督府，安西都护府使唐朝政府直接统治的区域直抵葱岭。安西都护府在唐代羁縻政策的辅助下，西域藩属扩至里海。

北庭都护府始置于武则天当政期间，即长安二年（702），治所在庭州（今新疆吉木萨尔），与安西都护府毗连，以天山为管辖分界线，天山以南为安西，天山以北为北庭。

极盛时期唐代雄踞天山南北，向西逾葱岭至碎叶水（今中亚地区楚河，旧译吹河）上。从碎叶城西出直至波斯帝国的大片地区，都在唐中央政府的羁縻统摄之列。

如此广袤之土地和丰饶之边境，自然少不了唐朝诗人的造访。由于唐朝的开放程度很高，故而唐朝诗人也表现出了不同以往的宽阔视野和高雅境界。

后代文人常常乐意辩论这样一个问题：哪首诗是最好的唐代关塞诗？的确，唐代善

<hr>

1　王寿南：《隋唐史》，三民书局，1986年，第206页。

写关塞题材的诗人众多，成就颇丰，且气韵风格各有不同。初唐四杰之一的杨炯，曾有一首《从军行》，便以激越著称："烽火照西京，心中自不平。牙璋辞凤阙，铁骑绕龙城。雪暗凋旗画，风多杂鼓声。宁为百夫长，胜作一书生。"陈子昂的《感遇·朝入云中郡》则以苍郁见长："朝入云中郡，北望单于台。胡秦何密迩，沙朔气雄哉！籍籍天骄子，猖狂已复来。塞垣无名将，亭堠空崔嵬。咄嗟吾何叹？边人涂草莱。"写就千古名作《凉州词》的王之涣，以神思震惊世人："黄河远上白云间，一片孤城万仞山。羌笛何须怨杨柳？春风不度玉门关。"

王昌龄的《出塞》被誉为唐人七绝压卷之作，景象壮阔，气韵浑足，于低婉中见出高昂，以风骨取胜："秦时明月汉时关，万里长征人未还。但使龙城飞将在，不教胡马度阴山。"他还有一首《从军行》，其中"黄金百战穿金甲，不破楼兰终不还"一句足以流传千古。王昌龄同样擅长写边关将士怀乡思亲之情："烽火城西百尺楼，黄昏独上海风秋。更吹羌笛关山月，无那金闺万里愁。"（《从军行》其一）这位开元年间诗坛翘楚的作品的确耐人寻味，难怪后人会赠予王昌龄"七绝圣手"的美誉。

李白的关塞诗以神采见长，如《塞下曲》："五月天山雪，无花只有寒。笛中闻折柳，春色未曾看。晓战随金鼓，宵眠抱玉鞍。愿将腰下剑，直为斩楼兰。"以沉着著称的王翰名作不多，一首《凉州词》足以名垂诗史："葡萄美酒夜光杯，欲饮琵琶马上催。醉卧沙场君莫笑，古来征战几人回？"

王维的高古无人匹敌，如《使至塞上》中之名句"大漠孤烟直，长河落日圆"；李颀的昂扬，如《古意》之"黄云陇底白云飞，未得报恩不得归"；

210

高适的雄厚，如《燕歌行》之"山川萧条极边土，胡骑凭陵杂风雨"；李益的豪壮，如《塞下曲》之"莫遣只轮归海窟，仍留一箭射天山"。此外还有祖咏、卢纶等人的诗作，令人捧读不已。

然而，真正能代表唐代关塞诗风采的，当首推岑参。

岑参在其诗歌创作生涯中写就了七十多首关塞题材作品，而其他的唐代关塞诗人能有十数篇或几十篇存世便十分不易了。另外，岑参也是关塞经历最丰富的诗人，他先后两次出塞，历时约五年，足迹遍布河朔、北庭、安西等几乎全部唐代北部、西部边境。沿着岑参的行迹，结合他的作品，我们或可对唐诗中的边关风情一览无余。

岑参年轻时颇有文才，不到二十岁便以诗显名于诗坛。岑参有着强烈的功名欲望，无奈时运不济，年近三十，依然是"落第秀才"。久居长安、徜徉诗酒的岑参顿感生活困乏，于是在天宝三年（744）开始了长达一年的河朔之旅。这一次虽然留下不少怀古诗作，却无法和他人生中的另外两次关塞之行相媲美。

公元 749 年，即天宝八年，岑参以高仙芝幕僚的身份第一次出行塞外，远赴位于龟兹的安西都护府。高仙芝为高句丽王族后裔，是唐开元、天宝年间西域的传奇将领，为唐代西拓疆土和平定安史之乱立下汗马功劳，并在中亚指挥过一场影响世界史发展格局的、发生在唐帝国和阿拉伯帝国之间的怛罗斯之战。

天宝八年，安西四镇节度使高仙芝入朝，表奏三十三岁的岑参为右威卫录事参军，充节度使幕掌书记。岑参遂于是年十月下旬自长安启程赴安西，抵达阳关，时已岁暮。阳关是中国古代陆路对外交通的咽喉之地，是丝绸之路南路必经的关隘。岑参曾在此作诗："别家逢逼岁，出塞独离群。发到阳关白，书今远报君。"（《岁暮碛外寄元㧑》）

除夕前，岑参过古玉门关，写下"玉关西望肠堪断，况复明朝是岁除"（《玉关寄长安李主簿》）等诗句。玉门关乃汉代关隘，始建于汉武帝开通西域道路、设置河西四郡之时。从西域输入玉石时常取道于此，故而得名。

阳关、玉关之西为大沙碛，又名莫贺延碛，又称八百里瀚海。这是进入西域的第一段艰难旅途。据《三藏法师传》记载，此地"长八百余里，古曰沙河，上无飞鸟，下无走兽，复无水草"。

出关即入碛，岑参于天宝九年，即公元 750 年自玉门故关向西北行，进入莫贺延碛。过碛时他曾这样描述所见景象："走马西来欲到天，辞家见月两回圆。今夜不知何处宿，平沙万里绝人烟。"（《碛中作》）待过得大沙碛，岑参来至西州蒲昌（今新疆鄯善）东之火山。这火山便是人人熟知的火焰山。

火焰山在今新疆吐鲁番盆地的北部，《西北自然地理》一书中说此山"为红砂岩，颜色鲜红，故名火焰山。……气温高热全国第一"。明代人直接把它命名为火州。岑参过火焰山时虽已岁首，天山地区气候仍然严寒如冬，唯火焰山一带炎热异常，这着实令诗人讶异，于是他写下《经火山》一诗："火山今始见，突兀蒲昌东。赤焰烧虏云，炎氛蒸塞空。不知阴阳炭，何独然此中。我来严冬时，山下多炎风。人马尽汗流，孰知造化功。"

自火焰山复向西南行，经焉耆，可入铁门关。《新唐书·地理志》记载："自焉耆西五十里过铁门关。"史书中所谓的铁门关，即今新疆焉耆与库尔勒之间的铁门关。过了关一路西行，则可抵安西都护府治所所在地龟兹。

　　岑参从长安赴西域的路线，大体遵循自西汉以来的惯常路线。有研究者自《汉书·西域传》总结出了古人赴西域的两条路线：一路为北道，指的是从敦煌出沙州玉门关向西北，经过车师（高昌）后，再沿天山山脉和塔里木河之间的通道往西，这是岑参遵循的路线；一路是南道，即从敦煌出阳关向西沿塔克拉玛干沙漠南缘与昆仑山脉之间的通道西行。从敦煌出塞者，必过阳关，因而王维才有"西出阳关无故人"之句。至于南北两道的分途，则全在出阳关之后决定。需要说明的是，《汉书》所言之玉门关不同于唐代之玉门关，作为重要的军事关卡，玉门关在唐代时已从沙州原址移至瓜州（今甘肃安西）。汉代所存之废关虽不再驻军，但仍是交通要道。唐代选择北道赴安西的行人，经过沙州时，仍会先出阳关，再过古玉门关，继而向西北行。

　　在安西都护府任职时，岑参并不得志，且到任不久便因战事领公务东行，沿原路复入阳关，同年折返回到安西时，才随军开始了继续向西的旅程。

　　这次出行和高仙芝率军讨伐石国有关。石国是当时附属于唐朝的昭武九国之一，位于今乌兹别克斯坦共和国首都塔什干市附近。石国的都城名柘枝城，其居民的舞蹈在长安名曰柘枝舞，曾在中原流传数百年。

　　石国战事结束后，岑参曾在胡芦河边感怀思乡，在给家人的诗中他写道："苜蓿峰边逢立春，胡芦河上泪沾巾。"（《题苜蓿峰寄家人》）据考证，诗中的胡芦河，"即流经新疆乌什之托什干河，汇入阿克苏河，而为塔里木河之上源"[2]。苜蓿峰，应是河附近的一座烽火台。

2　孙映逵：《岑参诗传》，郑州：中州古籍出版社，1989年，第226页。

　　岑参最西到过热海（今吉尔吉斯斯坦境内伊塞克湖）。石国战事结束后的天宝十年（751）三月，高仙芝临时改任武威太守河西节度使，岑参作为高仙芝军中幕僚，自然会一道东行武威。唐代的武威郡，先前名为凉州，也是众多关塞诗人吟咏之地，其址在今甘肃省武威市一带。

　　此时，岑参离家已近三年。他人生中的西行之旅很快便会宣告结束。天宝十年四月，唐帝国与阿拉伯帝国之间爆发了怛罗斯战役，高仙芝在与阿拉伯帝国联军的作战中惨遭失败。怛罗斯战役的失败在很大程度上影响了唐帝国在中亚地区的军事控制能力。有人认为，正是此败阻止了唐帝国继续西扩的步伐。甚至还有一种说法认为，阿拉伯人俘虏的唐军战俘中有大批擅长造纸等工艺的匠人，正是这批匠人将中国造纸术传入了中东，继而传入西欧，引发了一场技术革命。当然，这些说法的真实性还需历史学家考证，我们只能承认的一点是，这场战役不仅对大唐帝国，也对高仙芝、岑参等人产生了深远的影响。

　　怛罗斯战役后，高仙芝失去了在安西四镇的军权和西域的影响力。三十五岁的岑参结束了在高仙芝军中的幕僚生涯，开始东归，并于当年秋天回到长安。

　　岑参在西域时，似乎与上级的关系并不亲近，因为高仙芝的大军屡次出征，岑参竟从无一首赠诗或应和，反而屡屡在诗中表露出厌战、归乡的念头。诗中常有"丈夫三十未富贵，安能终日守笔砚"（《银山碛西馆》）或"乡路眇天外，归期如梦中"（《安西馆中思长安》）这样的怀怨、消沉之句。是他与高仙芝观念不合，还是无法适应戎马生涯，抑或是个人恩怨，我们今日已无从确证，只知道西域的关塞生涯与岑参出塞前的热情想象相距甚远。

然而诗人岑参毕竟是向往塞外的，也只有在塞外，他才会写出千秋传唱的诗作。在长安闲居两年之后，岑参终于再次出塞。这次，是去北庭都护府，任封常清的幕僚。

封常清早年曾追随高仙芝，依靠超群的个人能力，从一个无名小卒一步步晋升为安西、北庭两大都护府的节度使。岑参早在安西时，就与封常清有过接触，两人都出身清贫，志向高远，难免产生惺惺相惜之感。因此封常清特意奏请朝廷，请求岑参在自己身边担任判官，足见知遇赏识之情。

北庭都护府统辖天山北路的瀚海、天山、伊吾三军，治所在庭州，即今新疆吉木萨尔。岑参此行赴北庭，路途千里以上，行程两三月之久，却少有确证的途中诗作，恐怕他此行也少了几分惊奇，多了几分冷静。直到进入北庭之后，由于久居轮台，才常与人唱酬，故而留下许多诗风成熟的佳作。大众熟知的名句"忽如一夜春风来，千树万树梨花开"（《白雪歌送武判官归京》）即写于他居北庭之时。

读岑参两次出塞所写之诗，常会产生这样的印象：安西之地，多炎沙；北庭之地，多风雪。这一印象虽略显夸张，但基本符合天山南北的气候特征。天山山脉不仅是新疆地区的地理分界线，也是气候的分界线。一般而言，天山地区的气温普遍低于或接近同纬度其他地区，北部气温又低于南部，降水量也略多于南部。由于北庭位于天山之北，这里终年寒冷，尤其岑参常居之轮台一带是"秋雪春仍下"（《北庭作》），"胡天八月即飞雪"（《白雪歌送武判官归京》），"四月犹自寒，天山雪濛濛"（《北庭贻宗学士道别》），一年之内竟有九个月在下雪，无怪乎古人将这片沙漠称为雪海。

俗话说四十乃知天命之年，岑参居北庭近三年，也已年逾四十。其诗艺愈加纯熟，遣词造句常有奇峭之风，然其风采气韵早已不复当年豪迈，或许是多年的行军生涯造就了他冷静的处事态度，抑或是他一贯的反战思想使然。总之，他的关塞诗歌越来越寒冷和酷烈，他的创作态度越来越淡然。这是他个人诗风由极盛而转衰的时期，也是唐帝国由极盛而转衰的时期。因为帝国内外长期累积的矛盾，就在岑参居北庭时期遭遇大爆发，那便是妇孺皆知的安史之乱。

安史之乱后，再难见到岑参诗词的雄健奔放之风，也再难见到唐诗的奇特壮丽之风，甚至其后数百年的关塞诗词，也再难见到自信旷达的气韵或昂扬奋发的精神。恐怕这也如同人之成长，关塞诗最绚烂最迷人的魅力，在于其少年勃发和青年奋进之时，而一旦遭遇大变局，或一旦时间磨砺太久，其棱角便骤然平整，其性格便转而沉郁，其光芒也便就此黯淡消逝。

万重关塞断

相比汉唐雄风，两宋的关塞意象则灰暗许多。尽管有宋一代是历史学家眼中文化、科技、经济最发达的王朝，可是在军事和外交方面，宋人应该感到汗颜。

"寄到玉关应万里，戍人犹在玉关西。"（贺铸《捣练子》）如果说，北宋词人贺铸的边关意象还只是一种心境凄凉的想象的话，那么南宋陆游的"胡未灭，鬓先秋，泪空流。此生谁料，心在天山，身老沧州"（《诉衷情》）则充满了壮志未酬的沉痛。汉唐诗歌中的关塞，到了两宋时期，大多已江山易手，空怀壮志的热血男儿，即使熬到了白发苍苍，亦不能收复故土，只能眼巴巴地望着沦落的中原，怎能不令人愤懑？

　　陆游还有一首《书愤》，写于山阴老家，其中两句天下闻名："楼船夜雪瓜洲渡，铁马秋风大散关。"这恐怕是南宋最有气魄的关塞诗之一了。不过，也仅仅是文人气魄而已。陆游写作此诗时年已花甲，少年时勇锐无双，"中原北望气如山"，可一支笔怎敌千军万马，耿介之气甚至不敌朝中宵小之徒！因此，诗的开头可以气吞山河，末尾依然是"镜中衰鬓已先斑"的惆怅。

　　大散关位于今陕西省宝鸡市南部秦岭北麓，前身为周朝散国之关隘，因而得名。楚汉相争时刘邦听从韩信建议，"明修栈道，暗度陈仓"，其中的"暗度陈仓"，就是从大散关经过的。三国时期，曹操西征张鲁经由此地，还曾作诗《晨上大散关》。南宋时期，大散关是宋、金交界之地，两方为争夺此关隘发生过不少激战，大散关因而成为声名显赫的一代雄关。

　　宋孝宗乾道四年（1168）秋天，三十六岁的张孝祥与好友在荆州登楼远望。尽管这位词人常奉命安抚宋金边境百姓，对长淮一带边境早已熟悉，可当他看到北岸金人在北宋故土家园策马驰骋时，他的满腔爱国之心还是被刺痛了。于是，在一杯浊酒的陪伴下，张孝祥写下了悲戚的词句："万里中原烽火北，一尊浊酒戍楼东，酒阑挥泪向悲风。"（《浣溪沙·荆州约马举先登城楼观塞》）

　　张孝祥是南宋边塞词人的翘楚。这位高宗年间的科举状元，毕生力主北伐，及第未久，他就为岳飞冤案上言鸣不平，因此得罪了秦桧，险些家破人亡。他最为知名的作品是《六州歌头》，其中的"长淮望断，关塞莽然平""闻道中原遗老，常南望，翠葆霓旌。使行人到此，忠愤气填膺，有泪如倾"诸句，既饱含爱国激情，又充满了无奈和哀痛，还有对遗民的悲悯情怀。曾有人说，若杜甫离乱题材作品可以称"诗史"的话，那么张孝祥的边塞题材作品则无愧"词史"称谓。

南宋的爱国文人终究没有看到河山收复。元朝的建立带来的是大一统，给偏安的宋人带来的是家国的彻底沦丧。尽管元代统治者努力消除东亚大陆的政治和军事壁垒，以往的边关险隘也不是经营的重点，但关塞还是文人乐于歌咏的题材。其中张养浩的《山坡羊·潼关怀古》即是不可多得的佳作，曲中的"兴，百姓苦；亡，百姓苦"，以质朴文辞点破了终古王朝兴替的悲剧本质。

潼关在今陕西省潼关县北，是连接洛阳和长安的重要关口，它南依秦岭，北临黄河，西有华山，谷深崖绝，中通羊肠小道，仅容一车一骑。正如诗人所述："山势雄三辅，关门扼九州。"（崔颢《题潼关楼》）潼关自古为雄关，是关中地区与河南之间的战略分水岭。无论是从关中出兵入河南，还是从河南攻略关中地区，交战双方往往都会在潼关决战。潼关一旦失守，即意味着关中门户大开，难以保全。曹操与马超之战、安禄山与哥舒翰之战、黄巢与张承范之战、李自成与多铎之战，均发生在潼关。

随着关中地区战略重心的转移，潼关在有明一代显得略为沉寂。代替潼关成为"天下第一雄关"的是居庸关。从军事角度考虑，居庸关是古代华北平原通往内蒙古、山西等地的要道。它既是中原王朝向漠北扩张的前哨，也是防御蒙古高原游牧民族骚扰的关隘。明代诗人王英曾有《居庸关》："此地由来称设险，万年形势壮神京。"它暗示了此关隘对京师卫戍的重要性。清朝乾隆皇帝的《居庸叠翠》诗中也提到了此关的战略意义："居庸天险列峰连，万里金汤固九边。"

　　自朱棣迁都北京后，北方的瓦剌等蒙古部落便成了明朝边防最大的隐患。于是，重修万里长城就成了明代北方边防最大的工程，居庸关的扩建也迎来了鼎盛时期。

　　尽管被时人推崇为"天下之保障"，但在土木堡之战中，居庸关还是没能抵御住进犯的瓦剌军队。土木堡之战发生在明正统十四年（1449），当时瓦剌的也先部统率蒙古各部，分兵四路南下扰明。明英宗在太监王振的煽惑与挟持下，率五十万大军亲征，结果全军覆没，不仅明朝皇帝被俘，而且随行的重要大臣也死伤多数。若不是名臣于谦在危难之际拥立新帝，指挥北京保卫战并取得胜利，明朝江山恐怕就要在这一次战役中拱手让人了。

　　修关隘，本为应对军事征伐。可是，作为历史上的古战场，阵亡将士的苦痛与心声，又有多少人关注过？"关门铸铁半空倚，古来几度壮士死。草根白骨弃不收，冷雨阴风泣山鬼。"（萨都剌《过居庸关》）在文人眼里，居庸关真正的意义应该是保佑"男耕女织天下平，千古万古无战争"才对。

　　比起居庸关，大明王朝的"东极"山海关也毫不逊色。"雄关划内外，地险扼长安。"（陈天植《山海关》）山海关是由关城、关隘、城台和烽燧等构成的一个完整防卫网，它北依燕山，南临渤海，山海间仅相距七点五公里，像是在辽西走廊西段孔道安置的一把大锁，难怪会有"两京锁钥无双地，万里长城第一关"的说法。

　　明代诗人张恺曾在《山海关》一诗中说："何处险如兹处险，一夫防似万夫防。"从明初名将徐达在此建立山海卫并筑城为关起，明朝军队在辽西

220

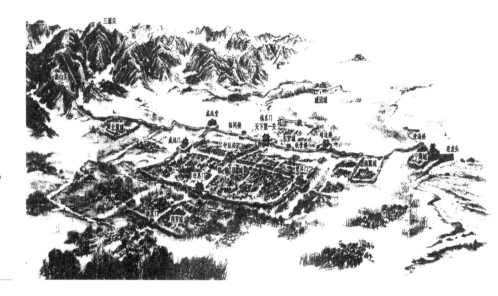

走廊的卫戍能力的确增强了许多，至少在蒙古部落的屡次侵扰中，山海关没有一次被正面攻破过。著名将领戚继光任蓟镇总兵后，又在山海关修筑了入海石城，至此，山海关愈发坚不可摧。

后人熟知的山海关战事，多是与明末清初的辽东战争有关。女真部崛起后，明朝防务战略的中心逐渐转移到山海关。作为大明王朝的东大门，山海关对于捍卫京师起着十分重要的屏障作用。清军统一东北，定都盛京后，明朝对辽东的军事控制已基本丧失。此时，山海关就成了京师的最后一道屏障，它的存亡，直接关系到明朝政权的存亡。

之后发生的大事件我们都不陌生。明朝京师没有被清军最先攻破，而是被李自成的农民军率先攻破，崇祯帝自尽，明朝灭亡，山海关竟然还是固若金汤。

当然，山海关不会永远牢不可破，否则，何来后来的清朝？不过，山海关不是被敌军攻破的，而是由戍守它的将领拱手送给别人的！这位将领就是吴三桂。

吴三桂本是明朝将领，退守山海关时手中握有数十万军队，清军劝降，他没有答应，李自成派人诱降，他也没有答应。可是忽然有一天，他将山海关拱手让给了与明军势同水火的清军，使清军不费一兵一卒便"攻克"了天下最牢固的关隘。

吴三桂到底为了什么？历史总是让人浮想联翩。谁也无法还原真实的历史，更不可能还原吴三桂的真实心理。于是便有人联想到了陈圆圆，有了"冲冠一怒为红颜"的名句，有了无数版本的《圆圆传》和《吴三桂演义》，更有了遗臭万年的吴三桂。

亡国之人忧愤难平，本无可指责；叛国求荣之人千夫所指，也无可厚非。只是文人反思亡国之惨，竟将过错集于一人一事，为泄内心悲恸，竟不惜以猥琐、下流之事辱骂无辜女流，凡此种种，难道不觉行迹卑劣，不应扪心自问吗？

正如一国安危不可能只系于山海关一样，明朝灭亡，绝不是一时之过，也不是一事之过，更不是一人之过。

任何关塞，都只是无声的坚壁，真正能抵御千军万马的，是戍守者的斗志和气魄。任何王朝的最后灭亡都是必然的，原因都是复杂的，这点从来相同。不同的只是灭亡的时间和方式，这一点，任何坚不可摧的关塞都无法防御。真正能抵御死亡的，是时代精神。时代精神才是无形的关塞，颓靡懦弱、自私卑劣者，即使重关险隘、兵强马壮，迟早会自毁长城；反之，昂扬奋进、雄健乐观者，即使王朝覆灭，也必将家国永生。

柳暗花明又一村

刘治国 田翠花

223

暖暖远人村，依依墟里烟。

——陶潜《归园田居》

行旅，可以是征服，可以是朝圣，但有时，也可以是身心的休息。向往自由的双足，带领着疲惫的身心，走向田园，深埋于心底的诗情，便在乐土上疯长。

农家田园，虽不尽是有乐无苦，但久在樊笼中的囚鸟，就是愿意闻到掺和着鸡鸣犬吠的泥土的馨香。走！去诗中的农家乐。

采菊东篱下　悠然见南山

　　陶渊明作为中国文学史上第一位田园诗人，不仅写下了大量有关田园生活的诗歌，以"一语天然万古新，豪华落尽见真淳"（元好问《论诗三十首》）的诗风扬名于世，更以其高尚的节操与悠然洒脱的气节赢得"隐逸诗人之宗"的美誉。

　　陶渊明生活在晋宋易代之际，曾做过几年小官，最后一次出仕任彭泽县令是因为"家叔以余贫苦，遂见用于小邑"，然因不肯"为五斗米折腰，拳拳事乡里小人"（《晋书·陶潜传》）而解绶去职，过起了躬耕自足的田园生活。陶渊明"质

〔清〕石涛 《悠然见南山》

"性自然"，不愿"以心为形役"，具有"少无适俗韵，性本爱丘山"（陶渊明《归园田居》）的天然性情。

归隐田园之后，陶渊明身体力行，正是这种亲力亲为的生活使得他的田园诗大放光彩，乡村生活、田园风物在陶渊明的笔下都富有别样的情感与格调。"耕种有时息，行者无问津。日入相与归，壶浆劳近邻。长吟掩柴门，聊为陇亩民。"（陶渊明《癸卯岁始春怀古田舍》其二）

这些朴实的句子洋溢着田园生活特有的古朴真淳的韵味。田园生活与追逐利禄的仕途生活完全不一样，这不仅仅体现在生活本身的差异，更在于生活方式、行为方式以及对待生活的态度的差异。诗人以古代隐士长沮、桀溺自比，说自己在田间休息时没有像孔子那样"忧道不忧贫"的人来问路。也就是说陶渊明看到的世人已经没有忧道不忧贫的人了，人们都在急于寻找追名逐利的"康庄大道"，也因此都是些为名利所惑之徒。这淡淡的语句中却饱含着一代大师悲天悯人的轻叹，也传递出诗人对时代批判的最强音。

"平畴交远风，良苗亦怀新"（陶渊明《癸卯岁始春怀古田舍》其二）是传诵千古的名句。倘若没有亲身经历，是不可能写出如此传神的诗句的。

应该说田园生活是陶渊明最大的文学财富。这句诗不仅写出了广阔的田野上秧苗欣欣向荣的生机，也透露出诗人内心难以掩饰的愉悦之情。苏东坡曾赞扬说："非古之耦耕植杖者不能道此语。"正是因为这个原因，所以他接下来写了自己的感受说："虽未量岁功，即事多所欣。"且不管收成如何，眼下的情景就够让人高兴了。这种心理是亲身参加劳动的人才会有的，非常质朴而真实。

这种农事活动在他的另一首诗中有十分生动而又真实的呈现："种豆南山下，草盛豆苗稀。晨兴理荒秽，带月荷锄归。道狭草木长，夕露沾我衣。衣沾不足惜，但使愿无违。"（《归园田居》其三）

中国的诗歌从《诗经》开始便有描写农人生活的诗篇，然而直到陶渊明笔下，农村生活与田园风光才成为独立的审美对象，春种秋收、鸡鸣狗叫、桃李榆柳等带我们走进了一个诗意盎然的世界："方宅十余亩，草屋八九间。榆柳荫后檐，桃李罗堂前。暧暧远人村，依依墟里烟。狗吠深巷中，鸡鸣桑树巅。户庭无尘杂，虚室有余闲。"（《归园田居》其一）

在魏晋名士的生活中，诗与酒是形影相随的，诗人陶渊明自不例外，他不但继承了中华民族诗酒文化的传统，更将这种传统发扬光大，为后世所敬仰。他的二十首《饮酒》组诗便是代表作，"采菊东篱下，悠然见南山。山气日夕佳，飞鸟相与还。此中有真意，欲辩已忘言"的诗句表明归隐田园对陶渊明而言已经不单单是一种生活的手段，而是一种生命的状态。

陶渊明在诗中将自己避世、归隐的情结表露无遗。心无旁骛便无喧嚣之苦，此中真意根本无须苦苦探求，因为一切都在一花一山之中释怀。他将山水田园之中的生活高度艺术化，从而使他的人生也高度诗化。

与陶渊明相同的是，唐代诗人王维对于田园风物的喜好也与其性格有关。在给友人的一首诗中王维写道："晚年惟好静，万事不关心。自顾无长策，空知返旧林。"（《酬张少府》）可见王维归隐田园与陶渊明一样，都是心性使然。

王维是我国唐代著名的山水田园诗人，喜好隐居生活，向往自然之境。开元十四年（726），王维因为在帝都长安城参加朝廷举行的铨选而获得赴任淇上的机会，淇上是著名的古代名士隐居之地，不仅自然风光优美，还有独特的田园景色。这对于内心向往自然田园的王维来说实在是一个难得的美差。刚到淇上，他就被那里的田园风物所深深吸引："屏居淇水上，东野旷无山。日隐桑柘外，河明闾井间。牧童望村去，猎犬随人还。"（《淇上田园即事》）

这是诗人王维在淇上游览田园风景的时候欣然提笔写下的诗作，虽然是轻描淡写，却使田园生活的情景跃然纸上。

与陶渊明不同的是王维始终处于半官半隐的生活状态，即身在官场、心在田园的生命状态。特别是晚年的王维更是一心向佛，师法自然。蓝田的辋川别业成了他的精神家园。应该说这个时候的王维已经和农家田园生活完全契合了。王维曾有诗句："中岁颇好道，晚家南山陲。兴来每独往，胜事空自知。行到水穷处，坐看云起时。"（《终南别业》）可见其晚年的生活状态：不仅可以自由地来往于山水田园之间，更将自己的心灵融入山水之中。

王维不仅潜心佛学，而且精通绘画，他的这种诗人兼画家的身份使得他的诗歌中充满诗情画意："斜阳照墟落，穷巷牛羊归。野老念牧童，倚杖候

〔清〕王宸 《山居秋暝》

荆扉。雉雊麦苗秀，蚕眠桑叶稀。田夫荷锄至，相见语依依。即此羡闲逸，
怅然吟式微。"（《渭川田家》）诗中所描绘的初夏傍晚农村夕阳西下、牛
羊回归、老人倚杖、麦苗吐秀、桑叶稀疏、田夫荷锄等一系列宁静和谐的景色，
俨然一幅田园风景画。

　　"空山新雨后，天气晚来秋。明月松间照，清泉石上流。竹喧归浣女，
莲动下渔舟。随意春芳歇，王孙自可留。"（《山居秋暝》）作者向往平静
闲适的山水田园生活，官场生活的无趣和苦恼在雨后的空山明月和山村的浣

女渔舟中得到了释放与解脱。

孟浩然早年很有志向，但仕途相当不顺。在无人援引的情况下，孟浩然过起隐居生活，而这一隐便是一生的代价。他的山水田园诗作似乎对这种长期隐居、才能无法施展的现状非常不满。因此他在诗中这样写道："书剑时将晚，丘园日已暮。晨兴自多怀，昼坐常寡悟。"（《田园作》）

孟浩然对于自己隐居的生活显然怀有愤懑之情，甚至常常为此沉默寡言。在这首诗的结尾他写道："乡曲无知己，朝端乏亲故。谁能为扬雄，一荐甘泉赋。"孟浩然在田园隐居的生活虽然潇洒闲适，但内心还是充满了"乡曲无知己"的孤独感。

山水田园之乐在于心灵的体验。与生命契合便是一种生活，与眼睛契合就只是一种观光旅行。中国古代的诗人们对山水田园生活的向往不单单是身体的行旅过程，更是一种生命的行旅体验。所不同的只是诗人们选择的方式不同，有些人终身隐居田园，过起了农家生活；有些人于旅行的路途中走走停停，饱览沿途风景；有些人则与农家生活为伴，成为生命中的一个印记。但无一例外，山水田园般的农家生活在他们眼里是一种精神的存在，是可以唤起他们生命意识的精神领地。

230

故人具鸡黍　邀我至田家

在科技高度发达、经济飞速发展的今天，人与自然之间的天然情感逐渐淡漠。而在古代，文人士大夫们对于自然有着天然的亲近感，即便是那些在朝为官的显贵们都对自然田园生活抱有一种仰慕之情。当然，真正与农家生活有着生命情感的内在体验的还是那些往来于农家田园的诗人们。他们或是访友，或是探亲，或是行旅途中，一定会将所见所闻用诗歌的艺术形式呈现出来。

唐初宰相张九龄被誉为"岭南第一人"。虽然身在官场，而且身居高位，但他有一颗向往田园农家生活的诗心。

他曾在给友人陆澧的一首诗中流露出自己对田园生活的喜好之情："松叶堪为酒，春来酿几多。不辞山路远，踏雪也相过。"（《答陆澧》）这是一首回复友人邀约的小诗，因为友人陆澧的邀请，诗人赋诗作答，表示自己乐意前往。诗以酒开篇，说明诗人与好友已经是老熟人了。酒最能代表人间的真情，饮酒时最容易与友人进行情感的交流。因此诗人才"不辞山路远，踏雪也相过"。即使山路崎岖不平，天降大雪，我也愿意踏雪而来。这首五言绝句，短小质朴，亲切自然。我们似乎能看到陶渊明的影子。写得从容不迫，淡而有味，言有尽而意无穷，让我们再一次领略到了山水田园诗风的无穷魅力，这也为后来王维、孟浩然的诗开辟了新路。

孟浩然终身隐居，因此写下了大量山水田园诗。在他隐居的日子中常常以交友为乐，如他的名作《过故人庄》：

> 故人具鸡黍，邀我至田家。
> 绿树村边合，青山郭外斜。
> 开轩面场圃，把酒话桑麻。
> 待到重阳日，还来就菊花。

这是唐诗中描写农村生活、表现恬淡自然的"农家乐"主题的开山之作，与张九龄的《答陆澧》一诗同样是应友人邀请到农家做客。张九龄写的是"序幕"，而孟浩然则将"故事高潮"完整呈现。虽然在情感上没有张九龄那样令人动容，但给我们描绘出了一幅清新怡人的田园图画。

232

　　隐居鹿门的孟浩然结识了很多山村友人，这首诗中所说的"故人"便是他在鹿门认识的一位山村友人。诗人不仅将自己走进山村的原因交代清楚，更将自己走进山村的所见所感绘声绘色地描绘了出来。"绿树村边合，青山郭外斜"，这便是诗人看到的田园乡村的美丽风光。自然的馈赠让生活在这里的人们无比幸运，更让他们拥有了无穷的生活乐趣与生命激情。"开轩面场圃，把酒话桑麻"，这样的场面让人感受到了乡村的田野味儿，更感受到了田间地头浓浓的泥土气息。正是在这样一个乡土气息浓郁的地方，这位曾经慨叹过"当路谁相假，知音世所稀"（孟浩然《留别王维》）的诗人，不仅忘记了曾经苦心求取功名时所遇到的不快，而且将自己三十多年隐居生活的孤苦烦闷的情思也彻底抛开了。青山绿水、花草树木、把酒言欢、共话桑麻，让这位苦于隐居的诗人心情大好，似乎整个人的思绪都打开了，再没有什么可以让诗人忧郁苦恼的了。诗人不仅深受田园氛围的感染，更是从心底里产生了皈依自然田园的情感。怪不得诗人在最后会发出"待到重阳日，还来就菊花"的发自内心的情感约定。

　　一个普通的村庄，一顿简单的农家饭，在孟浩然的笔下变得如此诗情画意，轻松的笔调反映出农家生活的恬淡与淳朴。这种典型的农家田园生活在我们这样一个以农业立国的国度里是再平常不过的，但今天的人们难得一见，或者说没有那么多闲工夫来到农家坐下来与友人把酒言欢、共赏田园风光。那些特色的"农家乐"也只是应景应急而已。那种朴实的农家田园氛围早已是稀世珍品了。

　　与孟浩然同时代的诗人储光羲也是山水田园诗派的代表作家，《四库全书总目》说他："源出陶潜，质朴之中，有古雅之味，位置于王维、孟浩然间，殆无愧色。"他的《田家杂兴》其八分别描写了不同季节的乡野风情：

> 种桑百余树，种黍三十亩。
> 衣食既有余，时时会亲友。
> 夏来菰米饭，秋至菊花酒。
> 孺人喜逢迎，稚子解趋走。

储光羲一生居官十几年，也曾多次去职归隐，他崇尚陶渊明的隐逸生活，在诗歌风格上也多向陶渊明学习，在这首诗中我们能明显看出诗人对陶渊明诗歌手法的借鉴。

陆游出生的第二年金兵攻陷北宋都城汴京。正是在这样的环境下陆游从小萌生了爱国御辱的情怀。然而力主抗金的陆游不断受到当权派的排斥压制，甚至后来因为被投降派诬陷弹劾，罢归故里。正是在这一时期，陆游写下了《游山西村》：

> 莫笑农家腊酒浑，丰年留客足鸡豚。
> 山重水复疑无路，柳暗花明又一村。
> 箫鼓追随春社近，衣冠简朴古风存。
> 从今若许闲乘月，拄杖无时夜叩门。

　　山西村这样一个小村庄，在我们今天的中国地图上都找不到一点儿影子，却因为陆游的这首诗闻名于后世，为天下人所熟知。当时诗人罢官闲居，住在山阴（今浙江绍兴市）镜湖的三山乡。诗题中"山西村"，指的就是三山乡西边的村落，它是诗人闲来无事的时候四处周游而发现的一处农家田园。

　　丰收之年的山村呈现出一片喜悦欢快的气象。对于诗人到访，农家更是"丰年留客足鸡豚"，一个"足"字将农家人那种好客之情跃然纸上。山村的热情好客、纯真简朴让诗人忘记了山重水复疑无路的艰难，柳暗花明的田园风光更使人流连忘返。诗人还是觉得有些意犹未尽。诗的结尾，和孟浩然的《过故人庄》一样给主人写下了"从今若许闲乘月，拄杖无时夜叩门"的愿景。不过孟浩然似乎以更加确定的声音告诉主人"待到重阳日"的精确时间，而陆游不知为什么只是道出了自己心中的一种愿望而已。也许陆游已从"山重水复疑无路"的旅程中悟到了"柳暗花明又一村"的人生之路。

农月无闲人　倾家事南亩

田园风光无限好，只恨未遇太平日。诗人对于农家田园恬淡静谧氛围的向往并不能掩饰农人生活的艰辛。中国作为一个农业大国，农民是一个庞大的存在，也正因为如此，中国古代国家的经济收入来源最主要的一项便是向农民征税。为了交足皇粮国税之后能余下自己的口粮，农人便不得不卖力种田，正如王维曾经说的："农月无闲人，倾家事南亩。"（《新晴野望》）为了多打一点儿粮食，全家人都得上阵。农人的辛劳和疾苦作为古代诗歌描写的一个重要主题始终没有中断。

韦应物与王维、孟浩然同属唐代田

园诗派的代表人物。但是韦应物与王、孟二人不同的一点在于他不只是欣赏到了风光秀丽的田园美景，更多的是还关注到了农家人生活的艰辛，写下了一些反映民间疾苦的诗篇：

> 微雨众卉新，一雷惊蛰始。
> 田家几日闲，耕种从此起。
> 丁壮俱在野，场圃亦就理。
> 归来景常晏，饮犊西涧水。
> 饥劬不自苦，膏泽且为喜。
> 仓廪无宿储，徭役犹未已。
>
> 《观田家》

　　韦应物观察农家的生活场景如此之细腻，他不像某些为官之人走过场，也不像某些官吏纯粹是游山玩水。"仓廪无宿储，徭役犹未已。方惭不耕者，禄食出闾里"，这是一个伟大灵魂的忏悔，同样也是一个残酷现实的呈现。一想到自己从来不去下地耕田，从来没有在田地里日夜辛劳，却拿着国家那么多的俸禄，这些俸禄都是用农人的血汗换来的啊。想到这里，韦应物似乎心里更加难受，因为他无法改变眼前的状况，他能做到的就是好好做官，为老百姓实实在在地办几件好事儿，这样才不负自己"不劳而获"的粮食。

　　在中国古代，从来不缺乏像韦应物这样具有人道主义精神的诗人。他们秉承儒家仁爱思想，达则兼济天下，能够站在人民的立场上为民请命。似乎他们身上有一种与生俱来的救世济民的仁爱之心。与韦应物相差近四十岁的白居易就是一位具有高度人道主义精神的士大夫。白居易生活在中晚唐时期，整个唐帝国在安史之乱之后已是千疮百孔，像一位生病的老者拖着臃肿的身体缓慢前行。白居易在外做官多年，对于天下苍生的疾苦有着亲身的体会，也因此写下了大量的反映民间疾苦的诗作。

唐宪宗元和二年（807），时年三十六岁的白居易在陕西盩厔（今陕西西安市周至县）任县尉一职。因为心系百姓，所以时常下乡查访，与百姓在田间交谈。在深得民心的同时他对百姓的疾苦有了切身的感受，常常感叹人间不平事。特别是对于人民生活的艰辛与封建官吏的残暴与蛮横有刺心之痛。这一年白居易创作了一首反映百姓生活疾苦的诗作《观刈麦》：

> 田家少闲月，五月人倍忙。
> 夜来南风起，小麦覆陇黄。
> 妇姑荷箪食，童稚携壶浆。
> 相随饷田去，丁壮在南冈。

农家辛勤劳作的情境跃然纸上。诗人紧接着又给我们描绘了另外一种景象：

> 复有贫妇人，抱子在其旁，
> 右手秉遗穗，左臂悬敝筐。

听其相顾言，闻者为悲伤。

家田输税尽，拾此充饥肠。

这是另外一幅令人心酸的田园情境图，这很容易让我们想起西方著名画家米勒的那幅享誉世界的画作《拾穗者》。它描绘的虽然是 19 世纪法国的农村生活，但其表达的情感与白居易的这首诗何其相似，甚至可以合二为一，非常契合苏轼所说的"诗画本一律"的观念。拾穗的妇女是因为"家田输税尽"，不得已才来此拾穗。诗人显然对此深有感触，内心的震动久久难以平静，作为地方官，心系百姓的白居易没有一丁点办法，唯有写下这类讽喻诗，以达到自己"唯歌生民病，愿得天子知"（白居易《寄唐生》）的目的。在《观刈麦》一诗的最后，诗人发出心灵的拷问和人生的反思：

今我何功德，曾不事农桑。

吏禄三百石，岁晏有余粮。

念此私自愧，尽日不能忘。

中唐时期有一位特殊的诗人，因为一首诗而得一雅号，他便是被称为"悯农诗人"的李绅。《悯农二首》是他的名作：

锄禾日当午，汗滴禾下土。

谁知盘中餐，粒粒皆辛苦。

《悯农二首》其一

　　这首小诗简约而不简单，之所以成为流传千古的名诗，在于它所反映的是绝大多数农民的生活与命运，用一种大家都熟知的细节轻而易举地做到了对整个社会的批判和揭示。农家田园在他的笔下不再只是简单的风景描写，而是以独到的观察深入农家生活的细节之中。

　　田园诗发展的宋代，出现了一位被现代学者钱锺书称为"也算得中国古代田园诗的集大成"的诗人范成大。在他晚年归隐田园的日子里，范成大通过自己独到的观察与细心的体会，前后一共写下了六十首田园诗歌。这六十首诗以四时田园为叙述线索，分为春夏秋冬，取名《四时田园杂兴》。

　　这六十首诗宛如农村生活的大型长幅画卷，将农家田园的生活情状生动地展现给我们：

　　　　梅子金黄杏子肥，麦花雪白菜花稀。
　　　　日长篱落无人过，唯有蜻蜓蛱蝶飞。
　　　　　《夏日田园杂兴》其一

　　一幅初夏时分江南的田园风光画卷跃然纸上。梅黄杏肥、麦白菜稀，各种风物各种情态一览无余，而忙于农活的人们都早出晚归，所以一整天都难见家门口有人经过，"唯有蜻蜓蛱蝶飞"，这一动似乎更加衬托出此时田园的安静与闲适了。

　　　　昼出耘田夜绩麻，村庄儿女各当家。

> 童孙未解供耕织，也傍桑阴学种瓜。
>
> 《夏日田园杂兴》其七

农家之乐在这首诗中似乎可以寻找到根源。和谐、美满、父慈子爱、天伦之乐等简单而又感人的农家生活让我们为之动容。"童孙未解供耕织，也傍桑阴学种瓜"是农村中极为常见的生活场景，却被诗人生动地写进诗中。这样极富生活情趣的笔调让整个画面变得生动活泼起来。这是一幅农家耕织图，更是农家简单而又淳朴的生活的真实写照，这当然应该归功于我们这位心怀乡情的诗人。在这组田园诗歌的画卷中，范成大给我们创造了太多的惊喜与感动，同时也给我们呈现了农人生活的疾苦与艰辛：

> 租船满载候开仓，粒粒如珠白似霜。
>
> 不惜两钟输一斛，尚赢糠核饱儿郎。
>
> 《秋日田园杂兴》其九

这首诗描写的不再是夏日田园和谐幸福的生活画面，而是转向对农家生活的疾苦的描写。辛苦了一年，到头来都是为了官仓殷实，"粒粒如珠白似霜"，这其中包含了多少农人的辛劳与汗水，更寄托着他们对于生活的希望与热情。如今一切皆为空，依然要忍饥受饿，就连小孩儿都只得吃糠皮充饥。这就是诗人范成大给我们描绘出的古代农民的血泪图。

田园风物四时兴，春夏秋冬各不同。中国地域辽阔，东南西北气候不同、风物相异，农家田园的景色亦各有千秋，但是对于从秦朝以来就已大一统的中国来说，农人的生活质量始终与国家的命运紧紧连在一起。农家田园之乐不仅在于秀色可餐的风景，也在于田园生活的那份闲适与安然，更在于农人的安居乐业、家庭美满。

对于古代文人墨客来讲，农家田园早已化为一种精神的皈依之所。游览农家田园完全是一种具有生命意识的文化之旅。虽然时代不同、人物相异，但其中包含的文化意蕴和生命情感积淀是一致的。

曲径通幽处 禅房花木深

卢　哲
储兆文

影堂香火长相续，应得人来礼拜多。

——张籍《弱柏院僧影堂》

深山藏古寺，城市有禅林。行旅，是向风景名胜出发，而寺观之旅，多少有点像田园之游，追寻的是身心的休息与宁静，在寺观却可以获得灵魂的洗礼。所以在宗教中，佛教最具包容精神，佛门虽为净地，却又对世俗表现出最大的包容，禅宗又将这种包容发挥得淋漓尽致。走进寺庙，有时像进了私家后院，既有世外的清净，也有人间的惬意。这一点，游息山寺的文人们，最有体会。

245

246

古寺钟声远

在中国，佛教共有三大传承：汉传、藏传、南传。汉传佛寺之源，始自洛阳白马寺。

出洛阳东行十二公里，即为洛阳白马寺之所在，此乃"中国第一古刹"。它北依邙山，南眺洛河。在它的东面三华里处，便为古城垣，一千九百年前东汉帝国的京都轮廓依稀可见。"金刹与灵台比高，广殿共阿房等壮"（杨衒之《洛阳伽蓝记》），自白马寺始，源于印度的佛教在东亚蔚为大观，由京洛播至九州，直达韩、日诸国。

白马寺始建于汉明帝永平年间。关于

寺庙的营建，在古籍上还可寻见详略不一、充满神秘色彩的记录。

东汉永平七年（64）正月十五元宵佳节那天，汉明帝夜宿南宫，得一奇梦：只见一个身长六丈的高大金人，自西方而来，绕殿飞行。翌日，汉明帝召集大臣，告以所梦。傅毅启奏道："臣听说西方有一神，名曰佛，形貌恰如陛下所梦之金人。"汉明帝听罢当即决定派大臣蔡愔、秦景等十八人出使西域，拜求佛法。

蔡、秦等汉使的这次出访，是我国历史上第一次"西天取经"，通常被人们称作"永平求法"。汉使辞别京都，穿过八百里流沙，越过千里飞雪的葱岭，终于在大月氏国（今阿富汗境内至中亚一带）巧遇在当地传教的两位印度高僧摄摩腾、竺法兰，于是东汉使者得以邀请二位大师东赴华夏弘法。永平十年（67），在离别京都三年后，汉使同两位高僧以白马驮载佛经、佛像返回洛阳。

汉明帝亲自接待两位高僧，并将他们安置在当时负责外交事务的官署——鸿胪寺暂住。第二年，汉明帝便敕令于洛阳城西雍门外三里御道北兴修僧院。此后不久，汉明帝又在摄摩腾的提议下，敕令在寺内兴建齐云塔。就这样，在孔孟、老庄盛行的华夏之邦，诞生了佛教传入中国后的第一个寺院。

印度高僧摄摩腾、竺法兰从西域带入中国的佛经是用梵文写在贝多罗树叶子上的，故称梵文"贝叶经"，这是源于古印度的佛经原本。由于佛教初传入时，汉朝学者不通梵文，给佛经义理的传播造成很大障碍。摄摩腾、竺法兰入华后学会了汉语，白马寺建成后，两人便居于寺内，在清凉台上共同译出了《佛说四十二章经》，这是中国最早的一批佛学著作，对中国佛教的最初传播影响极大。事实上，摄摩腾、竺法兰成为中国佛学的开山鼻祖。难怪《高僧传》以摄摩腾东来洛阳为"汉地有沙门之始"。

"白马"之名的由来，说法不一。一种说法简称"白马驮经"，该说认为，由于东汉明帝派去的使臣用白马驮载佛经、佛像回国，故将所敕建之僧院命名为"白马寺"。此说古籍有证，如《洛阳伽蓝记》、《魏书·释老志》和玄奘的《大唐西域记》都支持这一说法。第二种说法颇具传奇色彩。传说很早的时候，有一位印度国王，一日忽发奇想，要毁掉国内所有的佛寺，其中就包括一座名为招提的僧院。这座招提寺非常富有，在尚未及毁时，于夜间突现白马一匹，绕塔悲鸣，惊动了周围所有的人。于是有人把这一灵异事件告诉了国王，并说这是佛祖派到世间的灵物，说明此间僧院毁不得。国王信以为真，便收回了毁寺的诏令，并把"招提"之名改为"白马"。后来的其他僧院也多承袭了这一惯例，以白马为寺名。

此外，还有第三种说法，是从第二种说法演化而来的。此说法谓汉明帝修建这个佛寺时将其命名为"招提"，因为后来在夜间看见"白马绕塔悲鸣"，才改称"白马"。这一说法在白马寺内保存的明代《重修古刹白马禅寺记》碑文中有详细记载。

寺是古代一种官署名，如大理寺、鸿胪寺等，由于摄摩腾、竺法兰二位高僧来到洛阳后是在鸿胪寺暂住，所以汉明帝敕造的僧院建成后，便将鸿胪寺之"寺"字移植过去，只在"寺"字前冠以"白马"二字而已。后来随着佛教的广泛传播，"寺"字才变成了中国僧院的一种泛称。古人原本以"伽蓝"一词指代僧徒们聚居的地方，这个词是梵语"僧伽蓝摩"的简称。"僧伽蓝摩"在梵语中意思为"众园"或"僧院"。

　　隋唐时期，白马寺已不仅仅具有寺院的功能，更有了人文气息和诗情画意。传说在彼时，寺内和洛阳城内钟楼上各有一口大钟，每天早晚"东边撞钟西边响，西边撞钟东边鸣"，尤其是在夜深人静的时候，钟声悠悠，传诸数十里。这一奇景名为"马寺钟声"，是唐代"洛阳八景"之一。清代诗人武攀龙的诗作《马寺钟声》中即有提及此景的诗句："劳劳多少风沙梦，暮听晨钟唤觉先。"此外，白马寺的幽静也吸引过无数文人，如唐代大诗人王昌龄即有"南风开长廊，夏夜如凉秋"（《东京府县诸公与綦毋潜李颀相送至白马寺宿》）之句，唐天宝年间进士张继也有"萧萧茅屋秋风起，一夜雨声羁思浓"（《宿白马寺》）之句。

　　出白马寺东南五十公里，可抵达少林寺。少林寺因两件事天下闻名：一是达摩在此面壁，二是少林武术。

　　据传达摩自南天竺而来，初入广州，梁武帝亲迎至建康，后入北魏嵩山少林寺，在后山"面壁而坐，终日默然"达九年，功力破壁，影入石中，终成东土禅宗初祖。达摩面壁洞至今仍为游人必访之处，洞内面壁石白质黑纹，石上隐约可见达摩背影，露背侧颔，衣褶印迹尚存。清代顾嗣立有"一石独亭亭，中藏初祖形。千年神气在，何用着丹青"（《面壁石》）诗句题咏此事。

　　少林寺本为佛门清静之地，为何又"拳以寺名，寺以拳显"？相传，达摩专主坐禅，既不著书立说，又不讲经说法，为防止众僧因久坐而萎靡衰颓，达摩即创十八罗汉手，又著《易筋经》，令众僧心诵身修，系统学武的风气才流传开来。后来，为护寺免受侵扰，僧众又结合其他角力招式，自创少林拳。唐初，少林寺武僧曾协助李世民征战，有"十三棍僧救唐王"的壮举，这才

250

〔明〕丁云鹏 《白马驮经图》

使少林武术名扬天下。

少林武术重实效不重外形，要求站如钉、动如风、囚如猫、抖如虎。千佛殿内砖铺地面留有两列深约二十厘米的脚印，相传即为少林武僧练习站桩时踏成。明代河南巡抚程绍检阅少林寺时，曾亲试武僧，并留下"刚强胜有降魔力，习惯轻挟搏虎能"（《少林观武》）的诗句来概括少林武术。

离却佛门，少林寺所处嵩山周围也是个休闲去处，历代通文墨的游人少不了在这清幽凉爽之地题诗作文，其中也包括武则天和乾隆皇帝。唐初诗人沈佺期就曾写有《游少林寺》一诗，记录了游览的过程，其中对沿途景致的描写，声画俱佳，令人向往："绀园澄夕霁，碧殿下秋阴。归路烟霞晚，山蝉处处吟。"白居易也曾随"六七贤"，于暑天造访清凉的少林寺，"九龙潭月落杯酒，三品松风飘管弦"（《从龙潭寺至少林寺题赠同游者》），他们没有局限于赏景，倒是诗酒管弦相伴，十足文人雅致，虽未得佛门真义，但白居易经此一游"始知驾鹤乘云外，别有逍遥地上仙"。诗中隐含的人生旨趣和境界倒是高出沈佺期一筹。

长安多祖庭

虽然洛阳是佛教在中国落地生根的发源地，但是，真正使佛法在后世弘扬光大的却是古都长安。

在中世纪的漫长岁月中，关中地区一直是华夏的中心，政治家和军事家在数百年里一贯奉行"关中本位政策"，并以中古长安的兴衰程度来判定其政权和文化的成败。作为当时盛行于东亚地区的宗教场所，寺院借此在长安地区蔚为大观。

自隋唐起，由于对佛法有各自的理解和领悟，汉传佛教开始有了禅宗、天台宗、华严宗、密宗、法相宗、律宗、

三论宗、净土宗等八大宗派。除禅宗祖庭在少林寺、天台宗祖庭在浙江天台山国清寺外，其余的六宗祖庭都与长安有关。

　　如今，在长安故址上兴起的西安市，最令游人熟知的景观就是大雁塔。大雁塔是位于法相宗祖庭大慈恩寺内的著名佛塔。大慈恩寺是唐代长安的四大译经场之一，创建于唐太宗贞观二十二年（648），因太子李治为追念其母文德皇后慈恩，故得寺名。

　　法相宗的创立者是唐代著名高僧玄奘。此宗剖析一切事物（法）的相对真实（相）和绝对真实（性），故而得名。因强调不许有心外独立之境，亦称唯识宗。

　　值得一提的是，寺内的大雁塔也是玄奘亲自设计、督造完成的。由于玄奘将塔基设计成半球形，故该塔历经千年风雨，虽"摇摆"倾斜却从未倒塌。

　　大雁塔本是为藏经而建，可建成后竟无意间兴起登塔览景之风，文人更是相邀同赏。当时新科及第的文人，都不免要先到大雁塔附近的曲江池赋诗饮酒，仿效当年兰亭"曲水流觞"盛事，名曰"曲江流饮"，之后再登大雁塔，题写自己的姓名，名曰"雁塔题名"。当然，雁塔题名也非仅限于登第士子。杜甫、高适、岑参、储光羲、薛据等诗人曾相约同登雁塔，且都留诗。如岑参名句"下窥指高鸟，俯听闻惊风"（《与高适薛据同登慈恩寺浮图》），若非亲登塔顶俯瞰，绝对体会不到岑参观察视角之妙，修辞手法之绝。中唐诗人章八元的《题慈恩寺塔》中也有异曲同工之句："却怪鸟飞平地上，自惊人语半天中。"

唐代诗人王维崇奉佛教，而且也写过许多与寺庙相关的诗，其中这几句必定为人所知："不知香积寺，数里入云峰。古木无人径，深山何处钟。"（《过香积寺》）若非王维的名句远播，恐怕当今很多凡夫俗子皆"不知香积寺"了。

唐代有三座香积寺，一座位于终南山子午峪正北神禾原西畔，这里南临镐河，东接樊川，寺庙原为纪念净土宗创始人善导大师而建，是唐代著名的"樊川八寺"之一。一座位于唐太宗昭陵西南，还有一座在今四川梓潼。"香积寺"一名的来历有两种说法，一说唐代寺旁有香积堰水流入长安城内，另一说来源于佛经"天竺有众香之国，佛名香积"。香积寺不仅是中国佛教净土宗的祖庭，也是日本佛教净土宗尊奉的圣地。

长安城南的终南山，层峰隐隐，天旷气清。三论宗祖庭千年古刹草堂寺即位于终南山圭峰山下。此寺东临沣水，南对终南山圭峰、观音、紫阁、大顶诸峰，远远望去，山岚织雨，云烟笼寺。寺内松柏参天，翠竹轻拂，亭阁玲珑，意境幽邃。

现存草堂寺，是东晋十六国时期后秦姚兴逍遥园的一部分。原为龟兹高僧鸠摩罗什翻译佛经之处。由于鸠摩罗什译经场以草苫顶，故得名"草堂寺"。唐初高僧吉藏以鸠摩罗什译出的《中论》《百论》《十二门论》三部论典为依据，创立三论宗，尊鸠摩罗什为始祖，草堂寺便成为三论宗祖庭。

草堂寺最为著名的其实是寺内的一口古井。相传每到秋冬时节的清晨，井内便有烟雾蒸腾而出，这便是"长安八景"之一的"草堂烟雾"。清代诗人朱集义曾作诗《草堂烟雾》咏叹曰："烟雾空蒙叠嶂生，草堂龙象未分明。"

山岚、烟雾和绿竹、茂林，凡游历草堂寺之人，无不为之倾倒，甚至怀疑自己真的到了仙境一般。北宋大理学家程颢就曾在《草堂》一诗中写了"参差台殿绿云中""神仙居在碧琳宫"这样的名句。

如今，当年的众多祖庭，如华严宗至相寺、华严寺，律宗丰德寺、净业寺，密宗大兴善寺、青龙寺等还在见证着梵尘两界的沧桑。

既然提到长安一带名寺，不得不提关中另一座鼎鼎大名的佛寺——法门寺。如今，法门寺已经是世界闻名的佛都。这座寺庙古名阿育王寺，位于陕西省扶风县北十公里的法门镇，以葬佛骨舍利闻名于世。据说，公元前3世纪左右，阿育王以杀戮统一了古印度，有一佛教沙门大师劝他"放下屠刀，立地成佛"。阿育王顿生悔悟，敕令佛教为国教，并将佛祖释迦的舍利分成八万四千份，在世界各地建塔分葬，以普度天下生灵。其中，在中国建有十九座塔，法门寺塔是第五座，因塔底地宫"瘗有佛手指骨一节"，故该塔亦名真身宝塔。法门寺塔的建立时间众说纷纭，大体可以确定是在东汉年间，后来因塔建寺，法门寺渐成规模。

唐代时，法门寺最为隆盛。唐代多位皇帝为了表达对佛骨舍利的敬畏，每隔三十年便启塔迎佛骨一次。为了迎佛骨，花费甚巨。于是，关心国运民生的韩愈便向唐宪宗上了《谏迎佛骨表》，痛陈迎佛骨之弊端，结果激怒了皇帝，韩愈因此被贬为潮州刺史。

其实，与法门寺相关的诗坛佳话还有不少，最为著名的莫过于苏若兰的《璇玑图》了。

苏若兰名苏蕙，生于前秦苻坚称王年间。据当地传说，苏蕙自小聪颖过人，容貌秀雅，三岁会作画，四岁会作诗，五岁会抚琴，九岁学会了织锦。十岁刚过，便将琴棋书画的全部才华都凝聚于织锦之中，在远乡近邻之中几乎被传为仙女下凡。

一日，苏蕙在法门寺逛庙会，巧遇一位能射飞雁、穿池鱼的英武少年窦滔。两人一见钟情，许下终身，不久便结为伉俪。

然而好景不长，一次，窦滔因有厌战情绪而违抗军令，被发配到流沙（今甘肃敦煌）远戍。数日不见，苏蕙难掩思念之情，便为夫君写下了二十九行共八百四十一字的回文诗，并把诗织在八寸锦缎上，名曰《璇玑图》。回文，是中国古典文学中的一种独特修辞方法，若是诗体，则正读倒读皆可，可产生一种回环往复的效果。璇玑，原意为天上的北斗星，用在此处是指这幅锦图上的文字，像星辰排列一样玄妙，只有知己且深情之人才能读懂。

在普通人眼中，这张图的确如天书一般难懂。据后人研究，这短短的八百四十一字，总计可以读出七千七百五十八首不同的诗。武则天曾为之作序，称苏蕙"才情之妙，超古迈今"，此图"真为千古绝唱"。清代李汝珍所作小说《镜花缘》中也完整收录了这八百四十一字，声称"得观此图，三生有幸"。

其实，故事远没有诗所表现的那样浪漫。窦滔在发配流沙之时，曾纳一妾，苏蕙之所以不肯随夫君一同戍边，乃是因为那位"第三者"的缘故。清人王士禛还曾写《织锦巷》一诗为苏蕙鸣不平，诗中既有如"慧绝璇玑手"之赞誉，也有如"怜他苏蕙子，枉嫁窦连波"之同情。

　　当然，上述所涉之人是真实存在的，故事却掺杂进不少后人演绎的成分，多少还有些浪漫幻想，况且，这些事情与法门寺的庄严肃穆气氛似乎相去甚远。我们虽然不能因为几则故事，就为法门寺贴上"巧慧""挚情"等标签，但至少可以看出，千百年来，法门寺在当地人心中已无法用"佛门圣境"来简单地诠释了。

正忆江南寺

唐人杜牧有"南朝四百八十寺，多少楼台烟雨中"之句，不少人以为江南所存之寺大抵是历代过分崇佛的遗物，却不知如今所能见到的南方之寺，早已与江南的灵山秀水融为一体。

言江南之寺，必言山。这些山，既不峻拔，亦不雄壮，绵延而已，俏丽而已。山有灵，寺也有灵。山是天造之灵气，寺是人造之灵气。二者相汇，无可复加。

江南山寺灵秀第一，非杭州灵隐寺莫属。

灵隐寺是杭州城现存最早的寺院，位于西子湖以西的武林山上，背靠北高峰，面朝飞来峰。相传，东晋咸和元年（326），天竺僧人慧理云游至武林（即今杭州）。一日，他登临西子湖畔的小山，忽见一峰，竟与当年释迦牟尼修行过的灵鹫山相仿佛，因而惊叹曰："此乃中天竺国灵鹫山一小岭，不知何代飞来？佛在世日，多为仙灵所隐。"于是慧理在飞来峰前连建五寺，分别名为灵鹫、灵隐、灵山、灵峰、灵顺。除灵隐外，其余四刹如今均已不存。

灵隐寺初建时，佛法不盛，香火寂寥，所以南朝刘宋的智一法师住持时，寺务清淡。智一法师竟日与群猴玩耍，自称"猿父"。到了唐代，灵隐寺已有相当规模。唐朝茶圣陆羽为写《茶经》，曾在此寓居考察，并在《灵隐天竺二寺记》中记载了灵隐寺景致："榭亭岿然，袁松多寿。绣角画拱，霞翠于九霄；藻井丹楹，华垂于四照。修廊重复，潜奔溅玉之泉；飞阁岩峣，下映垂珠之树。风铎触钧天之乐，花鬘搜陆海之珍。碧树花枝，春荣冬茂；翠岚清籁，朝融夕凝。"

后汉天福十二年（947），吴越王钱弘仿曾扩建灵隐寺为九楼、十八阁、七十二殿，房屋一千三百余间，僧人三千余众。史书记载，吴越王"以有土有民为主，不忍兴兵杀戮"，而使世代清明向上，文化繁荣。吴越时期，杭州不仅是东南地区的政治、经济、文化中心，更是佛教中心，灵隐寺则是杭州佛教文化昌盛之源。邻近地区参佛习禅之人日益增多，相关诗词文章层出不穷。苏东坡《游灵隐寺》一诗中就有"高堂会食罗千夫，撞钟击鼓喧朝晡"之句，足见灵隐寺的盛况。

灵隐寺本为隐修之所，民间熟悉的济颠和尚、弘一法师在此出家修行多年。惯常看来它不应与官场尘世有过多瓜葛，然而事实并非如此。在一千六百多年间，灵隐寺留下了诸多官场名人的足迹，传下了不少逸闻佳话。众所周知的白居易、茶圣陆羽、苏东坡、岳飞、辛弃疾均曾流连山寺中，或徜徉诗文，或参禅问佛，至今尚有不少足迹可寻。

不过，要论起灵隐寺的文坛逸事，最传奇者，莫过于诗坛流传的"灵隐寺续诗"佳话了。这件奇事涉及初唐一位"绝顶聪明"的宫廷诗人——宋之问。

唐中宗景龙年间，宋之问因知贡举受贿，被贬越州。一次，他在灵隐寺浪游，夜月极明，不觉牵动诗性，于是他随口吟出两句："鹫岭郁岧峣，龙宫锁寂寥。"谁承想，一直以诗才著称宫廷的宋之问，在吟出这两句之后，竟一时脑中空白，再也无从接续。

宋之问沿着洒满月光的巡廊，一边踱步，一边好不容易又吟出一句"楼观沧海日"，便难乎为继了。忽然，耳畔传来一个声音："门对浙江潮。"他循声望去，原来自己已不知不觉来到一间禅房门口，只见一老僧静坐于禅床之上。

佛门清净之地，原来也隐居着一位诗界天才。宋之问暗暗敬服，于是索性请老僧续写下去。老僧略一思索，便一气呵成："鹫岭郁岧峣，龙宫锁寂寥。楼观沧海日，门对浙江潮。桂子月中落，天香云外飘。扪萝登塔远，刳木取泉遥。霜薄花更发，冰轻叶未凋。夙龄尚遐异，搜对涤烦嚣。待入天台路，看予渡石桥。"

宋之问非常敬服，连连追问老僧身世，老僧笑而不答，只道明日便知。

翌日清晨，宋之问早早赶到禅房门口，急欲向这位大隐之高人继续请教，谁知禅房已空无一人，老僧早不知去向了。宋之问向小僧打听，许久才有人告之曰："昨日续诗之人，乃是当世大诗人骆宾王。"宋之问沉思无言。

　　骆宾王被誉为"初唐四杰"之一，是唐代初年天赋异禀的一位大诗人，有《骆临海集》传世。就连牙牙学语的小儿，都会背诵骆宾王年幼时吟诵的"鹅，鹅，鹅，曲项向天歌"。他文采盖世，却一生郁郁不得志。晚年，骆宾王在扬州助徐敬业起兵讨伐武则天，所写的《讨武曌檄》流入宫中，武则天读罢该文惊出一身冷汗。据说武则天因为此文而训责臣下，认为他们应当早日选拔此等大才。徐敬业兵败以后，骆宾王不知所终，一说出家为僧，云游四方。这才有了骆宾王在灵隐寺与宋之问续诗的传说。

　　灵隐寺天下闻名，早已不是"隐"于浙江的"灵"寺。然而，浙江并非只有这一所声名隆盛的禅院。

　　从杭州灵隐寺出发，向南行一百五十公里左右，便抵达浙江另一座名刹——双林寺。

　　双林寺位于今浙江省义乌市佛堂镇东北五公里的云黄山麓。该寺始建于齐梁时期，开创者是高僧傅大士，寺院选址人则是西域僧人嵩头陀。起初，寺院建设所需资金为义乌当地人贾孝筹集，他是梁代武将。到了大同六年（540），梁武帝第一次以朝廷名义拨款建寺。尔后历代朝廷都有关于资助双林寺建设的文献记录。宋代时，双林寺位列天下禅宗五山十刹之八，一度建有僧舍一千二百余间。

　　千余年间，双林寺一直享有盛名，曾有"古刹双林，在震旦国中，称庄严第一""双林寺宇，号称天下第三，江浙第一"等赞誉。不仅佛法宏大，寺宇庄严，双林寺及附近云黄山的环境也颇引人流连，尤其是竹景和花景。历代文人亦在此留下不少歌咏之作，诸如唐代诗人张籍在《送稽亭山僧》中有"山门十里松间入，泉涧三重洞里来"之句，元稹在《定僧》中也有"野僧偶向花前定，满树狂风满树花"的描写，再如宋人喻良能有"萧萧双树碧，冉冉片云黄。晓日觚棱净，西风松桂香"（《题云黄山宝林寺》）等句。

历代文人游寺之时很关注寺中风景，故而今人对该寺的故事较为陌生。事实上，双林寺的创始人傅大士是中国佛教史上一位重要人物，他还是首次倡导儒释道三教合一的思想家。

在很长一段时间内，人们都把傅大士看作弥勒下凡。

提起弥勒，人们总会想到袒胸大肚、笑容满面、憨态可掬的形象。至于这个形象是从何而来、何年定型的问题，实在令人迷惑。不过，有两句流传甚广的对联倒是很有理趣："大腹能容，容世间难容之事；慈颜常笑，笑天下可笑之人。"这便是刻于扬州大明寺天王殿弥勒笑佛佛龛前的楹联。

大明寺古有扬州第一名胜之称。因建于南朝宋孝武帝大明年间，故称大明寺。该寺的闻名不仅因为出现了弥勒笑佛前的楹联和东渡日本的鉴真和尚，而且还有寺院内的栖灵塔。寺院内存有佛骨舍利的九层栖灵塔建于扬州最高峰蜀冈中峰，附近又多文物古迹、园林风光，故而大明寺吸引天下游人再正常不过了。早在唐代，李白就曾登临栖灵塔，并写下"鸟拂琼帘度，霞连绣栱张。目随征路断，心逐去帆扬"（李白《秋日登扬州西灵塔》）。高适也曾登塔咏叹，作《登广陵栖灵寺塔》一首，其中的"迥然碧海西，独立飞鸟外""远思驻江帆，暮时结春霭"等句，似与李白相互借鉴。

李白与高适此诗是否同作，已难考证，仅就写景之句来看，两位诗人能达到如此高度的契合，实在难得。不过，唐宝历二年（826），的确有两位大诗人携手同登塔顶，同题赋诗。这两人便是刘禹锡和白居易。彼时，二人均被罢免刺史之职，相会于扬州，把酒临风，佳句一出，便暂时忘却了宦海苦恼。"步步相携不觉难，九层云外倚阑干"（刘禹锡《同乐天登栖灵寺塔》），"共怜筋力犹堪在，上到栖灵第九层"（白居易《与梦得同登栖灵塔》）的诗句，印证了二人的深厚情谊。

尘世间兴盛或衰落，热闹或凄凉，寺庙始终清静；往来访客，或喜或悲，或雅致或颓靡，情感皆是自然得来，僧侣不为所动。表面看来，诗人与寺庙似乎无甚关联，然而细想之下，绝非如此。

出家人本可以"远游而不知所踪"为最高境界，可是千古不易之寺宇中却多有天下闻名的禅师；诗人本可以"高居庙堂而舞动文墨"，可是偏偏在山林古刹中留下太多天赋诗才的大隐之士。兴许在古典时代，寺才是真正的精神交汇之地，是俗世此岸与出世彼岸的媒介，是雅致之诗人与性灵之禅师寻找质同形异的精神交流的最佳场所。

其实后人应该感谢飘游无定的诗人们，若不是他们的屡次造访和有感而发，兴许许多寺庙早已埋没在历史烟尘中了。就像唐代诗人张继，夜泊寒山寺边，耳闻古寺钟声，触发诗性，写下了千古佳作《枫桥夜泊》："月落乌啼霜满天，江枫渔火对愁眠。姑苏城外寒山寺，夜半钟声到客船。"倘若没有这首诗，寒山寺该多么寂寞！

交游胜绝古城隈

古桦 储兆文

265

送你一个长安，一城文化半城神仙。

——薛保勤《送你一个长安》

行走城市，浏览风物。城市是展示人类文明最为集中的橱窗。中国悠久的历史积淀的文明成果，被古老的城市所承载，同时这些古城的秉性又同中有异。

游历古城，长安洛阳的恢宏浩气，襄阳会稽的酒墨逸趣，维扬苏州的雅俗风情，金陵余杭的故国沉思，都能给人或同或异的感受和体悟。也许我们不能亲临每一座城市，但诗中的城市，古人已替我们走过。

如果你的眼中有过京城盛世的繁华似锦，有过青山秀水之城的灵气风韵，有过故国旧都的苍凉怀远，有过杨柳岸晓风残月的婉转凄凉，那么就请跟随诗人的脚步，去感受诗人记忆中的城市，体会这些城市的万种风情。

266

花萼夹城通御气

今天游古城，不能不到西安。西安古称长安，自公元前 11 世纪西周起，直到唐代，前后有十几个王朝在此建都，是我国历史上建都时间最长的古都。盛世的长安，是当时世界上最壮丽繁华的国际性的大都市，也是人类历史上第一座人口超过百万的城市，贞观、开元之盛唐，更是威声远振，万邦来朝。

繁盛的长安不仅吸引了来自异邦的人，更让无数唐帝国的青年才俊争相涌入。青年诗人卢照邻第一次来到长安，在乡野长大的他看到"长安大道连狭斜，青牛白马七香车。玉辇纵横过主第，金鞭络绎向

侯家"的繁盛都市,看到"片片行云着蝉鬓,纤纤初月上鸦黄。鸦黄粉白车中出,含娇含态情非一"(卢照邻《长安古意》)的妩媚风流,被深深地震撼与吸引,他决定留在这座繁华的城市。

而见多识广的李白在长安被异域酒家女所吸引,素有"酒剑仙"之名的他也描绘过她们的风姿:"胡姬貌如花,当垆笑春风。"(《前有樽酒行二首》其二)"落花踏尽游何处?笑入胡姬酒肆中。"(《少年行》)事实上,胡姬只占当时长安二十万胡人的一小部分。胡姬善舞,相对于中原舞蹈,胡姬的"软舞"身着少而透的服装,腰肢酥软更加煽情。同样被胡姬容貌以及舞蹈迷住的诗人还有白居易,他作有《胡旋女》:"胡旋女,胡旋女,心应弦,手应鼓。弦鼓一声双袖举,回雪飘摇转蓬舞。左旋右旋不知疲,千匝万周无已时。"

唐王朝科举取士,招揽尽天下人才。一旦进士及第,新科进士的姓名、籍贯会被刻在慈恩寺的石碑上。白居易生平最得意的就是二十八岁时中进士,"慈恩塔下题名处,十七人中最少年"。而在雁塔留名之前,新科进士们会参加在曲江池举办的宴会。刘沧《及第后宴曲江》中开篇就写下:"及第新春选胜游,杏园初宴曲江头。"

　　唐玄宗为了自己和贵戚们游乐之便，由大明宫至兴庆宫、南至芙蓉园和曲江，沿东城墙修筑了一道"夹城"。"花萼夹城通御气，芙蓉小苑入边愁"是杜甫在《秋兴八首》中的记述。每年阴历三月初三，到水边除垢祈祥是自古相传的风俗，唐代上至皇亲国戚，下至平民百姓，也纷纷到曲江游玩，欣赏"穿花蛱蝶深深见，点水蜻蜓款款飞"（杜甫《曲江》）的春日盛景。

　　华清池位于西安城东约七十里的骊山下。周幽王在这里建过骊宫，秦始皇取名为骊山汤，汉代改建离宫，唐玄宗时更是环山筑宫，名华清宫。每年农历十月唐玄宗都会到此避寒，次年开春才回到长安。而他与杨贵妃的游宴之地与温柔之乡指的也是这里。白居易在《长恨歌》中写道："春寒赐浴华清池，温泉水滑洗凝脂。侍儿扶起娇无力，始是新承恩泽时。"中唐诗人王建有一首《华清宫》："酒幔高楼一百家，宫前杨柳寺前花。内园分得温汤水，二月中旬已进瓜。"杜牧笔下的华清池已非盛世温汤，他的《过华清宫绝句》是借华清宫来记录时代的变化，既有"长安回望绣成堆，山顶千门次第开"，也有"霓裳一曲千峰上，舞破中原始下来"，更有"云中乱拍禄山舞，风过重峦下笑声"。唐玄宗本为英明有为的皇帝，可是后期昏庸奢靡，导致天下大乱，国事衰微。而华美巍峨的华清宫，成了历史的见证。

　　长安的东边有灞河，灞河两岸，广植杨柳，汉唐之人送别远行者到灞桥，往往喜欢攀折杨柳的枝条来赠别亲友。李白在《忆秦娥》这首词中写道："年年柳色，灞陵伤别。"柳的谐音为"留"，杨柳依依，令人触景倍增惜别之情。在李白之后，盛唐的戎昱也曾在《途中寄李二》中咏叹：

> 杨柳含烟灞岸春，年年攀折为行人。
> 好风若借低枝便，莫遣青丝扫路尘。

罗隐的《柳》，同样以灞桥柳为意象，来抒发离别之情：

> 灞岸晴来送别频，相偎相依不胜春。
> 自家飞絮犹无定，争解垂丝绊路人。

折柳赠别，几乎成了唐人送别的必要仪式，一批又一批的离人，来到即将分别的灞桥，岸边清风中的垂柳，似离人依依难舍。"近来攀折苦，应为别离多"，王之涣的《送别》道出了灞柳的哀伤基因。

长安向西四十余里，便是作为秦朝帝都的咸阳，汉朝改名为渭城。唐诗中或称咸阳，或说渭城，实则一地。高适《答侯少府》之"赫赫三伏日，十日到咸秦"中的"咸秦"也指这里。

打算到西域或者更为遥远的地方，渭城是必定要做短暂停留的地方，渭城多送别。王维的《渭城曲》让千百年来渭城旅人的伤怀达到了极致：

> 渭城朝雨浥轻尘，客舍青青柳色新。
> 劝君更尽一杯酒，西出阳关无故人。

这首诗被谱上乐曲，当作送别曲广为传唱。乐工们为了更好地渲染气氛，将诗句反复唱几遍，即所谓叠唱，从此就有了《阳关三叠》的名称。在渭城送别的宴席上，每当反复唱到"无故人"这样的词句，怎么不会使人泪流满面呢？李商隐在《赠歌妓二首》中就写下"断肠声里唱阳关"。

渭城，同样也是从军戍边的将士必经之地。令狐楚《少年行》中的"弓背霞明剑照霜，秋风走马出咸阳"，把意气风发的少年气概展现得淋漓尽致。李白的《塞下曲》中有"骏马似风飚，鸣鞭出渭桥"，自由奔放的风骨亦能慷慨激昂。这是盛唐时的渭城，从军戍边是少年实现精忠报国、剑行千里的理想途径。而忧国忧民的诗人杜甫笔下的"耶娘妻子走相送，尘埃不见咸阳桥。牵衣顿足拦道哭，哭声直上干云霄"（《兵车行》）却万分悲凉。盛世不再，戍边一去，不知还能否回乡。

在诗人的笔下，咸阳总是在下雨。不仅有王维的"渭城朝雨浥轻尘"，晚唐诗人许浑在咸阳楼上眺望，也曾写下"山雨欲来风满楼"（《咸阳城东楼》）这样湿润的诗句，温庭筠《咸阳值雨》中也有"咸阳桥上雨如悬，万点空濛隔钓船"。

无论是长安，还是灞桥，或是渭城，它们见证了盛世的繁华，也同样经历了战乱的破坏，只是在诗歌的国度里，它们永远是一片圣地。

洛阳在很长时间里是以陪都的形象站在长安身边的。如果说长安是庄严大气的君王，那洛阳就是富贵神气的名贾。

洛阳富庶，是因为它位于大运河、黄河漕运中点的优越位置，江南运来的粮食、丝绸囤积于此，又因文化底蕴深厚，所以吸引了大批在朝中为官的名人相约终老于洛阳。"四老"张仲方、白居易、皇甫镛、李绅，退休后便在此聚会、吟咏、挥毫。白居易在《池上篇》中描绘自己在洛阳养老时光的悠然自得："有堂有庭，有桥有船。有书有酒，有歌有弦。""优哉游哉，吾将终老乎其间。"

能在长安做官，必是一种极大的荣耀，官员每日都需要早起参加朝会，与天子共商国是，但是荣耀的另一面就是压力，他们不能像在洛阳这般自由随心，所有在长安的社交都在无形中变得紧张。而在洛阳的官员，不必总是早起参加朝会，也不用担心夜晚饮酒作乐会被批评，醉酒之后还能睡到自然醒，李频诗中就曾说："谁为洛阳客，是日更高眠。"（《入朝遇雪》）洛阳的富庶、安逸和自由，让人依恋这个地方。时人有语："生于苏杭，死于洛阳。"更有"老于洛阳，葬于邙山"之说。

说到洛阳，不能不提牡丹。传说牡丹是因怠慢了武则天的"花须连夜放，莫待晓风吹"（《腊日宣诏幸上苑》）的旨意而被贬到洛阳的。欧阳修则说："洛阳地脉花最宜，牡丹尤为天下奇。"（《洛阳牡丹图》）说明恰是洛阳这方水土将牡丹滋润成国色天香。洛阳人善植牡丹，欧阳修说："大抵洛人家家有花，而少大树，盖其不接则不佳。"（《洛阳牡丹记》）洛阳人爱花成俗，邵雍《洛阳春吟》中写道："洛阳人惯见奇葩，桃李花开未当花。须是牡丹花盛发，满城方始乐无涯。"每年四月中下旬，洛阳花开如海，人似潮涌，"花开花落二十日，一城之人皆若狂"（白居易《牡丹芳》），"唯有牡丹真国色，花开时节动京城"（刘禹锡《赏牡丹》）。

不过陪都洛阳，有时会流露出女子的幽怨气。夫婿远在长安为官，或者为了前程征战边疆，那守在阁楼的女子，就只有"凝恨对残晖，忆君君不知"

272

（韦庄《菩萨蛮》）了。洛阳的闺怨就像它的庭院一样，也是深深的。上阳宫为冷宫，那些被流放在此的女子都为失宠的宫人，没有了锦衣华服，没有了皇上的恩宠，她们在这里，就像青苔一样，默默生长，默默衰老。她们虽曾"脸似芙蓉胸似玉"（白居易《上阳白发人》），也曾深得恩宠，但一生在"得宠忧移失宠愁"（李商隐《宫辞》）中循环。

> 寥落古行宫，宫花寂寞红。
> 白头宫女在，闲坐说玄宗。
> 元稹《行宫》

时光带走了她们娇媚的容颜，带走了她们的爱与恨，也带走了一个繁华的盛世。

山水观形胜 襄阳美会稽

土石之城，因诗人的到来而增添了灵性。

说到襄阳，会让人有今不如昔的感慨。今天这个偏居西南的古城，很容易被游人忽略，但是在古代特别是唐代，它可是一个声名显赫的盛产名人和名诗的地方。说到它，你会想到什么？是南巡不归、溺死于汉水的周昭王，是城西隆中曾被三顾茅庐的诸葛亮，是金庸笔下那位誓死保卫这座城的宋代大侠郭靖，还是"定都"襄阳、改襄阳为襄京的明末义军领袖李闯王？这是一座血与火锤炼而成的战城，也是一座南船北马的商城，同时，也因陈子昂、孟浩然、李白等一流大诗人的造访和居处，而成为富有灵性的诗城。

襄阳城中的一座山、两块碑，最能激发诗人思古之幽情。岘山，现辟为森林公园，缘路而上，林木茂盛，道路两旁坟茔密布，新坟旧冢，参差错落，而让多位诗人反复题咏的堕泪碑却不易找到。岘山虽不高峻雄奇，却因羊祜堕泪碑而令人神往。

陈子昂、李白有同题《岘山怀古》诗，而孟浩然《与诸子登岘山》最为著名。孟诗曰："人事有代谢，往来成古今。江山留胜迹，我辈复登临。水落鱼梁浅，天寒梦泽深。羊公碑尚在，读罢泪沾襟。"陈子昂"登高览旧都"时，见"城邑遥分楚，山川半入吴"而发"怀古正踟蹰"之叹："丘陵徒自出，贤圣几凋枯。""犹悲堕泪碣，尚想卧龙图。"（《岘山怀古》）李白"访古登岘首，凭高眺襄中"（《岘山怀古》），看到"岘山临汉江，水绿沙如雪。上有堕泪碑，青苔久磨灭"（《襄阳曲》其三）。

羊祜为襄阳第一清官，西晋时为太守，镇襄阳，为政宽仁，官民和谐。他因病荐杜预自代，年不满六十而卒，襄阳百姓建碑立庙纪念，望其碑者，无不流涕，因名堕泪碑。

羊祜生前喜游岘山，曾对同游僚属邹湛说："自有宇宙，便有此山，由来贤达胜士，登此远望，如我与卿者多矣！皆湮灭无闻，使人悲伤，如百岁后有知，魂魄犹应登此也。"（《晋书·羊祜传》）较之为官清廉，他的这番话更能激起诗人们的共鸣。"人事有代谢，往来成古今"，"丘陵徒自出，贤圣几凋枯"等，皆由此而发。

　　杜甫的生平游踪中，尚未能确定其有履践襄阳的痕迹，但他对襄阳有着特别的深情。至少有两次他企盼取道襄阳回洛阳，甚至一度萌生过隐居襄阳的想法。第一次是安史之乱后期，他远在梓州，听说官军收复了河南河北，他欣喜若狂。在《闻官军收河南河北》诗中写道："白日放歌须纵酒，青春作伴好还乡。即从巴峡穿巫峡，便下襄阳向洛阳。"第二次是大历三年（768），杜甫乘舟出峡漂泊到衡山时，在《回棹》诗中写道："清思汉水上，凉忆岘山巅。"在《登舟将适汉阳》诗中又写道："鹿门自此往，永息汉阴机。"诗人真的要向襄阳进发了。此间，他曾一度产生隐居襄阳安度晚年的想法。他在《别董颋》诗中写道："老夫缆亦解，脱粟朝未餐。飘荡兵甲际，几时怀抱宽。汉阳颇宁静，岘首试考槃。当念着皂帽，采薇青云端。"分明是要在襄阳隐居不仕了，但这些愿望未能实现。

　　杜甫对襄阳的神往，除了他一生"穷年忧黎元"（《自京赴奉先县咏怀五百字》）的秉性与羊祜异代同调之外，还与岘山的另一块碑有关。羊祜临终前荐杜预自代。杜预是杜甫的十三世祖，杜预之孙杜逊曾随东晋南迁，定居襄阳，故襄阳是杜甫的祖籍，杜甫对襄阳有一种亲情。杜预不仅把前任的纪念碑命名为堕泪碑，而且为自己刻石立碑。《襄阳耆旧记》载："预好身后名，常自言：'百年后，必高岸为谷，深谷为陵。'乃刻石为二碑，记其勋绩。一沉万山之下，一立岘山之上。谓参佐曰：'何知后代不在山头乎？'"故杜甫在《回棹》诗中畅想：如能北归，途经襄阳，一定要到岘山祭奠自己的远祖晋代镇南将军杜预，凭吊岘山之巅的杜预铭功碑，顺便也看看汉末建安七子之一王粲的古井，应该都还能见着它们。故《回棹》诗中有"吾家碑不昧，王氏井依然"之句。据《襄阳县志·山川》载："白马泉在白马山下，旁有杜甫宅、王粲井。"《方舆揽胜》云："杜审言，襄阳人，有孙曰甫，有故宅在焉。"今襄阳有杜甫巷，原为杜甫岗。《襄阳县志·古迹》载："樊城西北有杜甫岗，群众亦称豆腐岗，因语音读讹之故。"

杜甫是否到过襄阳不能确定，但李白在襄阳的诗酒畅游是确定无疑的，他游踪所至，襄阳被彻底诗化了。李白出蜀后，在安陆与故相许圉师的孙女结婚，开始了以安陆为中心的十年漫游生活。其间他多次到襄阳，并同孟浩然结下深厚友谊。开元二十二年（734），李白在襄阳谒见韩朝宗，并向韩写了一封自荐信《上韩荆州书》。韩朝宗时为荆州长史兼襄州刺史、山南东道采访使，此人喜提拔后进，时有"生不用封万户侯，但愿一识韩荆州"之说。

习家池，东汉襄阳侯习郁所建，在襄阳城南白马山（即今凤凰山）南麓，有人称其为中国第一座私家园林。它本为养鱼池，习家后人习凿齿是个好学之人，著有《汉晋春秋》名世，据说他曾临池读书，故池因人而名。西晋时，山简常在此醉酒，自号"高阳酒徒"，把习家池变成了快意人生的诗酒圣地——高阳池。山简即"竹林七贤"之一的山涛山巨源的儿子，嵇康的《与山巨源绝交书》读书人都有耳闻。李白、孟浩然对习郁、习凿齿的园林风光视而不见，唯对"高阳酒徒"山简却屡屡题诗称颂。如孟浩然："当昔襄阳雄盛时，山公常醉习家池。"（《高阳池送朱二》）李白："且醉习家池，莫看堕泪碑。山公欲上马，笑杀襄阳儿。"（《襄阳曲》其四）"山公醉酒时，酩酊襄阳下。头上白接䍦，倒着还骑马。"（《襄阳曲》其二）"弄珠见游女，醉酒怀山公。"（《岘山怀古》）"旁人借问笑何事，笑杀山公醉似泥。"（《襄阳歌》）

　　此外，王维对高阳池也曾笔下留痕，他在《汉江临泛》一诗中留下了"江流天地外，山色有无中。……襄阳好风日，留醉与山翁"的名句。有了这几位诗坛大佬的青睐，后世附庸习池者，代不乏人。晚唐诗人皮日休游览习家池，曾十天十夜不肯回，自称"竹屏风下登山屐，十宿高阳忘却回"（《习池晨起》）。

　　李白在襄阳写有《大堤曲》《襄阳曲》《襄阳歌》等诗，从"落日欲没岘山西，倒着接䍦花下迷。襄阳小儿齐拍手，拦街争唱《白铜鞮》"，以及"百年三万六千日，一日须倾三百杯""清风朗月不用一钱买，玉山自倒非人推"（《襄阳歌》）中，可以看出李白游历襄阳时，毫无顾忌地展现着自己的个性、酒量和诗才，这是一段痛快淋漓的诗酒之旅。

　　李白漫游襄阳时遇到了诗坛前辈孟浩然。孟浩然是襄阳本地人，故又称"孟襄阳"。孟浩然虽布衣终身，但仙风道骨，名气很大，李白称："吾爱孟夫子，风流天下闻……醉月频中圣，迷花不事君。"（《送孟浩然》）古人称醉酒后什么也不顾的人为"中圣人"，李白与孟浩然既是诗友亦是酒友，他们在襄阳、在诗中对"高阳酒池""高阳酒徒"异口同声地称颂也就不难理解了。

　　孟浩然一生大部分时间都在山水中漫游，他称赞家乡襄阳："山水观形胜，襄阳美会稽。"（《登望楚山最高顶》）他忘情地徜徉在家乡的怀抱，借助襄阳山水的灵气，写出了许多流芳千古的襄阳诗。

　　伴着乌篷船摇橹的歌声，有社戏绵延的演唱，有粉墙黛瓦的江南人家，有老街深巷的人情风土，就像翻开了一本厚重的线装书，就像迈入了一幅充满民俗的风情画——这便是绍兴，旧称会稽或山阴。

越地的绍兴自古诗书流芳、山水绝胜，王羲之等人的兰亭雅集，开启了曲水流觞、宴饮唱和的文人风流。至于这里的风物，王羲之赞曰："山阴道上行，如在镜中游。"（胡仔《苕溪渔隐丛话后集》）他的儿子王献之也说："镜湖澄澈，清流泻注；山川之美，使人应接不暇。"（《镜湖帖》）康熙皇帝也曾不吝夸赞，写下《山阴》诗来描绘绍兴的美景："灌木丛篁傍水幽，淡烟晴日漾芳洲。兰桡摇过山阴道，在昔人传镜里游。"

唐时，越地成了"浙东唐诗之路"的首发地，当年神往这里青山绿水的诗人像宋之问、李白、杜甫等纷纷前来。宋之问在南溪泛舟，"岩花候冬发，谷鸟作春啼"（《泛镜湖南溪》）；李白梦游天姥山而"一夜飞渡镜湖月"（《梦游天姥吟留别》）；杜甫游罢剡溪而念念不忘，"剡溪蕴秀异，欲罢不能忘"（《壮游》）。

绍兴不仅风光醉人，越女的白也盛名在外，李白和杜甫对她们都有直白的赞美："镜湖水如月，耶溪女如雪。新妆荡新波，光景两奇绝。"（李白《越女词》其五）"越女天下白，鉴湖五月凉。"（杜甫《壮游》）

绍兴是南宋诗人陆游的故乡。看陆游笔下的绍兴，就像走在山阴道上，让人应接不暇。在《思故山》中，陆游描绘出了一幅充满水乡田园气韵的镜湖秋居图："柳姑庙前鱼作市，道士庄畔菱为租。一弯画桥出林薄，两岸红蓼连菰蒲。陂南陂北鸦阵黑，舍东舍西枫叶赤。"

无论是镜湖还是柳桥，在陆游笔下，都带着浓浓的江南水乡风情："忽然来到柳桥下，露湿蓼花红一溪。"（《秋日杂咏》）"雨细穿梅坞，风和上柳桥。"

（《戏作绝句以唐人句终之》）"镜湖四月正清和，白塔红桥小艇过。"（《初夏怀故山》）"镜湖俯仰两青天，万顷玻璃一叶船。"（《渔父》）

当然，说陆游，游绍兴，不能不去沈园。沈园又名沈氏园，是宋代富商沈氏的私家花园，是今天绍兴历代众多古典园林中唯一保存至今的宋式园林。陆游三十一岁时，与被陆母拆散的发妻唐琬在沈园偶然相遇，作《钗头凤》词题于园壁之上，以记其苦思深恨。唐琬见而和之，情意凄绝，不久抑郁而逝。沈园一面，竟成永诀。

此后，陆游数次重游沈园，赋诗述怀。六十八岁时，他重游沈园，题诗感怀："林亭感旧空回首，泉路凭谁说断肠。坏壁醉题尘漠漠，断云幽梦事茫茫。"诗前小序云："禹迹寺南有沈氏小园，四十年前，尝题小阕壁间，偶复一到，而园已三易主，刻小阕于石，读之怅然。"七十五岁，他移"居鉴湖之三山，晚岁每入城，必登寺眺望，不能胜情"（周密《齐东野语》），写下《沈园二首》："城上斜阳画角哀，沈园非复旧池台。伤心桥下春波绿，曾是惊鸿照影来。""梦断香消四十年，沈园柳老不吹绵。此身行作稽山土，犹吊遗踪一泫然。"八十一岁时，他梦游沈园，又作绝句二首："路近城南已怕行，沈家园里更伤情。香穿客袖梅花在，绿蘸寺桥春水生。""城南小陌又逢春，只见梅花不见人。玉骨久成泉下土，墨痕犹锁壁间尘。"八十四岁时，即辞世前一年时，陆游不顾年迈体弱再游沈园，作《春游》诗云："沈家园里花如锦，半是当年识放翁。也信美人终作土，不堪幽梦太匆匆。"

陆游情系一地一人，缠绵于沈园近六十载，痴情苦恋，寄于词端。后人寻梦沈园，凭吊亡魂，题诗不断："老去难忘故剑情，惊鸿照影太痴生。"

（陶在新《沈园吊放翁二绝》）"闲情一阕传钗凤，往迹千年感雪鸿。"（周晋嵘《沈园》）"莎翁悲剧写朱罗，怎及陆唐饮恨多？"（刘伯伦《沈园怀古》）"伤心一阙钗头凤，九曲情肠恨到今。"（吴北如《沈园怀古》）

如今在原址上对沈园进行了修缮，上文所引诗词大多刻在园壁之上，诗游绍兴，不仅可以领略古会稽的风景，也可读到沈园的风情。

高楼红袖客纷纷

扬州是属于风花雪月的。扬州与隋炀帝、清乾隆这类宏大叙事过于沉重，我们姑且放下，单说诗人的扬州和扬州的诗。

水有多长，诗有多远。扬州因水而风情，扬州因情而醉人，且不说那江南风景是多么让人旖旎留恋，只是那楼台酒榭中的回眸倩影，就让人一忆三秋。

这座江南小城，有的是肥厚的良田带来富庶的生活，有的是大运河运载的丝绸粮食，有的是远离京都的自由自在。这里是一片乐土，杜荀鹤在《送蜀客游维扬》诗中说："见说西川景物繁，维扬景物胜西川。……送君懒问君归日，才子风流正少年。"意为扬州风物正与年轻的风流才子相宜，多在此享受几天吧！更有"腰缠十万贯，骑鹤下扬州"（黎廷瑞《水调歌头》）、"烟花三月下扬州"（李白《送孟浩然之广陵》）、"谁知竹西路，歌吹是扬州"（杜牧《题扬州禅智寺》）等诗句，催促你踏上扬州之旅。

"落魄江湖载酒行，楚腰纤细掌中轻。十年一觉扬州梦，赢得青楼薄幸名。"（杜牧《遣怀》）史载，杜牧"美容姿，好歌舞，风情颇张，不能自遏"（辛文房《唐才子传》卷六），这位风流潇洒的诗人在经历家族败落、仕途失意后来到扬州，这里的秦楼楚馆、美女娇娃，使他在扬州为官十年，暂时忘却了烦扰，在诗酒中赢得一生风流的名声。

"娉娉袅袅十三余，豆蔻梢头二月初。春风十里扬州路，卷上珠帘总不如。"（杜牧《赠别》）娉娉袅袅，豆蔻初开，这是诗中的少女，又何尝不是心中的扬州？清代宗元鼎的"关情最是扬州路"的感慨正源于此。

烟柳繁华地，温柔富贵乡。杜牧赠别那位窈窕的少女，其实也是在告别一个繁华的扬州。三百多年后，南宋词人姜夔看到战火后凋敝的扬州时，不禁发出"杜郎俊赏，算而今、重到须惊。纵豆蔻词工，青楼梦好，难赋深情"（《扬州慢》）的感慨。

然而，扬州的美是顽强的，它的繁华风流不是始于杜牧，也并不会终于姜夔。中唐的王建、韦庄等就曾经历过一轮扬州盛衰的变迁。韦庄："当年人未识兵戈，处处青楼夜夜歌。"如今"二十四桥空寂寂，绿杨摧折旧官河"（《过扬州》）。王建："夜市千灯照碧云，高楼红袖客纷纷。如今不似时平日，犹自笙歌彻晓闻。"（《夜看扬州市》）晚唐的张祜曾说"人生只合扬州死"（《纵游淮南》），而清代的黄慎却说"人生只爱扬州住"（《维扬竹枝词》）。盛衰循环是一座城市的宿命，悲喜交加却是成就诗歌的要素。

很多诗人到这片烟花之地寻找一场旖旎的春梦，而当这场春梦醒来，产生的无疑是怅然，便对扬州这片做梦的土地发出爱恨交织的嗔怪。徐凝回忆扬州："萧娘脸薄难胜泪，桃叶眉长易觉愁。天下三分明月夜，二分无赖是扬州。"（《忆扬州》）徐凝嗔怪的是那天生悲容的萧娘，还是那无赖的扬州，抑或是撩人的扬州明月？

扬州不仅明月"无赖"，而且春风也很"狡狯"。王士禛在扬州为官多年，也许受到徐凝"明月无赖"的启发，他在《冶春》中写道："今年东风太狡狯，弄晴作雨遣春来。江梅一夜落红雪，便有夭桃无数开。"一夜之间，江梅落红，夭桃盛开，场面上的瞬间变换，幕后却是狡狯的春风"弄晴作雨"的把戏！

春风狡狯，明月无赖。春风明月本自天然，一到扬州，便有了扬州的秉性。而豆蔻娉袅、桃叶眉长、楚楚可怜的女子，既是扬州风土生就，也是扬州人情养成。清代"扬州八怪"之一的郑板桥对此就看得分明："千家养女先教曲，十里栽花算种田。"（郑燮《扬州》）维扬女子的深谙风情，与自小的文化教养有关，就连水鸟优雅举止的背后，也有着飞舞停息的功课训练："花径不无新点缀，沙鸥颇有闲功课。"（郑燮《满江红·思家》）

点缀花径的沙鸥，与十里扬州路上豆蔻般的女子、二十四桥的无赖明月、弄晴作雨狡狯的春风一起，编织成行旅诗人的扬州梦。"我梦扬州，便想到扬州梦我"（郑燮《满江红·思家》），纵然梦醒，还有生死与扬州纠结："但求死看扬州月，不愿生归驾六龙。"（宗元鼎《炀帝冢》）。如今，行旅扬州，必定不能少了这些扬州诗的深情召唤。

同在江南，苏州少了扬州的脂粉气，而多了几分书香气。更因那位落魄的诗人张继而让苏州多了些许忧愁。

或许是秋夜已凉，寒山寺又位于城外，人烟稀少。或许是因诗人再次落第而心生绝望，落魄的感觉加上暗淡的江景，致使张继《枫桥夜泊》里的苏州显得有些冷寂：

> 月落乌啼霜满天，江枫渔火对愁眠。
> 姑苏城外寒山寺，夜半钟声到客船。

冷寂的苏州属于张继，张籍的苏州是悠然的："杨柳阊门路，悠悠水岸斜。乘舟向山寺，着屐到渔家。夜月红柑树，秋风白藕花。江天诗景好，回日莫令赊。"（《送从弟戴玄往苏州》）苏州是水乡，杜荀鹤来到苏州，不禁感慨："君到姑苏见，人家尽枕河。古宫闲地少，水港小桥多。"（《送人游吴》）苏州到处是桥，五步一登，十步一跨，就像一架架的彩虹。伫立桥头，看傍水人家汲水做饭，水畔浣衣，炊烟与捣衣砧声一起缭绕，那该是一幅多美的画啊！

说到苏州，不得不提园林，园林是苏州的一张名片。古人曾云"江南园林甲天下，苏州园林甲江南"，始于春秋时期的吴国，形成于五代，成熟于宋代，兴旺于明代，鼎盛于清朝，名人商贾、富豪官员在苏州建造了大大小小各色园林一百七十多座，这些园林便是城市山林。无论是沧浪亭还是狮子林，抑或是拙政园、留园，皆以精巧而著称，以文化而驰名。苏舜钦以"一迳抱幽山，居然城市间"（《沧浪亭》）来赞美沧浪亭不以工巧取胜，而以自然为美的风格。狮子林因其湖山奇石、洞壑深邃而享誉盛名，元代诗人维则在《狮子林即景》中写下"人道我居城市里，我疑身在万山中"。乾隆皇帝也曾游览狮子林，他说"谁谓今日非昔日，端知城市有山林"。清朝王赓也说"居士高踪何处寻，居然城市有山林"。在他们的眼中，这座在城市中心的园林，脱俗于室外的喧嚣，而静静的如同山中一般，这份静谧，这份悠然，不禁让人神往。拙政园有两副对联："江山如有待，花柳更无私"，"闲寻诗册应多味，得意鱼鸟来相亲"。园中的江山、花柳、鱼鸟等，似通人性，与人相亲。

诗人白居易曾为苏州刺史，虽然只是短短一年半的任期，但是他将苏州的美景几乎寻访殆遍。一次，他从黄鹂巷口穿过黄鹂坊桥，向东过锦帆路再到乌鹊桥，虽是正月初，但是枝头已经可以看见春色，河畔春风拂起，陶醉了刺史的心。于是他诗兴大发，写下了"绿浪东西南北水，红栏三百九十桥"（《正月三日闲行》）的佳句。

任职期间，白居易还为苏州做了一件功在当日、利在千秋的大事。他修造水利，修筑堤堰，在半塘以西的大片湖沼上筑起了东起通济桥西至西山庙桥的全长五百五十多丈的堤塘。这次修筑，改善了水利环境，使苏州免受水患侵袭。而浪漫的白居易还在竣工后的岸边水中植柳栽荷，营造一片盛景："芰荷生欲遍，桃李种仍新。好住湖堤上，长留一道春。"（白居易《武丘寺路》）

任职期满，调离苏州后的白居易，仍然对苏州念念不忘。我想，他难忘

（明）仇英《清明上河图》（局部）

的不仅有苏州自己主持修筑的堤岸，有堤岸旁的绿树红花，还有那醉人的酒香，那吴中女子的吴侬软语："吴酒一杯春竹叶，吴娃双舞醉芙蓉。早晚复相逢？"（白居易《忆江南》）而他的《吴中好风景》则是这份留恋之情的最直白的阐释："吴中好风景，八月如三月。水荇叶仍香，木莲花未歇。……吴中好风景，风景无朝暮。晓色万家烟，秋声八月树。"

扬州是活泼热烈的少女，苏州则是温柔沉静的闺秀。江南的水，滋润着这两座如水做的美人般的城市。

悲凉万古英雄迹

六朝古都南京，又名金陵、石头城等。《金陵图》云："昔楚威王见此有王气，因埋金以镇之，故曰金陵。秦并天下，望气者言江东有天子气，凿地断连岗，因改金陵为秣陵。"传说三国时诸葛亮也曾说这里"钟山龙蟠，石城虎踞，真帝王之宅也"（张敦颐《六朝事迹编类》）。虎踞龙盘的南京，自孙权在此建都、筑石头城之后，先后在此建都的有十个王朝。

然而，得天独厚的风水佳境，使南京既受益于此，又罹祸于此。坚固的石头城，并没有让王朝长存，反倒是建都于此的王朝都是短命的王朝。东吴、东晋、宋、齐、梁、陈、南唐、太平天国、民国政府,皆短命而亡,幸好朱棣迁都北京,不然明朝恐怕也难逃历史的宿命。

南京是一座悲情的城市,也是一座繁华难掩的城市。虽多次遭受兵燹之灾,但亦屡屡能从硝烟瓦砾中重整繁华。正是因为这样的特点,行旅南京的诗人总少不了历史兴亡的慨叹。

石头城在历经六朝的更迭与繁华之后,到唐朝已成废都。刘禹锡自安徽和县回洛阳,途经金陵,看到曾经的六朝金粉之地,如今石壁冰冷,不由感慨万分,一连写下五首绝句,分别题咏南京五处古迹。第一首为《石头城》:"山围故国周遭在,潮打空城寂寞回。淮水东边旧时月,夜深还过女墙来。"石头城故址犹存,涛声依旧,但人事已非,六代的繁华已不复存在,只有明月见证了盛衰的转换。诗人把石头城放到沉寂的群山中、带凉意的潮声中、朦胧的月夜中,这样尤能显示出故国的没落荒凉。只写山水明月,不提六朝人事,然而无字处尽是诗人的故国萧条、人生凄凉的深沉感伤。元代词人萨都剌在《念奴娇·登石头城次东坡韵》中也有相同的感慨:"石头城上,望天低吴楚,眼空无物。指点六朝形胜地,惟有青山如壁。"

乌衣巷位于夫子庙南,是三国时吴国戍守石头城部队的营房所在地。当时军士都穿着黑色制服,故以"乌衣"为巷名。东晋初,大臣王导住在这里,后来便成为王、谢等豪门大族的住宅。刘禹锡到来时,却已是另一番景象:"朱雀桥边野草花,乌衣巷口夕阳斜。旧时王谢堂前燕,飞入寻常百姓家。"(刘禹锡《乌衣巷》)当年最为繁华的地段,现在野草丛生,斜阳残照,不禁让人感慨沧海桑田、人生无常!宋代词人吴潜也曾游览乌衣巷,生出物是人非之感："乌衣巷，今犹昔。乌衣事，今难觅。但年年燕子，晚烟斜日。抖擞一春尘土债，悲凉万古英雄迹。"（《满江红·金陵乌衣园》）王安石也发出相似的感慨："六朝旧事如流水，但寒烟衰草凝绿。"（《桂枝香》）

来到南京，面对南京，诗人们由眼前之景，生发人事兴废之慨，进而深思历史盛衰之因。刘禹锡面对"金陵王气黯然收"的坚固石城，眼前似乎浮现"千寻铁锁沉江底，一片降幡出石头"（刘禹锡《西塞山怀古》）的惨烈而悲情的战场。于是，有了"兴废由人事，山川空地形"（刘禹锡《金陵怀古》）的深思。晚唐李商隐有《咏史》："北湖南埭水漫漫，一片降旗百尺竿。三百年间同晓梦，钟山何处有龙蟠？"同样阐发了家国兴亡在人事，而不在山川形胜之理。而王安石在"山水寂寥埋王气，风烟萧飒满僧窗"面前，则悟出了"豪华尽出成功后，逸乐安知与祸双"（王安石《金陵怀古》）的至理。成功方有豪华，逸乐必致灾祸。这不仅是对建都南京的王朝的反思，也是对历代帝王、所有人生的警策。

秦淮河畔不仅居住有王谢这样的豪门，还有灯红酒绿的舞榭歌台。两岸酒家林立，无数商船昼夜往来河上，许多歌女寄身其中，轻歌曼舞，丝竹缥缈，文人才子流连其间，佳人故事流传千古。杜牧的金陵之行，怎么能少了在秦淮河泛舟？秋夜渐浓，河面上淡淡的水雾飘开，杜牧的小船停靠在一座酒楼的旁边，楼中灯火熠熠，传来了《玉树后庭花》的歌声，这本是南朝陈后主与宠妃张丽华的纸醉金迷之曲。"商女不知亡国恨"（杜牧《泊秦淮》），在这醉生梦死的秦淮，亡国之痛似乎已被忘却。

公元1076年的秋天，婉约派词人秦观正四处游学，途经金陵，便在秦淮河边稍作停留。秦观的秦淮游，也像杜牧一般心情落寞，"过秦淮旷望，迥潇洒，绝纤尘"，"触目凄凉，红凋岸蓼，翠减汀蘋"。此时的秦淮河没有歌声，没有儿女情长的故事，有的只是一片衰草、一群孤雁，有的只是一片游子的乡情。秦淮河的繁华不再，唯有江水中的那一轮清月，还在水波中轻轻荡漾。"江月知人念远，上楼来照黄昏。"（秦观《木兰花慢》）

经验容易总结，教训却难以记取。到了南宋，南京的悲情剧转移到杭州上演。

杭州没有虎踞龙盘的王气，却有比南京更美的江山风物。绮丽的山水是盛世的华贵装点，在乱世，便很容易成为耽于逸乐的诱因。

西湖是杭州山水之美的焦点。西湖有白堤，横东西；有苏堤，跨南北。白居易和苏轼，既是西湖美景的游赏者，也是创造者。创造，既在现实中，更在诗词中。

白居易少年时，曾随父避乱越中，广游江南，尤其钟情于苏杭。他曾说："异日，首获苏杭一郡，足矣。"（《吴郡志》）岂料后来两郡皆得，连任杭、苏两郡刺史。在杭州任上三年，他留下的西湖白沙堤和西湖诗，交相辉映，千秋不朽。

白居易一生作诗三千六百多首，其中写西湖山水的诗就有两百余首，为历代诗人中写西湖诗最多之人。在杭期间，他经常出入山川，寻访胜景，题诗吟诵："余杭形胜四方无，州傍青山县枕湖。绕郭荷花三十里，拂城松树一千株。"（《余杭形胜》）"灯火万家城四畔，星河一道水中央。风吹古木晴天雨，月照平沙夏夜霜。"（《江楼夕望招客》）"松排山面千重翠，月点波心一颗珠。"(《春题湖上》)"山名天竺堆青黛,湖号钱塘泻绿油。"(《答客问杭州》)"几处早莺争暖树,谁家新燕啄春泥。乱花渐欲迷人眼,浅草才能没马蹄。"(《钱塘湖春行》)。杭州美景,尽收诗中。

任期满后,白居易到苏州任职,临行前还说:"未能抛得杭州去,一半勾留是此湖。"(《春题湖上》)晚年退居洛阳时,犹深深怀念西湖,盼望有一天能重游西湖:"江南忆,最忆是杭州。山寺月中寻桂子,郡亭枕上看潮头。何日更重游?"(《忆江南》)

白居易魂牵梦绕的西湖,到苏轼到来时,已经"葑合平湖久芜漫"(苏轼《去杭十五年复游西湖用欧阳察判韵》)了。第二次来杭州时,苏轼疏浚西湖的愿望得以实现。在给宋哲宗的奏折中,苏轼写道:"杭州之有西湖,如人之有眉目,盖不可废也。唐长庆中,白居易为刺史。方是时,湖溉田千余顷。……自国初以来,稍废不治,水涸草生,渐成葑田。……更二十年,无西湖矣。使杭州而无西湖,如人去其眉目,岂复为人乎?"(《乞开杭州西湖状》)"经过从夏到秋的努力,一条长堤破湖而出,夹道杂植芙蓉、杨柳,中为六桥九亭。这时的长堤尚无名,直到后继知州林希遵循杭人意愿,才将其命名为苏公堤,并为东坡立祠堤上。渐渐地,苏堤成为'堤桥成市,歌舞丛之,走马游船,达旦不息'的湖上繁华之地。"(陈富强《宋朝的雨》)而他的那首"水光潋滟晴方好,山色空濛雨亦奇。欲把西湖比西子,淡妆浓抹总相宜"(《饮湖上初晴后雨》)的诗,从此便镌刻在西湖的肌肤上,与杭州千古同在了。

柳永看到的"重湖叠巘清嘉,有三秋桂子,十里荷花",不知是不是苏

294

轼疏浚后的西湖。但"烟柳画桥，风帘翠幕，参差十万人家"，"市列珠玑，户盈罗绮，竞豪奢"的富足繁华，和"羌管弄晴，菱歌泛夜，嬉嬉钓叟莲娃，千骑拥高牙，乘醉听箫鼓，吟赏烟霞"（柳永《望海潮》）的逸乐狂欢，却让"金主亮闻歌"，"遂起投鞭渡江之志"。（罗大经《鹤林玉露·十里荷花》）

乐极生悲。金兵南下，汴京陷落，二帝被掳，北宋覆亡。南宋在杭州临时偏安，美丽的杭州在沉醉中飘荡着悲情。诗人林升把全城一时临安的时代氛围题写在一家旅店的墙壁上："山外青山楼外楼，西湖歌舞几时休？暖风熏得游人醉，直把杭州作汴州。"（《题临安邸》）而军营中却传出了这样的歌谣："张家寨里没来由，使他花腿抬石头。二圣犹自救不得，行在盖起太平楼。"（庄季裕《鸡肋编》）

晴好雨奇、如西子般"淡妆浓抹总相宜"的西湖，暖风中沉醉的杭州，悲喜的转换如此迅疾，天堂与地狱似乎仅有一步之遥，白居易、苏轼的功绩与柳永的自豪，变成了南宋王朝的耻辱，也催生了李清照的倔强傲骨："生当作人杰，死亦为鬼雄。至今思项羽，不肯过江东。"（《夏日绝句》）有了这样的耻辱悲情与倔强傲骨的淬炼，西湖重现妩媚，杭州再成天堂。

行走南京与杭州，流连旖旎的山水和斑驳的遗迹之外，是否也会生出些许人世沧桑、家国盛衰的沉思？

行走城市，浏览风物。长安洛阳的恢宏浩气，襄阳会稽的酒墨逸趣，维扬苏州的雅俗风情，金陵余杭的故国沉思，还有许多个性相同或相异的城市，都能给人或同或异的感受和体悟。也许我们不能亲临每一座城市，但诗中的城市，古人已替我们走过。

万里同悲鸿雁天

古桦 田翠花

王孙游兮不归，春草生兮萋萋。

——淮南小山《楚辞·招隐士》

远方充满诱惑，于是有了主动的壮游与漫游；人生充满无奈，于是有了被动的宦游与羁旅。行旅，在到达远方、获得游乐的同时，也派生了天涯暌违、思亲怀归的凄楚。然而，无论是游乐还是凄楚，都是行旅的成果，都是距离带来的美感。

行旅中的思乡与相思，或因走得太久，或因离得太远，行旅成羁旅，对生活或许是一种不幸，对诗歌与行旅却是一种难得的增值。

298

夜闻归雁生乡思

每到春秋季节，常常可以看到一群鸿雁排着整齐的队形飞过长空。雁是候鸟，随季节变换而迁移，春天北飞，秋日南归。特别在秋季，大雁奋飞故地，常常唤起羁旅在外的人们的思乡幽情。雁承载着乡愁，而鸿雁传书的传说，又使它成了游子的信使。

在疆场征战的将士，除了望那轮孤月，还有这南飞的雁群带给他们乡愁。征战连年，烽火硝烟，空旷的大漠中只有羌笛琵琶的幽怨，看那大雁已经在秋天飞到南方的家里，可是他们却不知道何时战争才会结束，何时才能回家，还能不能回家。唐代诗人贺朝在《从军行》中曾写道："天山漠漠长飞雪"，"来雁遥传沙塞寒"。李颀在《古从军行》也有"胡雁哀鸣夜夜飞，胡儿眼泪双双落"的感慨。杜甫虽未曾到过边疆，但是长年羁旅在外的他能体会到征人的心情："戍鼓断人行，秋边一雁声。"（《月夜忆舍弟》）边塞诗人高适在《登百丈峰》中写道："朝登百丈峰，遥望燕支道。汉垒青冥间，胡天白如扫。忆昔霍将军，连年此征讨。匈奴终不灭，寒山徒草草。唯见鸿雁飞，令人伤怀抱。"诗人登上百丈峰，俯视着塞外风光，想到历史旧事，看到往来的大雁，不觉感从心生。

雁是群居的，孤雁，则是失群。晚年羁留北周的庾信曾写过一首《秋夜望单飞雁》："失群寒雁声可怜，夜半单飞在月边。无奈人心复有忆，今暝将渠俱不眠。"一只失群的寒雁在夜半单飞，失去故国、有家难归的诗人夜深无眠，生出人如孤雁、心悲于雁的悲凉感叹。

杜甫晚年离开成都，乘船出川，滞留夔州，也以孤雁自喻："孤雁不饮啄，飞鸣声念群。谁怜一片影，相失万重云。"（《孤雁》）杜甫流落他乡，旅居夔州，故交零落，处境艰难，孤零漂泊的雁儿，寄寓了诗人自己的影子。崔涂、储嗣宗也在同名诗中写道："渚云低暗渡，关月冷相随。未必逢矰缴，孤飞自可疑。""孤雁暮飞急，萧萧天地秋。……此时万里道，魂梦绕沧州。"独自行旅的诗人很容易引孤雁自况，发羁旅之思。南宋词人张炎因一首《解连环·孤雁》词寄托身世家国之感而被称为"张孤雁"，其中名句"写不成书，只寄得相思一点"，语浅情深，形、神、意皆备，被推为咏雁绝唱。

相传北雁南飞越冬，至衡山之阳便不再南飞，稍作停息，便折返北归，故衡山的最高峰称回雁峰，南飞至此的大雁称衡阳雁。唐代诗人王勃在《滕王阁》中写道："雁阵惊寒，声断衡阳之浦。"王安石诗云："万里衡阳雁，寻常到此回。"（《送刘贡甫谪官衡阳》）

不仅出外的游子看到大雁而思绪万分，那些留在家中的亲人，看到大雁也倍加记挂远行的游子，或寄望于大雁传书。曹丕《燕歌行》"群燕辞归鹄南翔，念君客游思断肠"中的"鹄"也是雁的别称。敦煌词中有"举头忽见衡阳雁，千声万字情何限。叵而薄情夫，一行书也无。　　泣归香阁恨，和泪淹红粉。待雁却回时，也无书寄伊"（《菩萨蛮》）。痴情的女子将思念的惆怅和率真的责怪都寄予了大雁。李清照更是见雁思人、以雁拟人："云中谁寄锦书来？雁字回时，月满西楼"（《一剪梅》）；"雁过也，正伤心，却是旧时相识"（《声声慢》）。女词人魏夫人也有相同的情绪："欲寄相思，春尽衡阳雁渐稀。离肠泪眼，肠断泪痕流不断。"（《减字木兰花》）她写春天过去了，大雁已经北飞，连传递相思的信使都少了，只能将思念化成斑斑泪痕。

游子思妇，怀乡思人，能借鸿雁传书，多少还能在孤苦中获得些许慰藉。而那些行旅在大雁不到的衡阳更南的人，则连鸿雁传书这种虚妄的慰藉都得不到满足。郴州在衡阳之南，大雁不到，秦观被贬此地，丢官削禄，岁末时节，乡心愈炽："乡梦断，旅魂孤，峥嵘岁又除。衡阳犹有雁传书，郴阳和雁无。"（《阮郎归》）远谪郴州，大雁不到，乡书难达，孤苦又增几分。

黄庭坚在山东德州时，朋友黄几复远在大雁不到的广东四会，因而写道："我居北海君南海，寄雁传书谢不能。桃李春风一杯酒，江湖夜雨十年灯。"（《寄黄几复》）两个男人之间，暌违两地，音书难达，而借鸿雁典故表达情怀的不止黄庭坚一人。力主抗金的南宋名将胡铨因反对议和触怒秦桧而被贬，词人张元幹题词送别："万里江山知何处？ 回首对床夜语。雁不到，书成谁与？"（《贺新郎》）

　　天涯独旅，以孤雁自况；两地暌违，期鸿雁传书；游子闻雁望乡，闺妇见雁思人。行旅地上的游子，借长飞在天空的大雁来消解羁旅愁怀，获得些许虚妄而温婉的慰藉；而行旅在雁不到之处的远游人，连这种虚妄的慰藉也不能获得。大雁曾经装点着古人诗意的旅途，而今天已很难见到大雁的身影，便捷的通信使人们连书信都已舍弃，更不会想到凭鸿雁传书了，也许今人更幸运，但无雁的行旅是否也失落了一份古远的诗意与浪漫呢？

302

断肠人在天涯

脚向外迈，心往回走。行旅之人遇上季节转换、佳节来临时，眼前的风物与心中的风情便像风吹水面泛起涟漪。

对于潦倒在外，客居他乡的人来说，他乡再好的春景，也不能留住游子的心。"东风吹暖气，消散入晴天。渐变池塘色，欲生杨柳烟。"在诗人陈羽的笔下，春日里暖风拂面，湖水泛起涟漪，柳絮随风飞起，这一切的美好，在想到自己流落他乡又是一年时，不禁"乡思应愁望，江湖春水连"（陈羽《春日晴原野望》），"逢春乡思苦，万里草萋萋"（陈羽《冬晚送友人使西蕃》）。王湾的旅途在一派美景中展开："客路青山外，行舟绿水前。潮平两岸阔，风正一帆悬。"
然而，季节的转换使他的心情陡然变化："海日生残夜，江春入旧年。乡书
何处达，归雁洛阳边。"（《次北固山下》）

游子在外，倍感时光迅疾。一个细雨初晴的春日，诗人武元衡漫步院中，
看到杨柳经过春雨的滋润由嫩黄变成翠绿，枝头的黄莺正在婉转啼鸣。眼前
的风景提醒他，行旅在外又是一年，由"杨柳阴阴细雨晴，残花落尽见流莺"
而生出"春风一夜吹乡梦，又逐春风到洛城"（《春兴》）的感叹。

春景虽美，但是短暂，年复一年，远在异乡，这样的感受更加明显。韦
庄在《江外思乡》中写道："年年春日异乡悲，杜曲黄莺可得知。更被夕阳
江岸上，断肠烟柳一丝丝。"

思念，是春天的杨柳，是枝头的黄莺，也是那带着家乡水土香味的杏花
和美酒。一年春天，羁旅在外的司空图收到来自家乡的杏花和美酒，写下一

首《故乡杏花》诗，一改前人悲凄，风趣地对着花和酒发问："寄花寄酒喜新开，左把花枝右把杯。欲问花枝与杯酒，故人何得不同来？"在人地生疏的异乡，手把故乡的杏花，喝着家乡的美酒，当然欣喜，可"故人何得不同来"一问，欣喜谐趣中又添了一份遗憾与悲情。旅人的心思就是这般复杂而微妙。

寄花寄酒，与司空图的诗一样显得新奇；而折柳寄柳虽诗中常见，却是留别念远的古俗。《三辅黄图·桥》载："霸桥在长安东，跨水作桥。汉人送客至此桥，折柳赠别。"其实，柳与行旅的联系，在《诗经》时代就已存在，如"昔我往矣，杨柳依依"。北朝乐府歌辞里有《折杨柳枝歌》词曲。唐宋诗词中有很多折柳名句，如李白的"此夜曲中闻折柳，何人不起故园情"（《春夜洛城闻笛》），王之涣的"近来攀折苦，应为别离多"（《送别》），李贺的"主父西游困不归，家人折断门前柳"（《致酒行》），李商隐的"为报行人休折尽，半留相送半迎归"（《折杨柳》），等等。韦承庆的"征人远乡思，倡妇高楼别。不忍掷年华，含情寄攀折"（《折杨柳》）则把征人与思妇紧紧连在一起。

"王孙游兮不归，春草生兮萋萋。"（《楚辞·招隐士》）春草，与杨柳一样，也是牵动行旅者情思的意象，送别旅人，游子怀归，往往与春草相连。汉乐府《饮马长城窟行》："青青河畔草，绵绵思远道。"江淹《别赋》："春草碧色，春水渌波，送君南浦，伤如之何？"李白《灞陵行送别》："送君灞陵亭，灞水流浩浩。上有无花之古树，下有伤心之春草。"李煜《清平乐》："离恨恰如春草，更行更远还生。"白居易那首《赋得古原草送别》通篇写草，写了春草"一岁一枯荣"的亘古不变，"春风吹又生"的生命顽强和"远芳侵古道"的辽阔雄浑，最后又归结到"又送王孙去，萋萋满别情"的送别主题上。

"何处合成愁？离人心上秋。"（吴文英《唐多令·惜别》）行旅在萧瑟的秋天里，游子的悲情最容易被激发。马致远《天净沙·秋思》："枯藤老树昏鸦，小桥流水人家，古道西风瘦马。夕阳西下，断肠人在天涯。"这被称为千古"秋思之祖"。前四句浓郁的秋景是旅人活动的外部环境，更是旅人内心悲凉情感的触发物。最后一句"断肠人在天涯"将前面几组并置的意象收束到天涯孤旅这一点上，具有画龙点睛之妙。

秋风起，秋叶落，落叶归根，秋天隐藏着"归"的潜台词。悲秋与离愁、怀归、叹老、嗟衰等情绪往往相连，杜甫晚年在夔州的一组悲秋之作，便把上述诸种情绪熔于一炉。安史之乱结束后，地方军阀又乘时而起，相互争夺地盘，征战不断。杜甫离开成都到达夔州，穷困潦倒，贫病交加，滞留夔州，欲归不得。这期间杜甫一到秋天，便万感咸集，写下多首秋思怀归诗："凉风动万里，群盗尚纵横。家远传书日，秋来为客情。愁窥高鸟过，老逐众人行。始欲投三峡，何由见两京。"（《悲秋》）"丛菊两开他日泪，孤舟一系故园心。""夔府孤城落日斜，每依北斗望京华。""鱼龙寂寞秋江冷，故国平居有所思。""关塞极天惟鸟道，江湖满地一渔翁。"（《秋兴八首》）一天，他独自登上夔州白帝城外的高台，登高远眺，写下一首被誉为"七律之冠"的《登高》："风急天高猿啸哀，渚清沙白鸟飞回。无边落木萧萧下，不尽长江滚滚来。万里悲秋常作客，百年多病独登台。艰难苦恨繁霜鬓，潦倒新停浊酒杯。"秋景的苍凉悲壮与老病孤愁、离乡飘零的悲哀一股脑儿倾泻出来。

每逢佳节倍思亲。节日的内涵各异，但都有很多仪式和风俗活动，如春节贴春联、贴门神、挂年画、剪窗花、放鞭炮、逛庙会，全家围坐欢聚吃团圆饭、守岁等。这些年复一年的仪式和活动从孩提时便与家乡的人事一起深刻在脑海里，成为抹不去的记忆。独在异乡的异客在节日到来时，思乡之情便油然而生，怀归的心情更加迫切，漂泊之苦与岁月流逝的感慨一齐涌出。"乡心新岁切，天畔独潸然。"（刘长卿《新年作》）"旅馆寒灯独不眠，客心何事转凄然。故乡今夜思千里，霜鬓明朝又一年。"（高适《除夜作》）"乱山残雪夜，孤烛异乡人。渐与骨肉远，转于僮仆亲。那堪正飘泊，明日岁华新。"（崔涂《除夜有怀》）

中秋节，是我国重要的节日之一，《东京梦华录》记载了宋代人欢度佳节的场景："中秋节前，诸店皆卖新酒，贵家结饰台榭，民家争占酒楼玩月，笙歌远闻千里，嬉戏连坐至晓。"而游子们此时看着圆月，更加思念故乡，期盼团聚。如王建的"今夜月明人尽望，不知秋思落谁家"（《十五夜望月》），晏殊的"十轮霜影转庭梧，此夕羁人独向隅"（《中秋月》）。或望月思家，或月下向隅，均抒写旅人在中秋月夜的独特情绪，而苏轼的"人有悲欢离合，月有阴晴圆缺，此事古难全。但愿人长久，千里共婵娟"（《水调歌头》）则从中秋月夜中跳出，超然地面对月的阴晴圆缺与人的悲欢离合，以理节情，用人隔千里而共睹明月来温婉地慰藉和祝愿天下离人。

无论是中秋的明月、独飞的鸿雁，还是那春日里的雨、秋日里的风，诗人在路上，在异乡，都被乡思所扰。在现代社会，我们想家了，只要一张机票、

〔明〕杜堇 《古贤诗意图》之二

一通电话，就能实现与亲人的沟通，但是千百年前，诗人只能把满腹的乡愁化为诗句来排解内心的苦闷。乡愁是什么，我想就像女诗人席慕蓉所形容的那样，它是一棵没有年轮的树，不会老，且永远长在我们内心的深处，成为游子心中不解的愁。

离魂暗逐郎行远

古桦 储兆文

撑着油纸伞，独自

彷徨在悠长、悠长

又寂寥的雨巷，我希望逢着

一个丁香一样地结着愁怨的姑娘。

——戴望舒《雨巷》

在春去秋来的时光荏苒中，在南来北往的行旅中，诗人总用一份有情的心来记录生命旅途。而那些妖娆多情的女子，走在诗人的旅途中，走在诗词里，翩翩的身影，携来一身的风花雪月。行旅中不仅有思乡怀归的苦楚，也有猝然相遇的惊艳和终生难忘的情缘。

多情却似总无情

有些地方，诗人以为是自己的归宿，但没有想到在命运中，那里只是一个驿站。有些人，以为是自己永远的伴侣，最后却也只能挥手别离；有些人，从一个人的生命中匆匆走过，留下永世不灭的回忆，就像杜牧之于扬州、之于那位历史中没有留下名字的少女。

杜牧出身世家，曾祖为边塞名将，祖父杜佑更是三朝宰相及著名的史学家，编著有《通典》二百卷。在富裕的家境和良好的教育中成长起来的杜牧少年成名，二十三岁就作出《阿房宫赋》这一名篇。在经历了亲人逝去、仕途不顺的打击后，杜牧在江南扬州间断性地停留了十四年之久。扬州对于杜牧的意义，不仅是失意时停留的港湾，也是一场没有结局的爱情的墓地。

公元 835 年，杜牧调离扬州奔赴长安时，为自己所爱的女子写下《赠别》两首：

> 娉娉袅袅十三余，豆蔻梢头二月初。
> 春风十里扬州路，卷上珠帘总不如。
>
> 多情却似总无情，唯觉樽前笑不成。
> 蜡烛有心还惜别，替人垂泪到天明。

旅途的孤苦、仕途的失意，幸好有吴侬细语熨帖他那颗受挫的心。那时的她只是十三岁的少女，就像是最早的春日景色。她娇嫩得就如刚萌出的新芽，她烂漫得就像刚绽放的花朵，娇艳且天真，有着孩子的稚气，因为身处风尘，又多了几分风情。这本就是没有结果的爱情，一个是暂时失意的才子，一个是秦楼的歌女，年龄、身份的悬殊以及没有期许的未来，都使这份感情的结局充满悬念和疑惑。但是他们相爱了，一切抵不过爱情的汹涌。

那应该是一段落魄而风流的岁月，杜牧之后回忆这段生活时写道："落魄江湖载酒行，楚腰纤细掌中轻。"（《遣怀》）诗酒美人，放浪形骸，扬州之旅，值得留恋的不只是"烟花三月"的风景，更有"十年一觉"的风流。只是人生总在路上，会少离多，相见时难别亦难，他即将调离扬州，去遥远

的长安。在那时，或许这次告别，就将成为永远的别离。杜郎要走了，虽然到远方的长安上任是仕途中的一件好事，但却是旅途中的一件憾事。

真正深爱的人面对离别，往往无话可说。口头上的叮嘱与告别怎能表达出心中的不舍？"多情却似总无情，唯觉樽前笑不成。"感情的洪流只在心中汹涌，却不用一字表达，执手相看，愿所有的爱都寄在酒里，留在"笑不成"的眼神中。"十年一觉扬州梦，赢得青楼薄幸名。"无情似的多情，深情似的薄幸，那个豆蔻般的女子，就此嵌进了杜牧的扬州梦中。旅途中的风流韵事，又岂是只在杜牧的扬州梦中上演？

几度密约秦楼醉

艳羡而又超出杜牧风流的有柳永。杜郎与柳郎，将行旅中的风花雪月演绎得风情万种，浪漫多姿。

柳永出身于儒宦之家，却拥有着一身与之并不兼容的浪漫才情和音乐才华。他迷恋情场，他想做一个文人雅士，偎红倚翠，填词低唱。他以毕生精力填词，词中有市井小民的鸡毛蒜皮，有仕途不顺的跌宕忧伤，但是更多的词句，他写给了风尘中的女子，他写她们的幽怨，写她们的情思。但是没有人知道他的归宿在哪里，他就像无根的浮萍一般。浪子，总是来去如风。他的才华，他的温柔，他的尊重，使他赢得了很多风尘女子的爱慕，她们唤他为柳七郎。

他的父亲、叔叔、两个哥哥都是进士，年轻的他也同样渴望功名，从小就是邻里口中的才子，这使得他对科举信心满满。二十多岁的柳永来到汴京，那时的汴京是真正的东方文化之都，他在这里经历了才华横溢的才子们的喝酒赛诗，也开始涉足秦楼楚馆的纸醉金迷。其《戚氏》一词描写这一时期的生活："帝里风光好，当年少日，暮宴朝欢。况有狂朋怪侣，遇当歌对酒竞留连。"《长寿乐》中也记录了他的风流生活："罗绮丛中，笙歌筵上，有个人人可意。""知几度、密约秦楼尽醉。仍携手，眷恋香衾绣被。"这样灯红酒绿的生活自然影响了他的学业，放榜时名落孙山。他沮丧愤激之余，写下了传诵千古的名作《鹤冲天》，宣称"忍把浮名，换了浅斟低唱"。后柳永科场再战，传说因《鹤冲天》词传到皇帝的耳朵，仁宗以《鹤冲天》为口实，批曰："且去浅斟低唱，何要浮名？"于是心高气傲的柳永自称"奉旨填词柳三变"，当上了填词专业户并沉醉于青楼，为风尘女子写词。

"不愿穿绫罗，愿依柳七哥；不愿君王召，愿得柳七叫；不愿千黄金，愿中柳七心；不愿神仙见，愿识柳七面。"这段流传坊间的民谣，成为柳永受当时青楼女子追捧的写照。对于那些君子来说，柳永不足挂齿，他只是个迷恋青楼的失意文人；但是对那些风尘女子来说，柳永得到了她们的真情。在柳永看来，青楼女子与自己一样"同是天涯沦落人"。"烟花巷陌，依约丹青屏障。幸有意中人，堪寻访。"（柳永《鹤冲天》）他为她们写词，来表现她们的多情多才与不幸。

"师师生得艳冶，香香于我情多，安安那更久比和。"柳永在《西江月》

中提到师师、香香、安安三位女子，想必都是他的红颜知己。然而，诗词叙事毕竟语焉不详，风流韵事有待坊间传说添油加醋。柳永与一位叫谢玉英的风尘女子的情事，便被演绎得绘声绘色而为后人津津乐道。

景祐元年（1034），长期行旅在京城的柳永在众女子的资助与鼓励下再次科考，这次他得中进士，任余杭县宰。途经江州，他结识了风尘女子谢玉英。两人一见倾心，临别时，柳永写新词："待信真个，恁别无萦绊。不免收心，共伊长远。"（《秋夜月》）表示永不变心，而谢玉英则发誓从此闭门谢客，只等柳郎归来。柳永在余杭三年，又结识了许多江浙名妓，但未忘江州之约。任满后，到江州赴约。不想谢玉英又接新客，柳永惆怅万分，在花墙上赋词《击梧桐》，悻然而去：

> 香靥深深，姿姿媚媚，雅格奇容天与。自识伊来，便好看承，会得妖娆心素。临歧再约同欢，定是都把、平生相许。又恐恩情，易破难成，未免千般思虑。　　近日书来，寒暄而已，苦没切切言语。便认得、听人教当，拟把前言轻负。见说兰台宋玉，多才多艺善词赋。试与问、朝朝暮暮。行云何处去。

此词叙述了三年前他们的恩爱时光，又对谢玉英的失约表达出不快。谢玉英见到柳永词，叹他果然是多情才子，并且羞愧于自己并未遵守承诺，于是卖掉财产，去汴京追寻柳永。几经周折，得以重逢，种种情怀难以诉说，两人再修前好。

　　柳永一生只做过地方小官，为官的种种失意以及对自由生活的向往，使得他最终还是重回青楼。他说："晚岁光阴能几许？这巧宦不须多取。"（《思归乐》）

　　柳永人生失意的心无所依，浪迹天涯的脚停不下，尽情放浪多年后死在一位要好的妓女家里。没有妻子，也没有官界的知心朋友，他死后无人过问。与他交好的妓女筹钱使他入土为安。出殡那天，汴京的妓女都来出席他的葬礼，这便有了"群妓合金葬柳七"的传说。柳永的殡葬场面，明代的冯梦龙《众名姬春风吊柳七》中附会得最为生动："只见一片缟素，满城妓家，无一人不到，哀声震地。"

行云飞絮共轻狂

一见钟情这种情愫，就像暗夜里绽放的烟花，刹那间就能点燃人的整个生命。对于词人而言，遇见一个人，陷入了爱恋，那就激发了他所有的创作灵感。他用他的多情，为后人留下了一首首精妙的词作，让我们一步步走入他的深情中。他就是晏几道。

晏几道，有着杜牧、柳永一样的风流多情，却多了一份不谙世俗的纯粹和痴弱。黄庭坚在《小山词序》中写道："叔原，固人英也，其痴亦自绝人。……'仕宦连蹇，而不能一傍贵人之门，是一痴也；论文自有体，不肯一作新进士语，此又一痴也；费资千百万，家人寒饥而面有孺子之色，此又一痴也；人百负之而不恨，己信人终不疑其欺己，此又一痴也。'"

他是宰相晏殊的幼子，出身显贵，其父门生故吏满天下，但他没能在官场上得到任何援引而腾达。他只与三两好友及莲、鸿、蘋、云等歌女为伴，诗酒相娱。后来家道中衰，好友零落，歌女流散，成为漂泊无依的"古之伤心人"（冯煦《蒿庵论词》）。

莲、鸿、蘋、云是谁，她们何时与晏几道相遇，在《小山词自序》中，晏几道写道："始时，沈十二廉叔、陈十君宠家，有莲、鸿、蘋、云，品清讴娱客。每得一解，即以草授诸儿。"晏几道是位多情词人，他在友人家做客饮酒，便爱上了友人家中的四位歌女，多年后他在江湖上流落漂泊，重逢当年歌女小蘋，对她更是念念不忘。他一次次坠入爱河，又一次次分离。爱情的苦与乐交杂着袭向他，那当年的一见钟情，使他写下著名的《临江仙》词：

> 梦后楼台高锁，酒醒帘幕低垂。去年春恨却来时。落花人独立，微雨燕双飞。　　记得小蘋初见，两重心字罗衣。琵琶弦上说相思。当时明月在，曾照彩云归。

这首词写的是别后的追忆，回忆当年初见的场景，那时的小蘋穿着缥缈的罗衣，手中的琵琶弹奏出动人的情曲。之后，小蘋频频出现在他的脑海，也流露在他的词作中："小蘋微笑尽妖娆，浅注轻匀长淡净"（《玉楼春》），"小蘋若解愁春暮，一笑留春春也住"（《木兰花》）。而与《临江仙》相对的一首《鹧鸪天》抒写重逢之喜，词中虽未明说重逢者为谁，但我们将其

认定为小蘋又有何妨:

> 　　彩袖殷勤捧玉钟，当年拚却醉颜红。舞低杨柳楼心月，歌尽桃花扇底风。　　从别后，忆相逢。几回魂梦与君同。今宵剩把银釭照，犹恐相逢是梦中。

词上片回忆当年相聚之欢，下片写别后梦中相见，潜藏疑幻为真之苦，如今久别重逢，喜不自胜，又反生疑真为幻之恐。

同样，鸿、莲、云三位歌女也在晏几道的笔下栩栩如生。他描述她们的服饰、美貌、风姿，将心中最美的形象赋予她们:"年年衣袖年年泪，总为今朝意。问谁同是忆花人? 赚得小鸿眉黛也低颦"(《虞美人·小梅枝上东君信》)，"小莲风韵出瑶池"(《鹧鸪天·梅蕊新妆桂叶眉》)，"手捻香笺忆小莲"(《鹧鸪天·手捻香笺忆小莲》)，"日日双眉斗画长，行云飞絮共轻狂"(《浣溪沙·日日双眉斗画长》)。他的诗词中遍布着对她们的思念，以及对当年美好时光的回忆:"床上银屏几点山，鸭炉香过锁窗寒，小云双枕恨春闲"(《浣溪沙·床上银屏几点山》)，"双星旧约年年在，笑尽人情改。有期无定是无期，说与小云新恨也低眉"(《虞美人·秋风不似春风好》)。

小晏用词来自叙飘零身世，描绘如梦情事。他不停地回忆，不断地做梦，将落魄时的痴情苦恋寄于酒与梦魂之中。他千百遍地咀嚼往事，只为记住与莲、鸿、蘋、云聚散离合的时光。

少年情事老来悲

　　他一生如野云孤鹤，来往于青山绿水、红香翠冷之中，被誉为"野云孤飞，去留无迹"（张炎《词源》），他就是南宋词人姜夔。他不轻狂，但很清高，虽是一片孤飞的野云，但行程中依然飘散着浪漫的风情。

　　姜夔早岁孤贫，二十岁后，北游淮楚，南历潇湘。又随萧德藻同归湖州，卜居苕溪之上，与弁山白石洞天为邻，因号白石道人。又旅居合肥，南行江浙，寄身范成大、张鉴（中兴名将张浚之后）之门，与辛弃疾诗词唱和，互为知音。晚年，旅食金陵、扬州等地。一生清苦，布衣终身，卒葬杭州钱塘门外之西马塍。

姜夔保持着读书人的那份清空骚雅。读书壮游、写诗填词，几乎是他生活的全部，当然也少不了才子佳人的浅斟低唱。在他所留下的八十几首词中，以咏梅为最多，共十七首。这既与姜夔自身梅一般的清雅个性有关，也与他生命中遇到的两位梅一样的女子有关。

说到姜夔与小红的缘分，不得不提到他的好友范成大。范成大，号石湖，不仅在诗坛上声名显赫，在仕途上也极为顺畅，更重要的是他惜才爱才，并与姜夔有同样的爱好，即酷爱梅花，曾著《石湖梅谱》传世。光宗绍熙三年（1192）冬，姜夔冒雪拜访范成大，正值蜡梅盛开，于是作《暗香》《疏影》，又为之谱曲。范成大把玩不已，让家伎演唱，音节谐婉。一个多月后，姜夔离开，范成大以歌伎小红为赠。于是便有了姜夔与小红之间的情缘。

姜夔与小红辞别范成大，前往湖州，船到吴兴过垂虹桥时，小红在船头吟唱姜夔的新词，姜夔以箫和之，并写下《过垂虹》诗记述一路上的惬意与浪漫："自琢新词韵最娇，小红低唱我吹箫。曲终过尽松陵路，回首烟波廿四桥。"

元人陆友仁的《研北杂志》载："尧章每喜自度曲，吟洞箫，小红辄歌而和之。"说明这样的浪漫之旅，此后经常出现在姜夔与小红的生活中。据说最后姜夔体弱多病，又无积蓄，不忍小红跟自己过艰苦的日子，于是让她改嫁。小红不肯，姜夔违心地说要用她换米度日，逼她死心离去。不久，姜夔病卒于西湖，友人吴潜出资将其葬于杭州钱塘门外西马塍。苏泂作诗痛挽道："幸是小红方嫁了，不然啼损马塍花。"

　　尽管小红为姜夔的生活添加了温暖，但是姜夔一生中最难忘的，还是早年行旅合肥时遇到的那段情缘。

　　这段情缘发生在姜夔二十岁时，当时他首次科场失意，从老家饶州鄱阳（今江西鄱阳）到淮南一带漫游，旅居合肥时，结识了一对擅长琵琶的姐妹花，并与其中一位产生了刻骨的爱情。之后因生计原因，离开合肥，致使二人无法厮守而抱憾终身。

　　离开合肥的途中，他在驿舍作《解连环》词追念分手时的情境："玉鞍重倚。却沉吟未上，又萦离思。为大乔能拨春风，小乔妙移筝，雁啼秋水。柳怯云松，更何必、十分梳洗。道郎携羽扇，那日隔帘，半面曾记。　　西窗夜凉雨霁。叹幽欢未足，何事轻弃。问后约、空指蔷薇，算如此溪山，甚时重至。水驿灯昏，又见在、曲屏近底。念唯有夜来皓月，照伊自睡。"当时所作无疑带着不舍，带着遗憾。事后的几十年里，姜夔对这位合肥恋人的思念总是触及故地、旧景、旧物而伤怀。如《踏莎行》："燕燕轻盈，莺莺娇软，分明又向华胥见。夜长争得薄情知？春初早被相思染。　　别后书辞，别时针线，离魂暗逐郎行远。淮南皓月冷千山，冥冥归去无人管。"

　　姜夔词序中记载："客居合肥城南赤阑桥之西，巷陌凄凉，与江左异。惟柳色夹道，依依可怜。因度此阕，以舒客怀。"（《淡黄柳》序）所以，姜夔在离开合肥之后的几十年，无论身处何地，都会把柳树当作旧相识，并由合肥柳树，想到合肥恋人。"看尽鹅黄嫩绿，都是江南旧相识。"（《淡黄柳》）一次在长沙岳麓山，他看到柳树，不禁触景生情而作词："记曾共，西楼雅集，想垂杨，还袅万丝金。待得归鞍到时，只怕春深。"（《一萼红》）

宁宗庆元三年（1197），姜夔居于杭州，元宵时节，因看到绚烂的灯会，不禁想到之前与合肥女子同去看灯的场景，从而黯然神伤："花满市，月侵衣，少年情事老来悲。"（《鹧鸪天·正月十一日观灯》）这年正月，姜夔一下子填了五首《鹧鸪天》词，反复诉说心中隐痛。如"肥水东流无尽期，当初不合种相思。梦中未比丹青见，暗里忽惊山鸟啼。　　春未绿，鬓先丝，人间别久不成悲。谁教岁岁红莲夜，两处沉吟各自知。"（《鹧鸪天·元夕有所梦》）再如好友范仲讷要去合肥，姜夔立即想到合肥情人，并要他带话："小帘灯火屡题诗，回首青山失后期。未老刘郎定重到，烦君说与故人知。"（《送范仲讷往合肥》）

　　一句"少年情事老来悲"，道尽了姜夔对这段少年情事的无尽感慨。《白石道人歌曲》中至少有二十首词与合肥恋情有关。少年情遇，是姜夔时常悲伤的理由，直到老年仍旧无法释怀。

　　一次偶然的旅行，邂逅一个如柳似梅的女子，演绎一场刻骨铭心的恋情；一次不经意的离开，脚虽踏上新的旅程，而盛满爱恋的心、记录游踪的词、管束不住的梦，再也忘不了那个曾经相遇的地点。恰如周邦彦所叹："当时相候赤阑桥，今日独寻黄叶路。……人如风后入江云，情似雨余粘地絮。"（《玉楼春·桃溪》）

　　路上的风月，可遇不可求。无论是杜牧扬州的短暂爱情，还是柳永江南行走时遇见的莺莺燕燕，无论是晏几道与四位歌女的一生情痴，还是姜夔与合肥女子的记忆终生，我们都应该庆幸诗人们用诗词为我们留下了那些行旅中的惊艳和风情。

雄关漫道真如铁

林青 储兆文

苍茫临故关，迢递照秋山。

——杨巨源《关山月》

在科技高度发达的今天，当我们利用隧道而通过崇山峻岭的时候，那些深藏在深山峡谷、塞外边疆的险道雄关离我们越来越遥远；当我们坐在飞机上俯瞰大地的时候，那些曾经的邮亭驿站早已消失在历史的车轮里；而当我们带着诗书到访这些历史现场的时候，我们是否还能读出语言背后的心灵感动？历史是用脚走出来的。我们的祖先在不断的行走当中拓展了生存的版图，正是在行走的征程中，他们在广袤的华夏大地上建立起沟通四面八方的邮亭驿站、纵横交错的水陆交通，以及那些固若金汤的雄关险道。

春风不度玉门关

那些最初被用于战争的雄关险道，同时也是商贸通道与邮件来往的信息桥梁。寻访那些古道古关、邮亭驿站并不只是诗人行旅的目的，而是他们对历史现场做出的一次又一次的文化突围行动。

中国这个古老的国度经历了几千年的缓慢发展，道路随着人们的脚步一点点向远方延伸，路上不但设立了重重关隘，更修建了无数用于人们信息交流的邮亭驿站。帝国的版图在不断扩张的同时，也面临着来自边疆随时可能的攻击。从古长城到古丝绸之路，帝国在前人开辟的道路上继续向前推进，天堑变通途。丝绸之路的开通，打通了汉朝与西域间的邮路，同时开拓了通往西亚、欧洲各国的国际邮路。汉朝时，丝绸之路通道上每三十里置邮驿，供来往人员传递文书、停留歇宿。汉朝以后，历朝都曾沿着丝绸之路设置各种邮驿机构，并以丝路为主干线，将邮驿路线向西域地区、天山南北各地延伸，出现了"列邮置于要害之路，驰命走驿不绝于时月，商胡贩客日款于塞下"(《后汉书·西域传》)的繁荣局面。

然而这又是一个充满无限悲情的地域。正如李白在诗中写的那样："由来征战地，不见有人还。"(《关山月》)诗人们行旅至此面对的不只是文明的镜像，还有残酷的战场，他们面对的是一个极其复杂的历史情境。

边塞诗便是诗人们面对此境而抒写出的独特而深切的感受。被称为"七绝圣手"的王昌龄在出仕之前有过一段游历西北边塞的经历，目睹过烽火边关的情景。当他站在边塞雄关前，眼前浮现出的是一幅古今叠映的历史镜像：

> 秦时明月汉时关，万里长征人未还。
> 但使龙城飞将在，不教胡马度阴山。
>
> 王昌龄《出塞》其一

边疆的安宁，很大程度上要靠战争来保障，关塞便是战争的见证。正因如此，历朝历代都在边疆修建城堡关塞，屯军把守。自战国至秦汉，长城越修越长，关塞越来越多，然而依旧没能阻挡战事的蔓延。正如王昌龄说的那样，万里长征，战火从未间断，多少征人一代一代埋骨塞外而未能还乡。

　　西北边塞始终处于战争与和平的交替演变状态。即便在汉唐这样强大的王朝，边关也是时战时和的情形。诗人们站在边关险隘上，心中涌动出最多的自然是"伏波惟愿裹尸还，定远何须生入关"（李益《塞下曲》）这种壮志豪情。王昌龄畅想的也正是这种杀敌报国的情怀：

> 青海长云暗雪山，孤城遥望玉门关。
> 黄沙百战穿金甲，不破楼兰终不还。
> 　　　　《从军行》其四

　　这是一幅描绘西北边塞风云的画卷。戍边将士战斗、生活的环境清晰可见，战争的漫长、频繁与艰苦并没有磨灭将士们打败敌军的信念。这不只是诗人的诗意抒写，更是唐帝国独有的精神气象。

　　这里的玉门关成为那个时代的集体记忆，它早已突破了作为地名的标签，成为西北边塞的代名词。诗人们旅行边塞必然要去玉门关看一看。即便身在中原，遥望西北有时也会情不自禁地想到那些重关险隘。

　　在玉门关的南面还有另外一个著名的边关——阳关。它凭水为隘，据川当险，与玉门关遥相呼应，是古代出塞的必经关口。它们与西北其他边关共同构成一部西北边塞风云的狂想曲。王维在渭城（今陕西咸阳）送别友人出塞，写了著名诗作：

渭城朝雨浥轻尘，客舍青青柳色新。
劝君更尽一杯酒，西出阳关无故人。

《渭城曲》

　　朋友西出阳关，虽是壮举，却又会经历万里长途的跋涉，备尝独行穷荒的艰辛寂寞。"西出阳关无故人"，一言朋友所去之地陌生，二言那里人迹稀少，三言朋友自此一别，则知己难求。明代李东阳在《麓堂诗话》中说："王摩诘'阳关无故人'之句，盛唐以前所未道。此辞一出，一时传诵不足，至为三叠歌之。后之咏别者，千言万语，殆不能出其意之外。"由于这首诗语言朴实，形象生动，道出了人人都有的依依惜别之情，在唐代被谱成《阳关三叠》，后来又被编入《乐府诗集》，成为饯别名曲，历代广为流传。自此，"西出阳关"几乎成为西行出塞的代称。

　　开元二十五年（737），河西节度副大使崔大逸战胜吐蕃，唐玄宗命王维以监察御史的身份出塞宣慰，察访军情，沿途他写下了《使至塞上》，其中有"征蓬出汉塞，归雁入胡天。大漠孤烟直，长河落日圆"的名句。王维途经的边关是被誉为"秦中四塞"之一的萧关，与玉门关、阳关相比，萧关距离中原要更近一些。但萧关是关中抗击西北游牧民族进犯的前哨，可以说是关中的北大门。作为战争频发的边关，萧关始终遭受着少数民族的进犯之苦。将士们常年驻守此地，黑发都变成白发，正是"今来部曲尽，白首过萧关"（卢纶《送韩都护还边》）。然而历史往往很有意思，边关上不同文化的相互交流，会有很多意想不到的事情发生。唐代有位诗人在边关行走一阵后就发现了一个很奇特的事情，他在诗中写道："一自萧关起战尘，河湟隔断异乡春。汉儿尽作胡儿语，却向城头骂汉人。"（司空图《河湟有感》）

王之涣是唐代著名的边塞诗人。他虽然诗作不多，今仅存六首，却在诗人如林的唐朝翘楚而出，其《凉州词》历来为人称道：

> 黄河远上白云间，一片孤城万仞山。
> 羌笛何须怨杨柳，春风不度玉门关。

王之涣是否行旅至玉门关不得而知，但他太熟悉西北边塞的境况了。寥寥数笔，生动传神地描绘出了西部边疆的现场。这是超越时空的抒写，可以是秦汉的玉门关，也可以是大唐的玉门关，甚至玉门关都只是一种象征，西北边塞的雄关险道从来都是喧闹的，也是沉默的。诗人们行走边塞，想象边关，想到的不只是战争和大漠，还有乡情和友情，古道古关成为连接古今与人情的纽带。

万里崎岖蜀道难

离开西北关隘，让我们进入秦巴山水之间的险道雄关。这里有战争的痕迹，但更多的是风光旖旎的自然景色。

长安作为十三朝古都，历史上很长一段时间是我国的政治、经济、文化中心。从长安出发，向北有秦始皇开拓的秦直道直达长城边塞，向西有张骞开拓的丝绸之路通往西域，向南则有秦汉时期开通的数条古道通往蜀、楚古地，而向东则有关中东大门潼关通向东部平原。

古代将秦蜀两地的古道称为蜀道。蜀道有北栈和南栈之分。蜀道北栈有陈仓道、褒斜道、傥骆道以及子午道四条。

蜀道南栈有金牛道、荔枝道、米仓道三条。这里的每一条道路都异常险峻。每一个关口都是"一夫当关，万夫莫开"的天然堡垒。

剑门关是蜀道之上最为驰名的一座关隘，这也与历史上诸多诗人的抒写是分不开的。李白曾惊叹于秦巴山水的雄奇险丽，写下了著名的《蜀道难》。

一般认为，这首诗很可能是李白于天宝元载至天宝三载（742—744）身在长安时为送友人王炎入蜀而写的，目的是规劝王炎不要羁留蜀地，早日回归长安，以免遭到不测。但全诗几乎将整个蜀道描述了一遍，为我们呈现出的是一个鬼斧神工、绮丽惊险的蜀道：

> 尔来四万八千岁，不与秦塞通人烟。
> 西当太白有鸟道，可以横绝峨眉巅。
> 《蜀道难》

诗人从由秦入蜀的路线写起，秦蜀两地自古并不相通，因为中间隔着千山万水，隔着雄奇险绝的悬崖峭壁。首先就是秦岭最高峰太白山，只有高飞的鸟儿能够从低处飞过，人怎么能翻越呢？"黄鹤之飞尚不得过，猿猱欲度愁攀援"（《蜀道难》）。诗人展开丰富的想象，极力刻画蜀道之难、之险、之绝。到达剑门关时他说："剑阁峥嵘而崔嵬，一夫当关，万夫莫开。"

《送友人入蜀》是李白的另一首描写蜀道的名作，对蜀道的艰险秀丽进行了形象的刻画："山从人面起，云傍马头生。芳树笼秦栈，春流绕蜀城。"这里的秦栈正是友人由长安进入汉中的要道——褒斜道。这条古道是最早开发，

334

〔元〕王蒙 《溪山风雨图》

也是规模最大的一条秦蜀古道。楚汉相争之时刘邦在汉中"明修栈道,暗度陈仓",修的栈道便是褒斜古道,而他暗度的正是另外一条道路——陈仓古道。古书称:"褒斜之道,夏禹发之,汉始成之。南褒北斜,两岭高峻,中为褒水所经,春秋开凿,秦时已有栈道。"(顾祖禹《读史方舆纪要》)由此可知,在褒斜古道修凿栈道由来已久,至秦汉时已经"栈道千里,通于蜀汉"(《战国策·秦策》)了。事实上这条古道除了用于军事之外,也是诗人们行走最为频繁的一条蜀道。

唐代诗人岑参于大历元年(766)随杜鸿渐入蜀,途经剑门关时,对险绝天下的剑门关惊叹道:"不知造化初,此山谁开坼。双崖倚天立,万仞从地劈。"(《入剑门作》)

公元1172年,陆游应四川宣抚史王炎邀请,入其幕僚筹划抗金,过着"寝饭鞍马间"(陆游《往昔》)的紧张生活。后因朝廷调王炎至临安枢密院,幕府解散,陆游改任成都府路安抚使司参议官。十一月他离开南郑,踏上西去成都的旅程。当时的南郑即现在的汉中,是抗金前线,而成都则是抗金的大后方。陆游以抗金御辱为终身抱负,年近半百才得以奔赴前线抗金杀敌,过上"铁马秋风大散关"(陆游《书愤》)的军旅生活,然而旋即又要退回后方,他心有不甘。但此时他的好友范成大正在成都等候他,这一次相聚的机会在那个战乱的年代相当难得。

从汉中到成都,陆游选择了最为艰险的一条道路——金牛道。在秦朝之前,四川还没有通往外界的比较像样的陆路通道,一般都要从三峡出川。要想从关中抵达成都也必须绕三峡。战国末期,秦国日益强大,南攻巴蜀,东图楚地。

巴蜀沃野千里，物产富饶，秦垂涎已久。但蜀有剑门之险，巴有江河之阻，道路崎岖，运输艰难，征伐很不容易。公元前316年，陆路蜀道贯通，秦惠文王派司马错、张仪等送美女、石牛，紧随于大军之后，一举灭掉了蜀国。以至后人说：蜀道通而蜀国灭。此道称为金牛道或石牛道。

陆游当年曾四次在剑门蜀道，因公务需要而往返。这一次他要远离自己钟爱的事业，心情沉重，在细雨中骑着毛驴，穿着一袭青衫，借酒浇愁，衣衫上征尘酒痕历历在目，到达剑门关时，他诗意大发，借着酒劲写下一首千古名诗：

衣上征尘杂酒痕，远游无处不消魂。

此身合是诗人未？细雨骑驴入剑门。

《剑门道中遇微雨》

陆游没有关注剑门关的艰险，他想到的依然是自己报国杀敌的岁月。国仇未报，壮志难酬。万里远游，自然是处处伤心。回想自己的经历，走到哪里都是"衣上征尘杂酒痕"，站在剑门关前依然如此，心中的抱负没有实现，他甚至怀疑自己此生注定只能是一个细雨骑驴的诗人，而不是驰骋疆场的战士。

蜀道留给诗人最多的印象似乎就是一个字——难。但也有不惧蜀道之难的诗人，宋代诗人赵抃就写过一首这样的诗：

谁云蜀道上天难，险栈排云彻万山。

我愧于时无所补，十年三出剑门关。

《乙巳岁渡关》

诗人赵抃行走栈道，并不畏惧险峻，而是表明自己不怕艰险、迎险而上的豪情。

当然，古道不只有自然风光、烽火战事，还有邮传的功能。邮亭驿站是在道路上设立的信息联络点，至迟在汉朝已出现了骑传制度。《汉旧仪》记载"十里一亭，五里一邮，邮人居间，相去二里半"就是那个时代邮驿制度的真实记载。

从汉中往成都的路线中有一条古道叫作荔枝道，是玄宗时为杨贵妃运送荔枝的专用邮道。唐代已经建立了沟通天下的邮驿制度，主要道路上都建有合理的邮亭驿站。各个驿站进行长途接力，四海之内的货物皆可运往帝都长安。因此，这时想要运送南方的水果到北方也不是件办不到的事，只是为了杨贵妃个人的口腹之欲而日行千里，换马换人，实在是太劳民伤财了。

隐藏于秦巴山水之间的古道虽然艰险，却充满了奇趣，秀丽的景色往往为诗人们所激赏，"天梯石栈相勾连"的蜀道最能够激发诗人的灵感。来往于秦蜀古道的诗人似乎也正是我国山水旅行最早的实践家。这既是诗人的选择，也是诗歌的选择。

338

九塞尊崇第一关

就中国的地理版图来说,西北靠陆地,东南靠海洋,在海洋事业不发达的古代,来自海上的攻击可能性极小,因此大多数王朝都将防御的重心放在陆地。

战国时,燕赵两国已开始修建长城以防御外敌,到秦国横扫六合之后,更是举全国之力修建东起山海关、西至嘉峪关的北方长城。长城之上间隔设立关隘,著名的关隘就达数十个。所谓"秦筑长城比铁牢,蕃戎不敢过临洮"(汪遵《长城》)。

雁门关,居天下九塞之首,是北方古长城上极为重要的关隘之一。雁门关作为战略要地可以追溯到战国赵武灵王时期。"雁门"二字，源于《山海经》。相传每年春来，南雁北飞，口衔芦叶，飞到雁门盘旋半晌，直到叶落方可过关。故有"雁门山者，雁飞出其间"的说法。在我国，与大雁有关的地名有两个非常著名：一个是北方的雁门关，另一个是南方的回雁峰。

但雁门关远没有回雁峰那样秀丽。北方塞外的荒凉与战事的残酷都让人对雁门关有着不一样的想象。唐代诗人李贺就写过一首著名的《雁门太守行》：

> 黑云压城城欲摧，甲光向日金鳞开。
>
> 角声满天秋色里，塞上燕脂凝夜紫。
>
> 半卷红旗临易水，霜重鼓寒声不起。
>
> 报君黄金台上意，提携玉龙为君死。

李贺想象丰富而奇特，此诗用浓艳斑驳的色彩描绘悲壮惨烈的战争场面，绚烂的画面精准地表现了硝烟弥漫的边塞风光和瞬息万变的战争风云。

相对于李贺对边疆战事的关注，崔颢却将视角转向了边塞生活，对边疆的异域风情给予真实的再现：

> 高山代郡东接燕，雁门胡人家近边。
>
> 解放胡鹰逐塞鸟，能骑代马猎秋田。
>
> 《雁门胡人歌》

崔颢在其晚年奔赴边塞考察，在到达雁门关时，他停留了数日，此时他发现的边塞情况并没有想象和传说的那样烽火连天，而是一幅放鹰逐鸟、骑马秋猎的场景。

事实上，无论是西北丝绸之路上的古关，还是北方长城的关隘，都不仅仅是刀光剑影的战争之地，同时也是人们友好交流的重要通道。雁门关作为北方要塞，很早就有中原与少数民族在此通商互市。汉孝帝时，匈奴将牛、马、羊及畜产品运至雁门关，换取内地的粮食、布匹、铁器等。鲜卑兴起后，中原的"精金良铁"不断输入关外，到隋唐及至宋辽互市更繁盛。走口外的重要交通线是雁门古道，雁门关现存的"分道碑"，就是用来规定车辆的上、下行路线的，可以称为最早的交通指挥岗。

在汉代昭君出塞之后的一段岁月里，雁门关以及周围的边关都成为胡汉交流的重要基地。当年昭君出塞正是从雁门关出发的，这也使得雁门关成为胡汉和平友好的见证。东汉末年，蔡文姬由塞外南归，走的依然是雁门关一路。而且历朝历代胡汉居民在这里进行过长期的交流，成为民族融合的重要"港口"。怪不得世界华人联合会秘书长考察雁门关后称赞说："雁门关是中原与漠北民族融合、民族和平之都。"

雁门关是帝王的关隘，也是诗人的关隘。追寻诗人的足迹，我们能够发现很多历史的线索。诗人们行旅至此，可能是因为公务，也可能是私人出游。金末元初著名诗人元好问游雁门关就是一次私人出游：

鸡声未动发南楼，涧水随人向北流。

欲望读书山远近，雁门关上懒回头。

《发南楼度雁门关》

这首诗是元好问从代州南楼出发过雁门关而触发的感慨。南楼是代州城外的一个楼店。涧水指邻近的滹沱河。站在雁门关外，想到自己要翻越千山万水去"读书"，不禁感慨万千。"雁门关上懒回头"，过了雁门关，再也没有如此险峻的山峰了。这首诗不只描绘了诗人当时的心境，更写出了雁门关带给人内心的震撼。后来，当诗人从远方返回，再一次途经雁门关时，便是"三十三年恰再来"（《代州门外南楼》其一），但心情显然比之前好很多：

汀树微茫岸草青，滹河四月水泠泠。

凤山可是生来巧，堪与南楼作卧屏。

《代州门外南楼》其二

故地重游，虽然经历了重重艰辛，但终究是回来了。到达南楼，回想之前的岁月，一阵快意涌上心头，塞北的风光只有在这时才让人神清气爽。岸边的草色发青，滹沱河的水稍微有一点儿凉。雁门关的凤山一带不再是烽火硝烟的战场，而是风光秀丽的画屏了。

如今，那些曾经是攻守焦点的雄关险道，依然像串串珍珠镶嵌在华夏大地上，成为历史的遗迹和见证，而那些存活在古代诗词中的古道古关，却成为鲜活的民族心灵的集体记忆。